Adler über Edinburgh

Bernd Klatetzki

Vielen Dank
an Gina und Grit

Impressum:

Die Deutsche Nationalbibliothek verzeichnet diese Publikation.
In der Deutschen Nationalbibliografie detaillierte bibliografische Daten
und im Internet über dnd-nd.de verfügbar.

© 2011 Bernd Klatetzki
Herstellung und Verlag:
Books on Demand GmbH. Norderstedt
ISBN 978-3-8448-0293-1

Es beginnt alles an der Nordsee

Es gibt im Herbst und im Frühjahr keinen schöneren Ort als die Seeküste. Die herrlich raue Luft, die frischen Winde von der See, wechseln mit einem sehr unsteten feuchten Klima dass Lust auf ferne Träumereien macht. Die stetig aufgewühlte See lässt das menschliche Auge im unendlichen grau-blau des Wassers keinen Fixpunkt finden und so fliegen die Gedanken frei und weit mit den Möwen hinaus. Es ist eine Zeit und ein Ort, wo man Träumen und Sehnsüchten nachhängt und ungestraft Pläne schmieden kann die niemals Realität werden …

Und so ist es nicht verwunderlich, wenn es Tom und Mike Anfang März, aus dem hektisch grauen Alltag der Großstadt an die noch einsamen Strände der Nordsee zieht. Dort können sie durchatmen und sich als Titelverteidiger in Ruhe auf die deutschen Meisterschaften im „Kitesurfen" vorbereiten.

Einer Sportart bei der man auf extrem kleinen Brettern an Lenkdrachen hängend Sprünge und Loopings über der See vollführt.

Um diese Zeit treiben sich hier nur wenige ihrer Konkurrenten herum. Abgesehen von ein paar Typen aus der Umgebung die darauf hoffen, auch irgendwann zur absoluten Spitze in dieser Sportart zu gehören. Und so hatten sich Tom und Mike auch in diesem Jahr wieder eine selbstgenehmigte Auszeit vom Studium der Betriebswirtschaften gegönnt. Beide fieberten schon lange den Sprüngen auf der offenen See entgegen, doch reizte sie in diesem Jahr eine neue Sportart besonders. Erstmalig fanden die offenen Meisterschaften im neuen „Seajumping" statt, einer Kombination aus „Basejumping" und Surfen.

Seit kurzem konnten sie über ihre neuen Handys Bilder der „Live-Kamera" vom Strandrestaurant „Poseidon" empfangen. Sobald der Windmesser eine Windstärke von konstant „7.0" anzeigt, wurden beide nervös und es fiel ihnen schwer, sich auf ihr Studium zu konzentrieren. Und so

3

packten sie kurzer Hand ihre Bretter und Schirme in Toms altersschwachen „Mini" und machten sich auf die 400 Kilometer lange Strecke von Berlin hin zur heiligen Stätte aller Jumper und Surfer, nach „Sankt Peter Ording".

Das kleine Örtchen liegt an der Westspitze der Halbinsel Eiderstedt, direkt an der Nordsee im Holsteinischen Wattenmeer. Wobei der Begriff kleines Örtchen inzwischen stark untertrieben ist. Seit jährlich fast hunderttausend Touristen zu den Weltmeisterschaften im „Kitesurfen" und „Strandsegeln" anreisen, ist es mit der Ruhe und Beschaulichkeit im Ort vorbei. Es entstanden hässliche Billig-Hotels in Strandnähe und viele der Bauern witterten das „große Geschäft" und verkauften ihre Salzwiesen oder bauten Ställe und Scheunen in Massenquartiere um. Zusätzlich hatte im vergangenen Jahr die Gemeinde einen 150 Meter hohen Turm in Nähe des Strandes errichten lassen, der mit seinen vier Plattformen den Springern ideale Wettkampfbedingungen für das neue „Seajumping" bietet. Dabei springen die Sportler mit Gleitschirmen aus mindestens 100 Meter Höhe, um dann über der See Loopings und Pirouetten zu vollführen. Gelandet werden muss in einem kleinen abgesteckten Bereich an Land. Der Turm hat fast drei Millionen gekostet, ist potthässlich und verschandelte das Bild. Und doch wird er „Basejumper" aus aller Welt, wie der Honig die Bienen, magisch anziehen. Die Gemeinde hofft natürlich auf höhere Einnahmen, um damit die Baukosten in den nächsten drei Jahren mit Gewinn erwirtschaften zu können. Der Bau dieses Monstrums hatte bei der Bevölkerung zunächst einen Aufschrei der Empörung ausgelöst. Und die Vermietung an einen der größten Getränkehersteller der Welt, der den Turm komplett mit Werbung zupflasterte, trug auch nicht zur Beruhigung bei. Zum Glück wurde das nächtliche Beleuchten des Turmes, mit riesigen Scheinwerfern, durch die Küstenwache sofort untersagt. Denn wer weiß, ob nicht einer der Super-Frachter das Monstrum als Leuchtturm für seine Navigation benutzt hätte.

Tom und Mike bekamen freudige Augen, bei dem Gedanken, als erste von dem Turm springen zu können Noch war er von der Bauaufsicht nicht freigegeben, denn es gab bis jetzt noch keine Sprungtests. Doch das war für die beiden Freunde aus der Hauptstadt natürlich nur ein zusätzlicher Anreiz und stellte wohl kein Problem für die Beiden dar.

Seit Tagen zeigte sich die See von ihrer besten, soll heißen, stürmischen Seite. Ein frischer Wind aus Nord, Nord-Ost blies die ersten „Kitesurfer" der Saison hoch über die Wellen der noch fünf Grad kalten Nordsee und half ihnen bei ihren waghalsigen Sprüngen. Natürlich nutzten auch die „Strandsegler" die frischen Böen und bretterten mit annähernd 120 Stundenkilometer über den brettharten Strand.

10. März – St. Peter Ording

Zum Glück hatten die „Boards" und Sprungschirme der Jungs eine über-schaubare Größe, was sich bei der Reise mit einem „Mini" als unheimlich hilfreich erwies. Jetzt, Anfang März, befanden sich die Pensionspreise noch ziemlich im Keller, und so waren beide froh, wieder bei Oma Erna das kleine Zimmer unter dem Dach beziehen zu können. Die alte, aber noch sehr rüstige und esolute Dame, hatte stets ein offenes Herz für die freundlichen Studenten aus der Hauptstadt und machte ihnen wie immer einen Sonderpreis. Natürlich inklusive ihres herrlichen Tees und der lecke-ren Krabbenbrote. Kaum angekommen, hielt es die beiden nicht in ihrem Zimmer. Bepackt mit Neoprenanzügen, den Brettern und ihren Schirmen machten sie sich gleich auf den langen Weg über die neue Seebrücke zum Strand. Schon von weitem konnten sie den bunt bedruckten, riesigen Turm sehen. Einfach gigantisch stand er in der Nähe der Düne direkt am Strand und reckte majestätisch seine bizarre Spitze in den grauen Himmel. Sprachlos und voller Ehrfurcht starrten die Beiden hinüber.

Endlich, nach fast 1000 Metern frisch rekonstruierten Holzplanken spürten sie den feinen, aber noch extrem kalten Sand unter ihren Füßen. Lachend stürmten beide in Richtung des Wassers. Herrlich, diese frische und reine Luft. Kein Wunder, dass jährlich tausende von Lungenpatienten die Kurkliniken im Ort besuchten.

Im Nu steckten sie in ihren dunkelblauen Neoprenanzügen und ab ging es auf den „Boards". Sofort fing sich der Wind in den Schirmen und es dauerte nur Sekunden und beide vollführten ihre ersten Sprünge und Loopings.

Das ganze blieb auch einem älteren Herrn nicht verborgen. Der beobachtete schon seit Tagen, von seinem Balkon im sechsten Stockwerk des „Seehotel" aus, mit seinem gelben Fernglas den Strand. Er sei „Vogelkundler", hatte er der Vermieterin erzählt. Das hatte die Dame zwar etwas verwundert, denn zu dieser Jahreszeit flogen fast ausschließlich Möwen auf ihrer ständigen Suche nach Futter über den Strand. Der große Vogelzug, bei dem sich hunderttausende von Zugvögeln im Wattenmeer und auf den Salzwiesen niederlassen, wurde erst in zwei Wochen erwartet. Doch egal, ein zahlender Gast ist nun mal ein zahlender Gast. Um diese Jahreszeit war es noch ruhig in dem kleinen Örtchen. Und so fielen erste Feriengäste, zumal wenn sie mit gelben Ferngläsern tagelang den Strand beobachteten, natürlich auf.

„Is noch een bisschen kalt, um junge Mächens zu sehen!", rief der alte Seebär Knut Jacobson dem Herrn auf dem Balkon zu. Doch anstatt zu antworten verschwand der hastig in seinem Zimmer. „Verrückte Touristen". Kopfschüttelnd trottete Knut weiter in Richtung der „Blauen Lagune",

seinem Stammlokal. Viele der alten „Ordinger" zweifelten daran, ob Knut je zur See gefahren war. Oma Erna schwor sogar bei ihren Krabbenbroten, dass der alte Jacobson über 40 Jahre, als Packer im Gewürzkontor ihres Vaters, in „Tönning" gearbeitet hat. Doch das war auch egal.

6

Knut gehörte einfach zu „St. Peter Ording" wie der alte Leuchtturm zu Westerhever.

Kurze Zeit später verließ der Herr das „Seehotel." Er schlug den Kragen seines Mantels hoch und zog den Hut tief ins Gesicht.

So gegen den Wind geschützt, schritt er zügig in die Richtung der Seebrücke. Vor der Brust baumelte ein gelbes Fernglas.

Auf der Seebrücke wurde er von ein paar jungen Männern überholt, die aufgeregt vom tollen Wind mit ihren Schirmen und Brettern in Richtung Strand liefen. Einer der Jugendlichen blieb plötzlich stehen und drehte sich um. „Kennen wir uns?", fragte er den Mann. „Nicht, dass ich wüsste, Junge. Toller Wind heute. Viel Spaß beim fliegen." Jetzt wusste Stefan, woher er den Mann kannte. Ende September, letzten Jahres, waren er und seine Freunde zum Drachenfliegen in Husum. Und dort traf er auf jenen Mann, der ihn mit dem Satz begrüßte: „Toller Wind heute. Viel Spaß beim fliegen." Er zeigte großes Interesse an den Größen der Schirme und den damit möglichen Flugweiten. Und er hatte ein gelbes Fernglas dabei. Die anderen waren schon fast am Ende der Seebrücke angelangt und Stefan musste sich beeilen, wollte er nicht der Letzte im Wasser sein.

Es war dumm von dem jungen Mann, dass er ihn wiedererkannt hatte. Doch um dieses Problem würde er sich später kümmern. Wie auch um den alten Säufer. Nach ein paar Notizen in seinem kleinen schwarzen Buch, dann nahm er das Fernglas zur Hand und begann damit den Strand abzusuchen. Dabei lächelte er zufrieden. Endlich war es soweit. Wie ein Löwe ein Rudel Antilopen beobachtete, studierte er die „Kitesurfer". Er würde schon noch seine Auswahl treffen.

Mit einem großem „Hallo!" begrüßten die Neuankömmlinge Mike und Tom, die es sich, von ihren ersten Sprüngen etwas erschöpft, in einem der „vergessenen" Strandkörbe gemütlich gemacht hatten. „Na, ihr Großstädter, auch endlich wieder ein paar Wellen spüren? Was macht die Hauptstadt?"

Stefan und die anderen kamen aus der näheren Umgebung von „St. Peter". Sie hatten Mike und Tom im letzten Jahr bei den Weltmeisterschaften kennengelernt.

„Ja ich weiß, lieber Hörsturz als Hörsaal", frotzelte Mike zurück. „Und, habt ihr inzwischen etwas dazu gelernt oder sollen wir euch wieder nass machen?" „Pah, von wegen", lachte Tobias. „Wir werden euch schon zeigen, wie echte Ordinger surfen." „Nun, wir sind gespannt", rief Tom. „Lust auf einen kleinen Wettkampf?" „Wer den kürzesten Sprung macht, zahlt 'ne Lage Bier. Alles klar oder wollt ihr kneifen?" Tobias war begeistert. „Wir und kneifen? Wir wollen hoffen, ihr habt genug Geld eingesteckt. Aber noch eine Frage. Was haltet Ihr von dem Ding da?" Damit zeigt sein Finger in die Richtung des Turmes, der sich dunkel und bedrohlich am Ende des Strandes in den Himmel streckte. „Von uns ist noch keiner gesprungen." Jetzt grinste Mike seinen Freund Tom vielsagend an. „Irgendwer muss ja den Anfang machen. Doch jetzt wollen wir surfen. Los geht's." Stefan, Tobias und die anderen sprangen in ihre Neoprenanzüge und ab ging es in die See. Schnell waren erste Probesprünge gemacht und schon rasten alle auf ihren „Boards", parallel zum Strand, auf die gelben Startbojen zu. Sie markierten den Sprungbereich beim „Kitesurfen". Tom und Mike legten mit jeweils 15 Metern gute Weiten vor. Jetzt frischte der Wind etwas auf, und verhalfen den „Ordingern" zu Sprüngen von annähernd 20 Metern und fast sieben Metern in der Höhe. Das ließen Tom und Mike natürlich nicht auf sich sitzen. Sie drehten an den Außenbojen und rasten mit über 50 Stundenkilometern erneut auf die Startbojen zu. Jetzt hatten auch sie Glück. Eine gewaltige Böe hob sie samt ihren Schirmen in die Höhe und ließ sie erst nach über 40 Metern wieder sanft auf die Wellen hinab. Tom's Jubelschrei erfüllte die raue Luft und war bis ins Dorf zu hören.

„Na also, es geht doch." Mit einem zufriedenen Lächeln stand der ältere Herr am Ende der Seebrücke und beobachtete die Sprungversuche von

8

Tobias und seinen Freunden. „Genau, wie ich es mir gedacht hatte. Alles Versager." Hatte es sich für ihn also doch gelohnt, auf die Berliner zu warten.

Trotz ihrer Bemühungen waren die Weiten von Tom und Mike einfach nicht zu schlagen, und so trafen sich alle erschöpft, aber zufrieden am Strand. „Mann, mit den Sprüngen habt ihr beim Weltcup echte Chancen." „Alles klar, ihr Looser. Wo bleibt das Bier?" „Wir treffen uns um halb acht in der 'Blauen Lagune'." „O.k., wir müssen jetzt los." Trotz des Neoprens froren Tom und Mike erbärmlich. „O.k, Alter. Den Turm probieren wir morgen aus." Tom starrte fasziniert auf das riesige metallische Monstrum, das im Licht der untergehenden Sonne noch größer und bedrohlicher wirkte. „Is schon ein Knaller. Wenn wir Schwein haben, legen wir morgen als Erste vor. Komm lass uns gehen, mir ist kalt." „Warum morgen? Komm schon, sei keine Memme. Deshalb sind wir hier." In Mike war das Sprungfieber erwacht. Zum Glück hatten sie extra ihre neuen Kombischirme dabei. Die waren extrem wendig und zum Springen und Surfen geeignet. „Also, was ist nun?" Jetzt hielt es auch Tom nicht mehr aus. Beide griffen nach ihren Schirmen.

Dann verstauten sie die „Boards" und ihre Taschen in einem der Strandkörbe und machten sich auf den Weg zum Turm.

Der harte und weitläufige Sandstrand bot an dieser Stelle ideale Voraussetzungen für den Bau dieses Ungetüms. Das Areal umfasste neben dem eigentlichen Sprungturm eine Aufzugvorrichtung, mit der die Springer, in einem Geschirr hängend, außen in die gewünschte Höhe gezogen werden konnten. Dazu eine Verleih-Station für Schirme und Zubehör und ein Bürocontainer, auf dessen Außenseite das Schild prangte: „Sprungbetrieb vom 15. April bis Ende Oktober. Außerhalb der Saison ist der Zutritt verboten." Derartige Schilder hatten echte „Basejumper" noch nie von einem Sprung abgehalten. „Auf den Aufzug werden wir wohl verzichten müssen." Tom hatte den Absperrzaun etwas geöffnet und beide liefen geduckt zur kleinen Eisentür am Fuß des Turmes. Merkwürdigerweise war die nicht verschlossen und beide verschwanden im Schaft des Turmes. Totale Dunkelheit umfing sie. Mike öffnete die Tür einen Spalt und so konnten sie sehen, dass mehrere Leitern an den Seiten angebracht waren. Und bald begannen Tom und Mike mit ihrem beschwerlichen Aufstieg auf 100 Meter. Nach fünfzehn Metern standen sie auf einer der zehn inneren Plattformen. Keiner von Beiden sagte ein Wort. Zu ergriffen waren sie von dem, was gleich passieren würde. Ein merkwürdiges Heulen erfüllte den engen Raum. „Das ist hoffentlich der Wind. Wir sollten uns beeilen, bevor er weiter auffrischt." Tom ging als Erster zur Leiter und stieg die nächsten fünfzehn Meter empor. Es dauerte knapp zwanzig Minuten bis ein großes rotes Schild eine Höhe von 110 Metern anzeigte. Beide standen jetzt hinter einer kleinen Tür die nach außen zur Sprungfläche führte. Plötzlich herrschte totale Stille. Der Wind hatte sich vollständig gelegt. Hoffentlich war die Tür nicht abgeschlossen, denn dann waren alle Anstrengungen umsonst gewesen. Doch mit Erleichterung öffnete Mike die Tür. Fahles Licht fiel in den Turm und im nu erfüllte frische Seeluft die enge Röhre. Vorsichtig traten beide auf das knapp einen Meter breite, umlaufende Gitter. Ein phantastischer Blick, der beide sprachlos machte, eröffnete sich ihnen. Als hielt die Natur den Atem an konnte man kilometerweit auf die fast glatte Nordsee sehen. Hundertzehn Meter unter ihnen erstreckte sich der fast menschenleere Sandstrand und in Landrichtung konnten sie die vielen Lichter der Hotelanlagen erkennen. Plötzlich hörten sie Stimmen. Ihre „Ordinger" Freunde hatten sie entdeckt und standen nun winkend und laut rufend am Strand. „O.k. wir sollten machen, dass wir runterkommen." „Wer weiß, wer uns hier noch beobachtet?"

Hätte Tom gewusst, wie sehr er mit dieser Bemerkung Recht hatte, wer weiß ob sie dann auch gesprungen wären.

10

„O.k. ich bin der Erste. Wünsch mir Glück." Mike drückte seinem Freund fest die Hand, dann drehte er sich zum inzwischen etwas aufgefrischten Wind und mit einem lauten Schrei stürzte er sich in die Tiefe. Knapp drei Sekunden später öffnete sich der Schirm und trieb ihn weit auf die See hinaus. Nach einer großen Linkskurve landete ein begeisterter Mike, trunken vor Adrenalin. Auf dem harten Sand des Strandes. Jetzt hielt es Tom nicht mehr aus. Er stellte sich ganz ans Ende des Sprungbrettes. Dann breitete er die Arme aus, schloss die Augen und kippte nach vorn in die Tiefe. Auch sein Schirm öffnete sich perfekt und nach einer weiten Runde über dem grauschwarzen Wasser der Nordsee landete auch er sicher am Rand der Dünen. Tränen der Begeisterung liefen ihm über das Gesicht. Laut jubelnd rannte Mike auf ihn zu und beide fielen sich überglücklich in die Arme. „Das ist das Größte, das ich je gemacht habe. Doch jetzt sollten wir hier schleunigst verschwinden." Rasch packten sie die Schirme und „Boards" in die großen gelben Taschen und im Dauerlauf ging es in die Richtung von Oma Erna's warmer Dachstube.

Zufrieden lächelnd verließ der ältere Herr seinen Platz auf der Terrasse des Strandrestaurants „Poseidon". Die Reise hierher hatte sich auf jeden Fall gelohnt. Die zwei Jungs aus Berlin würde er sich greifen. Doch jetzt galt es, sich um zwei kleine Probleme zu kümmern.

Vom Ehrgeiz gepackt, probierten die anderen Jungs noch ein paar Sprünge. Doch an die 40 Meter von Tom und Mike kam keiner heran. Und so verschwanden auch sie bald vom Strand. Pünktlich, halb acht, trafen sich alle in der „Blauen Lagune". Außerhalb der Saison war das der Treffpunkt der Einheimischen. Hier wurde geklönt, getrunken, getratscht und manch aufregende Geschichte erfunden, die dann später als „Seemannsgarn" den Gästen für gutes Geld verkauft wird. Während der Saison war die „Lagune" dann in fester Hand der zahllosen, aber gut zahlenden Touristen.

11

Doch jetzt gehörte die „Lagune" den Einheimischen. In einer Ecke hatten es sich die Jungs aus „Ording" schon bequem gemacht. Mit einem großen „Hallo" wurden die beiden schon ungeduldig erwartet. „Nun los, kommt her und setzt euch. Das Bier kommt gleich. Was für ein genialer Sprung. Was war das für ein Gefühl, da oben zu stehen? Kommt schon, lasst euch nicht jedes Wort aus der Nase ziehen." „Es war Super! Einfach nur Super. Mehr gibt es nicht zu sagen." „Und?", fragte Tom, um vom Thema abzulenken, „Habt ihr noch eifrig trainiert?" In diesem Augenblick betrat Stefan die Kneipe. Er hatte sich etwas verspätet und war doch guter Stimmung. „Eine Runde Bier für uns, Egon. Und mach schnell. Nun schaut nicht so, ich lade Euch ein. Und mach auch eins für Knut." Der saß, wie an jedem Abend, auf seinem Stammplatz am Tresen und unterhielt die Gäste mit seinen „erlebten" Geschichten. „Hast du im Lotto gewonnen?" Tobias wunderte sich über Stefans Großzügigkeit. Die Glocke am Tresen ertönte. Das war das Zeichen, dass die bestellten Biere abgeholt werden konnten. „Ich komme!" Damit stürzte Stefan zum Tresen und holte das Tablett mit den Getränke an den Tisch. „Mach gleich noch 'ne Runde fertig." Stefan zog ein Bündel Geldscheine aus der Tasche und bezahlte, verbunden mit einem großzügigen Trinkgeld. „So Jungs, jetzt wird erst mal angestoßen. Prost, auf unsere Champions und auf den Sprung vom Turm. So weit ich weiß, wart Ihr heute die Ersten, die es gewagt haben dort hinunter zu springen. Also Glückwunsch." Alle tranken ihr Bier in einem Zug aus. „Und gleich noch eins hinterher." „Nun mach mal langsam." Tobias sah seinen Freund misstrauisch an. „Woher hast du das Geld?" Doch der hatte keine Lust darüber zu sprechen. „Jetzt nicht. Was ist Egon, wo bleibt unser Bier? Und mach dem alten Seebären auch noch eins." Knut winkte seinem Gönner freundlich zu. „Kommt schon," rief Egon und kam entgegen aller sonstigen Gewohnheiten mit einem vollen Tablett an den Tisch. „Hier sind sechs große Biere und sechs 'Kurze'. Die 'Kurzen' gehen auf mich. Prost Jungs." Schon verschwand er wieder hinter seinem Tresen.

12

„Egon bringt ne‘ Bestellung an den Tisch? Wie viel Trinkgeld hast du dem ollen Geizkragen gezahlt?“ „Egal Jungs. Los, lasst uns trinken. Prost.“ Damit kippten alle, den eisgekühlten Klaren, in einem Zug hinunter. Im weiteren Verlauf des Abends wurde noch so mancher „Kurzer“ auf Stefans Kosten gekippt. Und waren seine Freunde auch anfänglich noch misstrauisch, ob seines plötzlichen Reichtums, so änderte der steigende Alkoholpegel bald die Stimmung. Und bald lagen sich alle in den Armen und sangen gemeinsam Seemannslieder. Kurz vor Schluss trafen sich Stefan und Tobias zufällig auf der Toilette. Beide waren stark angetrunken und hatten große Mühe, das Gleichgewicht zu halten. Und so pressten sie beim Wasser lassen ihre Köpfe an die Fliesen der Toilettenwand. „Woher hast Du die Kohle?“, lallte Tobias seinem Freund zu. „Ich habe jemanden getroffen. Einen alten Freund. Mehr darf ich nicht sagen, Tobi. Du musst mir vertrauen. Da ist noch viel, viel mehr drin. Und jetzt ist mir schlecht.“ Während Stefan sich übergab, ließ ihn Tobias mit dem Satz allein: „Komme gleich wieder.“ Damit wankte er in den Gastraum zurück. Der Wirt läutete gerade die letzte Runde ein. Wieder an der Tür, trafen nun alle auf Stefan, der leichenblass auf einer der Stufen saß. Gemeinsam traten sie den Heimweg an. Knut, der nun auch die „Lagune“ verlassen musste, rief Stefan noch hinterher: „Ich danke Dir. Bist ein guter Junge.“ An der nächsten Kreuzung teilten sich ihre Wege. Alle verabredeten sich für den nächsten Vormittag am Strand. „Dann gebt ihr uns aber ne Revanche“, lallte Stefan. „Oh nein, morgen geht es noch mal auf den Turm. Kommt doch mit, wenn Ihr euch traut.“ Beide hatten es jetzt nicht mehr weit bis zu Oma Ernas Pension.

Tobias und Matthias verschwanden in Richtung des alten Dorfkerns. Stefan dagegen hatte den weitesten Weg. Vorbei am alten Deich, dann an den Salzwiesen, bis hin zum Hof seiner Eltern, der etwas abseits von St. Peter Ording lag. Um diese Zeit waren die Straßen des kleinen Örtchens menschenleer. Und so waren die Chancen, dass ihn irgendein Auto ein Stück mitnahm äußerst gering. Und doch schien er Glück zu haben. Tom konnte die abgeblendeten Lichter eines großen Autos erkennen, das langsam hinter Stefan her fuhr. Schließlich hielt es auf Höhe des Jungen an, der kurz danach in den Wagen stieg. Für einen Moment wurde der Innenraum erleuchtet und Tom konnte sehen, dass ein Mann den Wagen lenkte. Kaum war Stefan eingestiegen, heulte der Motor auf und das Fahrzeug verschwand mit hoher Geschwindigkeit im Dunkel der Nacht. „Glück gehabt!", rief Tom ihm nach und öffnete die Tür der Pension. Mike lag längst schon schnarchend im Bett.

Am nächsten Morgen hatten beide das Gefühl, als wären sie von einem Traktor überrollt worden. Sie saßen auf der Bettkante und versuchten krampfhaft, die Augen offen zu halten. „Wie geht es Dir?" Mike hatte sich ein nasses Handtuch in den Nacken gelegt und ein zweites um den Kopf gebunden. „Frag nicht. Wie spät ist es?" „Keine Ahnung." Tom versuchte krampfhaft, die Zeiger auf seiner Uhr zu erkennen. Lautes Klopfen an der Tür unterbrach ihn, bei dieser für ihn, im Moment, schwerwiegenden Tätigkeit …

"Was ist los, ihr Schlafmützen? Draußen ist ein herrlicher Tag und ihr liegt hier faul in den Kojen." Die Tür flog auf und Oma Erna stand mit einem Tablett bewaffnet in der Tür. „Hier, ein paar von meinen Krabbenbroten und ein starker Tee. Der bringt Euch wieder auf die Beine." Bei dem Gedanken an frische Krabben begann Toms Magen zu rebellieren und er stürzte an Oma Erna vorbei ins Bad. „Entschuldigen Sie ihn, aber er hat wohl gestern ein bisschen viel getrunken. Wie spät ist es?" „Es ist gleich Mittag." „Mist, wir wollten uns um 11 Uhr am Strand, mit den anderen treffen." Plötzlich wurde die beschauliche Ruhe durch das ohrenbetäubende Geräusch von Sirenen gestört. Ein Krankenwagen, gefolgt von zwei Streifenwagen, raste am Haus vorbei in Richtung des Strandes. Tom wankte zurück ins Zimmer und hielt sich die Ohren zu. „Was is'n da los, Oma Erna?" „Keine Ahnung. Und nun trinkt erst mal was Ordentliches.

Der Tee beruhigt den Magen und macht den Kopf frei." In diesem Moment rast erneut ein Streifenwagen der Polizei mit Blaulicht und Sirene in Richtung des Strandes. Mike stöhnte auf: „Hier geht's ja zu wie am ersten Mai in Kreuzberg."

Das Sirenengeheul hatte Oma Erna ganz unruhig gemacht.

„Das habe ich ja noch nie erlebt. Da muss was passiert sein." Sie stellte das Tablett auf dem Tisch ab und eilte die Treppe hinunter. Noch in Hausmantel und Pantoffeln lief sie in die Richtung der Einkaufspassage. Dort standen schon einige der alten „Ordinger" aufgeregt diskutierend beieinander. „Wat ist passiert? Warum die viele Polizei?", rief sie schon von weitem. Die Frau vom „alten Hinrich" wusste wohl Bescheid und versorgte die Dörfler gerade mit den neuesten Informationen. „Also, der Karl, der was mein Mann is, der hat ihn gefunden." „Gefunden? Wen den? Nu lass Dir mal nich jedes Wort aus der Nase ziehen." Oma Erna war jetzt mehr als nervös. Und in diesem Zustand war mit ihr nicht gut Kirschen essen. „Also, der Karl, wat meen Mann is," „Wen hat dein Oller denn nu jefunden?" „Na, den alten Jacobson. Draußen im Watt. In en Priel." „Ach so, seit wann ist ein Besoffener ein Fall für die Polizei?" „Na, weil er tot is!" Oma Erna erschrak. „Tot? Wie tot? Einfach so?" „Nu, er lag ertrunken in einem der Priele, gleich neben dem andern." „Wie? Wat'n für'n andern?" Jetzt steckte die Gruppe die Köpfe zusammen und man hörte nur noch ein leises aber aufgeregtes flüstern. „Nur wenige Meter neben Jacobson lag een junger Mann. Mausetot." Oma Erna war jetzt ganz starr vor Entsetzen. „Ein junger Mann, sagst du? Weiß man schon, wer?

In diesem Moment bog ein grüner Wagen mit der Aufschrift „Gerichtsmedizin" in die Dorfstraße die zum alten Deich führt. Als würden die beide Toten drinnen aufgebahrt liegen, bekreuzigten sich die Frauen und die Männer rissen sich die Mützen vom Kopf. Alle starrten dem Transporter hinterher, der gerade vom Deich in die Richtung des Watt's abbog.

15

Wortlos löste sich die Gruppe auf und jeder ging seiner Wege. Auch Oma Erna lief in die Richtung ihres Hauses. An der Tür traf sie auf Tom und Mike, die eilig auf dem Weg zu ihren Freunden waren. „Was ist passiert, Oma Erna?", rief Tom ihr zu. Doch die alte Dame schlurfte nur wortlos ins Haus. „Komisch." Tom war erstaunt. So wortkarg hatte er die Alte noch nie gesehen.

Doch Mike fing an zu drängeln. „Nun los, mach schon. Wir müssen uns beeilen. Wir sind eh schon spät dran." Als sie am Marktplatz links in den Weg zur alten Seebrücke abbogen sahen sie zwei Streifenwagen, die den Weg über den Deich zum Watt abriegelten. „Da muss irgendetwas passiert sein." Gerade wollten sie in die Richtung der Seebrücke laufen, als einer der Polizisten sie heranwinkte. „He Jungs, spart euch den Weg. Ins Wasser kommt ihr heute eh nicht." „Und warum nicht?", fragte Tom verwundert. „Kann ich Euch nicht sagen. Am besten, ihr geht wieder nach Hause." Plötzlich hörten sie ihre Namen rufen. Tobias und sein Freund Matthias kamen von der anderen Seite des Deiches angelaufen. Sie waren völlig außer Atem. „Na dann sind wir ja doch nicht zu spät!", rief Mike ihnen zu. „Habt ihr es schon gehört?", rief Tobias ihnen zu. „Was meinst du?" „Sie haben heute Morgen Stefan gefunden."

Sofort schien in Tom eine Ahnung Gestalt anzunehmen. „Er ist tot, nicht wahr?" Verwundert schauen ihn die anderen an. „Woher weist Du das?", fragt Tobias. Plötzlich dreht sich Tom ab und blickt in die Richtung des alten Deiches. „Von wegen Glück gehabt." Langsam geht er in die Richtung der Düne. „Was ist los, Tom?" Mike schaut seinem Freund nach. „Was hast Du? Was ist mit Dir?" Mike dreht sich zu Tobias. „Wie ist er, ich meine, weiß man schon, wie?" „Er soll ertrunken sein. Er lag in einem der Priele." Tobias, Mike und Matthias gehen zu Tom, der auf der Deichkrone sitzt und in die Richtung des Wassers starrt. „Glück gehabt, von wegen …" flüstert er. Plötzlich dreht er sich zu den anderen. „Er ist nicht ertrunken. Er wurde ermordet. Hört ihr? Ermordet! Und ich habe seinen

16

Mörder gesehen. Ich muss hier weg!" Damit springt er auf und rennt in die Richtung der Pension davon.

Die anderen, insbesondere Mike, schauen ihm verwundert nach. "Versteht Ihr das?" Fragend sehen beide zu Mike. Tobias räuspert sich: "Sie haben noch eine Leiche gefunden. Den alten Knut Jacobson. Ist wohl auch im Priel ertrunken." Mike starrt zu Tobias. "Ich muss zu Tom", ruft er, und rennt seinem Freund hinterher.

In der Pension angekommen findet er Tom beim Packen ihrer Sachen. Hastig stopft er seine und Mikes Sachen in eine Tasche. "He, was soll das?" "Wir müssen hier weg. Und zwar sofort." "Was hast Du vorhin damit gemeint? Du hättest den Mörder gesehen?" Tom setzt sich aufs Bett und vergräbt sein Gesicht in den Händen. "Gestern Abend, Du warst schon im Haus, konnte ich sehen, wie Stefan in ein Auto stieg, das danach in Richtung des Watts raste." "Konntest Du den Typen erkennen?" "Ne, war viel zu weit weg, aber der muss auf ihn gewartet haben." "Wie kommst Du darauf?" "Na weil der zuerst mit abgeblendeten Scheinwerfern hinter ihm hergefahren ist." "Wer weiß was Du gesehen hast. Du warst voll wie ne Strandhaubitze. Schon vergessen?"

"Ich weiß, was ich gesehen habe." "Bist Du dir da sicher?" "Ja!" "Ich meine, wirklich sicher?" Tom stiert vor sich hin. "Das Geld. kannst Du dich an das viele Geld erinnern, das Stefan in der Tasche hatte? Das muss er von irgendjemand bekommen haben." "Jetzt wo Du es sagst. Der hat den ganzen Abend bezahlt." In diesem Moment klopft es an der Tür. Beide Jungs springen erschrocken auf. Oma Erna steht in der Tür. "Hier, das ist für Euch. Hat ein Bote abgegeben." Tom enteist ihr den Brief und knallt die Tür zu. Direkt vor Oma Ernas Nase. "Hier, mach auf." Tom hält Mike den Brief hin und wirft sich aufs Bett. Mike machte den Umschlag vorsichtig auf. Darin befindet sich folgende Nachricht.

"Meine Herren, mein Name ist Müller und ich beobachte Sie schon eine ganze Weile. Ich hatte insgeheim gehofft, Sie auch heute vom Turm springen zu sehen.

Doch leider hat Sie der kleine Zwischenfall, in der letzten Nacht, wohl dazu bewogen, vorzeitig abzureisen. Ich würde mich freuen, Ihnen einen lukrativen Job anbieten zu können. Doch zuvor würde ich gern ihre Sprungkünste bewundern. Deshalb lade ich Sie hiermit zu einem sensationellen und einmaligen Sprung vom neuesten Bauwerk Frankfurts, dem Bode Tower ein. Ich erwarte sie am 24. April um 23.45 Uhr in Frankfurt am Main, vor dem Bahnhof. Bahntickets und eine weitere Nachricht folgen später. Mit freundlichen Grüßen, Hans Müller. Ihr unbekannter Gönner und hoffentlich bald Förderer.

PS. Und bitte gehen Sie, in ihrem eigenen Interesse, nicht zur Polizei. Ich beobachte Sie ab jetzt."

„Was soll'n das?" Toms Gesicht ist aschfahl. „Mann, begreifst Du denn nicht? Das ist ein Brief von Stefans Mörder. Doch woher weiß der von unserer Abreise?" Tom geht zum Fenster. Aber so sehr er sich auch bemühte, er konnte nichts Verdächtiges entdecken. „Mike, er beobachtet uns. Verstehst Du jetzt, warum wir sofort abreisen müssen?" „Ich würde eher sagen, dass wir zur Polizei gehen sollten. Du musst denen unbedingt von dem Auto und dem Mann erzählen." Doch Tom war dabei, die Taschen zu greifen. „Polizei? Ich bin doch nicht lebensmüde. Also, was ist? Kommst du jetzt mit? Ich werde auf jeden Fall fahren." Mike sah in Tom's Gesicht, dass es ihm Ernst mit der Abreise. „O.k. war. „Gut, ich komme mit. Auch wenn ich die Idee mit der Polizei noch immer nicht verwerfen will." Beide raffen ihre Sachen und stürmen die kleine Treppe hinab. Dort begegnen sie Oma Erna, die in Gedanken versunken am Küchentisch sitzt. „Entschuldigen Sie, aber wir müssen sofort weg." Damit bezahlen sie, steigen in ihr Auto und rasen in Richtung Berlin davon.

Oma Erna steht im Türrahmen und schaut Ihnen hinterher. Auf der anderen Seite winkt ihr ein freundlicher Herr zu. „Haben Sie ihnen den Brief

18

gegeben?" Oma Erna, nickt ihm freundlich zu. „Aber ja. Alles erledigt." Zufrieden fühlt sie den „Fünfziger", den ihr der Herr als Trinkgeld in die Tasche gesteckt hatte. „Noch einen schönen Tag." Damit geht sie wieder ins Haus.

Lächelnd setzt sich der Mann in seinen „Jaguar", der mit abgedunkelten Scheiben am Straßenrand parkt. „Nun dann, meine kleinen Springer. Wir sehen uns in Frankfurt." Er steckt den Schlüssel ins Zündschloss. Sanft glitt eine CD in den dafür vorgesehenen Schlitz und der kräftige Klang eines Klavierkonzertes erfüllt den Innenraum der Limousine. Langsam setzt sich der schwere Wagen in Bewegung und folgt dem „Mini" in gebührendem Abstand.

7. April Tierpark Berlin – Marc Schüler

Ein kalter Mittwoch im April. Ein schwarzer „Jaguar" biegt langsam auf den fast leeren Parkplatz von Berlins größtem Tierpark. „Einen Erwach-senen bitte." Die Dame hinter dem Schalter legt ihr Strickzeug für einen Moment unwillig aus der Hand. „Macht elf Euro und wenn et jeht, passend." Wortlos schiebt ihr Müller das Eintrittsgeld durch die kleine Öffnung. An der Einlasskontrolle ist kein Mensch zu sehen. „Kein Wunder bei dem Wetter". Müller zuckt nur mit den Schultern. Dann steckt die Karte in die Tasche und zieht den Kragen hoch. Es ist kalt und nun fing es auch noch an zu regnen. Nach einer kurzen Orientierung auf einer der Wegetafeln eilt er mit zügigen Schritten in die Richtung des „Alfred-Brehm-Hauses". Doch nicht die Raubtiere, oder die schwüle Wärme des Tropenhauses hat es ihm angetan. Er interessiert sich ausschließlich für die große Freifluganlage der Greifvögel, die sich direkt hinter dem Haus befindet. Dort war er verabredet, mit einem gewissen Marc Schüler. Dem zuständigen Tierpfleger, für Greifvögel. Nach knapp zehn Minuten erreicht er die riesige Voliere, die jedoch, auf den ersten Blick völlig leer scheint.

19

Angestrengt versucht Müller irgendeinen der Vögel im Dickicht der Bäume zu entdecken. „Scheint keiner da zu sein." Unbemerkt war ein junger Mann herangetreten. „Guten Tag. Mein Name ist Marc Schüler. Ich glaube, wir beide sind verabredet?" Müller mustert aufmerksam sein Gegenüber. „So, wie kommen Sie darauf?" „Nun, ich kann mir nicht vorstellen, dass sich bei diesem Wetter viele Besucher für Vögel in einer Freifluganlage interessieren." „sie haben Recht, junger Mann. Mein Name ist Müller. Ich bin seit Jahren ein Freund von Großvögeln, speziell von Greifvögeln."

Darf ich fragen, ob Ihr Interesse beruflicher oder eher privater Natur ist?" Müller versucht indessen immer noch einen Vogel zu entdecken. „Nun, wie man's nimmt. Sagen Sie, befindet sich in dieser Anlage auch irgendein Tier?" „Warten Sie hier." Damit verschwindet der Pfleger in die Richtung des Brehm-Hauses. Nach knapp fünf Minuten ist ein leises metallisches Klirren zu hören und Müller sieht den Pfleger, wie er durch die Anlage geht. In den Händen hält er irgendwelche toten Tiere. „Hier, Kaninchen! Ihre Leibspeise!" Damit legt er jeweils einen der Kadaver auf drei der hohen Baumstümpfe, die wie Postamente in der Mitte des Gitters stehen. Dann kommt er dicht an den Zaun, dorthin, wo Müller steht. „Und jetzt, passen Sie auf." Er setzte eine Pfeife an den Mund und bläst hinein. Ein ekelhaft hoher Ton ist zu hören. Es dauerte nicht lange und drei riesige Vögel lösen sich aus dem Dickicht der Bäume und beginnen hoch oben in der Anlage zu kreisen. Dabei stoßen sie seltsame kehlige Laute aus, die irgendwie unheimlich klingen. Plötzlich erhebt sich ein Rauschen, das schnell lauter wird und nacheinander landen drei riesige Vögel auf den Baumstümpfen. Ihre gewaltigen Krallen schlagen sich dabei in die toten Kaninchen. Müller ist völlig fasziniert. „Das in der Mitte ist ein Adler, wenn ich mich nicht irre. Aber was, um alles in der Welt sind die anderen für Viecher?

Wie aus einer fremden Welt kommend, sitzen zwei riesige, sehr kräftige

20

und äußerst aggressiv wirkende Vögel auf ihrer Beute und fixieren den Pfleger. Bereit, ihn sofort anzugreifen und höchstwahrscheinlich schwer zu verletzen, sollte er auch nur versuchen, ihnen das Futter streitig zu machen. „Nun, habe ich Ihnen zu viel versprochen? Sie wollten doch die stärksten Greifvögel kennen lernen? Hier sind sie. Das sind Harpyien." „Harpyien? Ich dachte, diese Tiere gibt es nur in Mythen und Sagen?" „Nun, sehen die beiden hier aus wie Sagengestalten? Oh nein. Diese Vögel leben in Südamerika, in den unendlichen Weiten des kolumbianischen Dschungels. Sie werden etwa einen Meter groß und ihre Flügelspannweite beträgt über zwei Meter. Ihre Beute sind Affen und Faultiere, die sie über 'zig Meilen durch die Lüfte transportieren können. Das sind im Übrigen die Männchen. Da oben in den Bäumen sitzt noch ein Weibchen, das im Augenblick brütet.. Das ist noch etwas größer und stärker." Müller war jetzt völlig fasziniert und konnte sich gar nicht satt sehen. „Genau so etwas habe ich gesucht," flüstert er.

Plötzlich erscheint ein älterer Pfleger am Gitter. Er steht dicht neben Müller und flüstert: „Um Himmels Willen Marc, bewege Dich bloß nicht." „Oh, hallo Chef, keine Angst, ich habe alles unter Kontrolle." „Das hoffe ich für Dich." Der Pfleger greift langsam zu einem Blasrohr, das er in seinem Gürtel trägt. Er führte einen kleinen Pfeil ein, den er vorsichtig aus einem kleinen Metallkästchen entnimmt. „Halt jetzt einfach die Klappe, hörst Du?" Langsam hebt er das Rohr an den Mund. Als würden sie die Gefahr ahnen, reissen die Harpyien die Köpfe herum und starren nun den Pfleger mit dem Blasrohr an. Die riesigen Schnäbel sind voller Blut und den Resten von Gedärmen. Plötzlich ist von oben ein markerschütternder Schrei zu hören. Wie ein Warnruf aus einer anderen Welt, breiten die beiden ihre mächtigen Schwingen aus und erheben sich, mit den blutigen Kadavern in ihren Fängen, in die Luft. Sie kreisen mehrfach unterhalb des Daches der Freifluganlage, bis sie endlich in den dichten Baumkronen verschwinden.

Der Adler dagegen saß immer noch friedlich auf seinem Platz und verspeiste mit großem Appetit sein Futter. „Und jetzt komm vorsichtig heraus." Marc verschwindet kurze Zeit später aus der Anlage. Müller sieht den älteren Pfleger an. „Sagen Sie, hätten die Harpyien den jungen Mann ernsthaft verletzen können? „Wer sind Sie und was geht Sie das hier an? Sind Sie etwa für diesen Blödsinn verantwortlich?" „Oh nein, ich bitte Sie. Gestatten Sie, dass ich mich vorstelle. Mein Name ist Dr. Hans Müller und ich interessiere mich beruflich für diese Tiere." „Nun, ich will mal so sagen, Herr Dr. Müller. Seine Chancen, die Anlage bei einem Angriff lebend zu verlassen, lagen bei Null. Aber das ist jetzt auch egal." In diesem Moment kommt Marc auf die beiden zu. „Hören Sie, Chef. Sie brauchen sich nicht aufzuregen. Ich hatte alles unter Kontrolle." „Du bist gefeuert. Ich habe Dich mehrfach gewarnt. Gib mir die Schlüssel und hol Dir deine Papiere." Marc gibt ihm die Schlüssel. Er wusste, dass es im Augenblick sinnlos war, mit dem Alten zu diskutieren. Der eilte bereits in die Richtung des Verwaltungsgebäudes. „Nun, das war es dann wohl. Tschüss meine Lieben. Wie ist es, Herr Müller? Ich brauche einen neuen Job. Können Sie mich gebrauchen? Als Pfleger oder Trainer?" Müller war immer noch von dem Gesehenen fasziniert. „Eine Frage noch, junger Mann. Wie schwer kann die Beute sein, die diese Vögel problemlos transportieren können?" „Nun, so an die vier bis sechs Kilogramm." „Noch eine Frage: Sind Sie sicher, das Sie die Vögel im Griff hatten?" „Na, dann passen Sie mal auf." Marc nimmt die Pfeife aus der Tasche und bläst darauf. Es dauerte nicht lange und die Harpyien landen erneut auf ihren Postamenten. „Davon weiß der Alte natürlich nichts. Ich habe das seit knapp einem Jahr trainiert." „O.k., kommen Sie, junger Mann, wir sollten miteinander reden. Vielleicht habe ich ja wirklich einen Job für Sie."

Vier Tage später gab es eine merkwürdige Diebstahl-Anzeige in der Presse: „In der gestrigen Nacht verschwanden aus der Freiflughalle des Berliner Tierparks mehre Greifvögel. Ob ein Diebstahl vorliegt, wird noch untersucht. Hinweise nimmt jede Polizeidienststelle entgegen. Vorsicht, die Tiere können für Kleintiere und Kinder gefährlich werden. Pfleger hatten am Morgen eine offene Tür in der Freifluganlage entdeckt. Es ist unerklärlich, wie die Vögel aus der Voliere verschwinden konnten."

Einen Tag später wurde der Leichnam des Oberpflegers der Greifvögel entdeckt. Er lag in einem kleinen See des Park's und war wohl ertrunken. Ein schrecklicher Unfall …

15. April JVA Moabit – Eddy und Paul

„He, du hast Besuch." Der Beamte stand in der Zellentür, dessen Insasse gerade mit dem Frühstück beschäftigt ist. „Lass mir in Ruhe", knurrt Eddy mit vollem Mund. „Und mach det Brett zu. Ick will keen nich sehn." Doch der Beamte ließ nicht locker. „Nee, Eddy, jeht nicht. Is een Anwalt. Also los jetzt." Unwillig räumt Eddy sein Essen in den Spind. „Nich mal im Knast haste deine Ruhe. So 'ne Hektik am frühen Morgen. Det jibt Magengeschwüre von de Hast." Damit tritt er aus der Zelle, die der Beamte sorgfältig verschließt. „Los, Du kennst den Weg." Nach schier endlosen Gängen, Türen und Treppen waren sie endlich am Besucherraum angekommen. Dort saß ein älterer Herr. Auf dem Tisch hatte er eine dicke rote Akte, die er zu studieren schien. „Det is nich meen Anwalt." Doch der Beamte schiebt ihn in den Raum und schließt die Tür. Eddy setzt sich an den Tisch und mustert sein Gegenüber. „Tach. Sie wolln ma sprechen?" Der ältere Herr hob seine Augen und mustert Eddy. „So sieht also eine Verbrecherlegende aus. Und ja, ich will mit Ihnen reden. Doch zunächst möchte ich mich kurz vorstellen. Mein Name ist Dr. Hans Müller. Ich bin Anwalt. Und ich glaube, Sie sollten hier nicht weiter einsitzen." „Wat is?" Eddy war verwirrt. „Wo soll ick nich insitzen?" Müller sieht Eddy tief in die Augen. „Hören Sie, was würden Sie davon halten, in der nächsten

23

Woche wieder auf freiem Fuß zu sein?" „Wie jetzt? Se meen draußen? Echt? Und wat is mit meene restlichen Monate?" „Sie meinen, die fünf Jahre, sieben Monate und sechs Tage?" „Nu wern se mal nich kleinlich." „Nun sagen wir, die werden Ihnen erlassen. Wegen guter Führung." Der Tonfall klang jetzt irgendwie ironisch und das konnte Eddy auf den Tod nicht ausstehen. „Also nu mal Schluss mit det Gequatsche. Ick kenn Sie nich und warum soll'n ma die Herrn hier plötzlich raus lassen? Da ist doch was faul. Sie haben eine Minute, mia det zu erklären, denn steh ick hier uff und det Jespräch ist beendet. Die Zeit läuft." Müller zieht die Augenbrauen hoch und setzt die Brille ab. „Nun passen Sie mal genau auf. Sie sitzen hier wegen fünfzehn nachgewiesenen Einbrüchen seit knapp sechs Jahren ein. Das ist Ihre dritte Verurteilung. Meinetwegen können Sie hier drinnen verrotten. Ich bin Ihre letzte Chance, hier raus zu kommen. Also, habe ich jetzt Ihre Aufmerksamkeit?"

Eddy schluckt und nickt. Ich mache Ihnen jetzt einen Vorschlag und Sie sollten genau zuhören, denn ich werde dieses Angebot nur einmal machen. Ich sorge dafür, dass Sie in der nächsten Woche hier heraus spazieren. Dafür werden Sie mir bei einem kleinen Unternehmen helfen, für das Sie, bei Erfolg, eine halbe Million Euro erhalten. Steuer- und völlig Risikofrei. Das ist alles. Sie haben genau eine Minute, um sich zu entscheiden. Die Zeit läuft." Müller nahm seine Uhr vom Handgelenk. „Noch 30 Sekunden, dann bin ich weg. Also? Noch 20, noch zehn Sekunden." Nervös schlägt Eddy seine Hände auf den Tisch. „O.k., Sie haben gewonnen. Wat is det fürn Job?" „Das erfahren Sie noch früh genug. Noch eine Frage: Was halten sie von Paul Kowalski?" Eddy überlegt kurz. „Paule? Een Supertyp. Kenn ick. Sitzt drei Zellen neben mir. Hat noch drei Jahre vor sich." „Falsch! Den holen wir auch raus. Das wird ihr zukünftiger Partner." „Moment mal. Eddy arbeitet nich mit Partner. Ick bin jut, weil ick alleene arbeite, hörn se?" Müller lacht kurz auf. „Das sieht man. Wenn Sie so gut sind, wie sie denken, warum sitzen Sie dann hier? Und noch etwas, wir

24

bestimmen ab sofort, mit wem Sie arbeiten. In ihrem Jargon heißt das wohl: Ihr Arsch gehört ab jetzt mir. Also, gewöhnen Sie sich daran. Ich werde jetzt gehen. Alles weitere in einer Woche." Damit stand Müller auf und wirft die Akte in den Mülleimer. Eddy sieht ihn irritiert an. „Keine Angst, mein Freund. Da sind nur leere Blätter drin." An der Tür dreht er sich noch mal um. „Das ganze bleibt natürlich unter uns. Reden Sie mit keinem darüber. Wir haben hier überall unsere Augen und Ohren. Etwas sollten Sie noch wissen. Wir verzeihen keine Fehler. Also, bis bald, Eddy." Damit verlässt Müller den Raum. Kurz danach kommt der Aufsichtsbeamte: „Nu, wat is? Jute Nachrichten? Komm, et jeht zurück in die Zelle." Eddy erhebt sich und geht den Weg zurück. Endlich in der Zelle angekommen, wirft er sich auf die Pritsche und dachte darüber nach, was gerade passiert war. Wenn das eben nicht völliger Quatsch war, dann war er in einer Woche hier raus und frei. „Frei!" Ein Wort, an das er erst wieder in fünf Jahren denken wollte. Und plötzlich war der Tag der Freiheit in greifbare Nähe gerückt. Und dann noch ein Job mit einer halben Million Prämie. Ihm war klar, dass es sich um ein krummes Ding handeln würde. Doch egal, die Kohle konnte er gut gebrauchen. Außerdem hatte der Kerl was von Risikofrei erzählt. Aber da war noch Paul als Partner. Eddy war ein Einzelgänger. Er hatte immer allein gearbeitet. In seiner Jugendzeit war er eine Legende als brillanter Einbrecher. In der letzten Zeit hatte er aber etwas Pech gehabt. Paul dagegen, soll verpfiffen worden sein. Von wem hatte er nie erfahren. Ansonsten kam Eddy mit ihm gut aus. Lag wohl auch an dem Beruf. Er nahm sich vor, bei passender Gelegenheit mit Paul zu reden. Doch was hatte der Anwalt gesagt? „Wir haben hier Augen und Ohren." Es klopfte laut an der Tür. „Fertig machen. Et jeht uff Arbeit." Eddy arbeitete seit knapp einem Jahr in der anstaltseigenen Tischlerei. Draußen, vor der Zelle, reihte er sich in die Schlange der anderen Häftlinge ein.

Als sich die Truppe in Bewegung setzte und an Pauls Zelle vorbei kam, war er verwundert. Der Haftraum war leer. Von Paul keine Spur. „War der etwa schon raus?" Eddy drehte sich zu dem Beamten, der hinter ihm lief. „Hey Chef, wat isn mit Paul? Hat der Ausgang oder wat?" „Weitergehen Eddy. Der Kowalski liegt auf der Intensiven im Krankenhaus. Blinddarm oder so." Eddy grinste vor sich hin. Blinddarm oder so. Von wegen. Der war fit wie ein Turnschuh. Jetzt war ihm klar, dass das Ganze kein Hirngespinst ist. Und er ahnte, dass er in wenigen Tagen seinem Kumpel ins Krankenhaus folgen würde. Und genau so war es dann auch.

Eine Woche später lag Eddy mit Verdacht auf eine Lebensmittelvergiftung im Haftkrankenhaus. Als Erstes hatte man ihm den Magen ausgepumpt. Fast hätte man dabei den Zettel wieder zu Tage befördert, den er weisungsgemäß verschluckt hatte. Inzwischen ging es ihm wieder besser und er war gespannt, wie das Ganze nun weitergehen würde. Paul, das hatte er inzwischen erfahren, hatte tatsächlich eine Blinddarm-OP hinter sich. Er lag ein Zimmer weiter und sollte wie Eddy am nächsten Tag zurückverlegt werden. Also egal wie, heute Nacht musste etwas geschehen. Pünktlich um 22 Uhr wurden die Lichter gelöscht. Doch Eddy konnte nicht schlafen. Zu aufgeregt war er.

Kurz vor Mitternacht trat eine Schwester in Eddys Zimmer. Ihr Gesicht war von einem großflächigen Mundschutz verdeckt und in der Hand hielt sie eine aufgezogene Spritze. „Wat is? Jeht det jetze los?" Die Schwester bedeutete ihm den Mund zu halten. Sie trat an das Bett und ehe es sich Eddy versah, hatte er schon die Kanüle im Arm. „Wat isn det fürn Zeug?" wollte er noch rufen, doch da versagte ihm schon die Stimme. Kurze Zeit danach wurde ihm schwarz vor Augen. Als es wieder hell wurde, lag er nackt auf einem kalten Metalltisch mit einem Tuch über dem Gesicht. Wo war er? Was war das für ein Raum? Da wurde ihm das Tuch vom Gesicht gezogen und eine junge Frau, in einem Arztkittel beugte sich über ihn. „Na, was ist los. Wieder zurück im Diesseits?" Eddy hatte fürchterliche Kopf- und Magenschmerzen. Das Gesicht der Ärztin war zwar ver-

26

schwunden, doch hörte er in der Ferne ihre Stimme. „He Sie, aufwachen. Nun los, machen Sie schon. Wenn Sie nicht gleich erwachen, muss ich Sie leider obduzieren." Jetzt war Eddy klar, er befand sich in einer Leichenhalle oder Pathologie. Angst kroch in ihm hoch. War er wach? Konnte er sich verständlich machen oder war er schon tot? Nun, tot konnte er nicht sein, denn er spürte die Kälte des Metalls, auf dem er lag. „Hallo, Hallo", krächzte er mühsam heraus. „Hallo Sie, ich bin nicht tot." Sofort erschien wieder das Gesicht über ihm. „Nun, sehen wir mal an. Der Erste ist wieder da. Ich hatte schon befürchtet, dass die Dosis etwas zu stark war. Doch dann hätten wir halt andere holen müssen. Willkommen im Leben, Sie großer starker Kerl. Und nun ist es an der Zeit, aufzustehen." Damit riss sie das Tuch vollends von Eddys Körper. Eddy gab sich Mühe und mit Hilfe der Ärztin gelang es ihm, sich hinzusetzen. Dabei bemerkte er, dass er völlig nackt war. „O.k., es piekt jetzt ein bisschen. Noch ehe er begriff was passierte, hatte er wieder eine Spritze im Arm. Nur dieses Mal versagte ihm nicht die Sinne. Eddy spürte wie es ihm schnell besser ging. Die Kopfschmerzen verschwanden und die Übelkeit in seinem Magen wich einem Hungergefühl. Nur der fade Geschmack im Mund war noch da. „Haben se mal een Pfeffi?" „Hallo Eddy." Die Stimme, die er hörte, war von seinem Kumpel Paul. „Nicht so einfach, von den Toten wieder aufzustehen." „Wo wir gerade von Aufstehen reden." Die Ärztin stand jetzt zwischen den Obduktionstischen. „Wenn Sie nicht doch noch zu meinen Patienten gehören wollen, dann rate ich Ihnen, schnell wieder auf die Füße zu kommen. Sie sind hier in meiner Pathologie." „Hätten se vielleicht een paar Klamotten für uns, schöne Frau?" „Glauben Sie mir meine Herren, ich habe schon viele Männer nackt gesehen." In diesem Moment ging die Tür auf und Hans Müller stand im Raum. „Ah, der Herr Anwalt", maulte Eddy. „Danke, meine Liebe, ab jetzt übernehme ich. Hier sind ein paar Kleider für Sie. Ziehen Sie die an, wir rücken in zehn Minuten ab." Damit warf er einige Kleidungsstücke auf die Tische. Eddy war viel zu fertig, um sich mit Müller jetzt auseinander zu setzen. Doch er nahm sich vor, das zu gegebener Zeit nachzuholen. Ihm war entsetzlich schlecht und irgendjemand musste dafür bezahlen. Die Sachen, die Müller besorgt hatte, passten wie angegossen und so standen Paul und Eddy nach fünf Minuten vollständig bekleidet in der Pathologie und warteten darauf, abgeholt zu werden. Nach zehn Minuten öffnete sich die Tür und Müller betrat den Raum. „Na also, geht doch. Jetzt noch eine Dusche und eine Rasur und Sie sind wieder vorzeigbar. Kommen sie, meine Herren. Genießen Sie den ersten Tag Ihrer Freiheit. Wer weiß, vielleicht werden wir noch Freunde." Als Eddy an Müller vorbeiging, bleibt der plötzlich vor ihm stehen und starrt ihm in die Augen. Wie zwei Boxer vor dem Kampf standen sie sich gegenüber. Müller spürte Hass in Eddys Augen aufblitzen. „Nun, wahrscheinlich werden wir doch keine Freunde. Doch kommen Sie auf keine dummen Gedanken." Eddy spürte den Lauf einer Pistole, der sich in seinen Bauch bohrte. „Seien sie gewiss, dass ich nicht eine Sekunde zögern werde Sie zu erschießen. Natürlich nur, falls es nötig sein sollte. Haben wir uns da verstanden?" Eddy hatte gelernt wann es besser war, die Klappe zu halten. Und das war so ein Moment. Also nickte er nur und folgte seinem Kumpel Paul, der draußen auf dem Gang auf ihn wartete. Müller steckte die Waffe zurück ins Halfter. Dabei grinste er. „Dieser Gaul ist zugeritten." Damit stürmte er an den Beiden vorbei. Auf dem Flur trafen sie auf die Ärztin, die in einer Ecke eine Zigarette rauchte. „Brillant wie immer, meine Liebe. Lassen Sie das doch. Rauchen kann tödlich sein, das wissen Sie doch." Damit drückte er ihr ein Kuvert in die Hand und einen Kuß auf die Wange. „Mit ihnen zu arbeiten, auch. Ich danke Ihnen, Herr Müller." Sie steckte das Kuvert in ihre Kitteltasche und verschwand in einem der angrenzenden Räume. „So meine Herren, hier entlang bitte." Damit überholte er die Beiden und eilte mit ihnen zum Ausgang. Kurze Zeit später erreichten sie den Notausgang. Kaum waren sie draußen, raste ein brauner Transporter auf sie zu und stoppte mit quietschenden

Reifen unmittelbar vor ihnen. Die Seitentür flog auf und Eddy sah im Innenraum eine breite Holzbank. „Los, rein da." Kaum waren die Beiden eingestiegen, wurde die Tür geschlossen. Müller trat an den Fahrer heran. „Sie wissen, wohin Sie unsere beiden Freunde bringen? Und noch eins. Lassen Sie dieses Stuntman-Gehabe. Ich hasse das. Und jetzt verschwinden Sie." „Allet klar, Chef."

Müller hatte noch eine Kleinigkeit zu erledigen und öffnete die Tür des Notausganges. Als er nach knapp fünf Minuten wieder auf die Straße trat, steckte ein Kuvert in seiner Jackentasche. „Was für ein herrlicher Tag." Völlig entspannt stieg er in seinen Wagen. Kaum hatte er den Schlüssel in das Zündschloss gesteckt, erklang „Chopins Klaviersonate Nr. 2".

Noch während er der Musik lauschte, öffnet sich in der Mittelkonsole ein kleines Geheimfach. Dort hinein schob er seine Waffe. Das Fach schloss sich automatisch und für einen Außenstehenden war nichts zu erkennen. Langsam setzte sich die schwarze Luxus-Limousine in Bewegung.

Nach einer knappen Stunde Fahrt hielt der „Jaguar" vor einem frisch renovierten Bauernhaus, das etwas versteckt vor der Bundesstraße am Stadtrand von Berlin lag. In der angrenzenden Scheune konnte Müller den Transporter sehen. Er betrat das Haus. In der Küche traf er auf Eddy und Paul, die mit großem Appetit frische Wurstbrote der Hausherrin vertilgten. „Bitte, lass uns einen Moment allein, Mutter." Lydia, die resolut wirkende Dame des Hauses, verschwand mit einem Lächeln.

„Meine Herren. Nach dem Essen schlafen Sie sich erst mal aus. Ich werde für ein paar Tage verschwinden. Sie können sich im Haus und auf dem Hof frei bewegen. Doch sollten Sie die Absicht verspüren, das Grundstück zu verlassen, wird sich Pierre mit Ihnen befassen. Und glauben sie, das möchten sie nicht. In wenigen Tagen beginnt Ihre Ausbildung. Bis dahin genießen Sie ihre Freiheit. Haben Sie noch Fragen?" Paul hob den Arm. „Nur eene Frage hab ick. Sucht nich bereits die jesamte Polizei nach uns?" Müller sah die beiden an und ein Lächeln zog über sein Gesicht. „Das glaube ich nicht. Denn nach Ihrem plötzlichen Tod im Haftkrankenhaus sind Sie bereits krematiert worden. Zu Deutsch, Sie wurden verbrannt. Keine Angst, die dazu notwendigen Leichen haben wir uns, nun sagen wir, frisch besorgt. Damit sind sie beide offiziell tot und beerdigt. Sie sehen also, niemand vermisst Sie und niemand sucht nach Ihnen. Das hat für sie Vor- und Nachteile. Sie verstehen? Sie sind frei und gehören doch ganz mir. Pierre wird Ihnen nachher Ihre neuen Papiere geben. Bis bald, meine Herren und noch einen guten Hunger." Damit verließ Müller das Haus und traf draußen auf Pierre. „Du weißt, was Du zu tun hast. Ich verschwinde jetzt. Wenn sie Schereien machen, legst Du sie um. Alles klar? Ich melde mich." „O.k., Chef." Damit setzte sich Müller in sein Auto und verschwand schnell über die Bundesstraße in Richtung nach Frankfurt a. Main. Dort angekommen, bezog er das neue NOVOTEL in der Innenstadt.

24. April – Frankfurt am Main

ach ihrer hastigen Abreise aus „St. Peter Ording" hatten Tom und Mike lange mit sich gerungen, ob Sie die Einladung des Fremden und womöglich Stefans Mörder, annehmen, oder das Ganze doch lieber der Polizei übergeben sollten? Schließlich hatte jedoch die Neugier und vielleicht auch die 4000 €, die dem Kuvert mit den Fahrkarten beigefügt waren, gesiegt. Immerhin waren sie Extremsportler. Und wer sagte denn, dass es wirklich Mord gewesen war? Und echte Beweise hatten sie auch nicht. Also hatten sie beschlossen, das Geschehene zu verdrängen und sich auf den Sprung zu freuen. Ändern konnten sie ja eh nichts mehr. Und was hätten sie auch der Polizei sagen sollen?

Pünktlich um 03.45 Uhr hielt der ICE 475 im Frankfurter Hauptbahnhof. Neben Tom und Mike verließen nur wenige Fahrgäste den Zug. „Wo müs-

30

sen wir jetzt hin?" Tom war bemüht, den Zettel mit dem nächsten Anschluss in einer seiner vielen Taschen zu finden. „Nun sag bloß, Du hast das Ding verloren!" Endlich, nach weiteren quälenden fünf Minuten, fand Tom in einer der Außentaschen seines Parkers den kleinen gelben Hinweis. „Geht zum Vorplatz, dort werdet Ihr abgeholt. Euer Kontaktmann heißt Falko. "Das ist ja wie 'ne Schnipseljagd. Also, ab auf zum Vorplatz. Tom knüllte das Papier zusammen und warf es in einen der Mülleimer. Beide schulterten ihre Rucksäcke und trotteten in die Richtung des Ausganges. Kaum hatten sie den Bahnsteig verlassen, da trat ein junger Mann hinter einer der mächtigen Säulen hervor. Er fingerte den weggeworfenen Zettel aus dem Papierkorb. „Das werdet ihr auch noch lernen." Dann entzündete er ihn,, bevor er sich mit der Flamme ein Zigarillo ansteckt. „Entschuldigen Sie bitte, aber hier herrscht Rauchverbot." Ein Bahnarbeiter stand jetzt dicht hinter dem Mann, der instinktiv in seine Brusttasche griff. Mit einem Messer in der Hand drehte er sich blitzschnell herum, doch der Bahnarbeiter war bereits verschwunden. Schnell verschwand das Messer wieder in der Jacke. „Glück gehabt, alter Mann." Damit schnippte er das Zigarillo mit einem Lächeln in das Gleisbett und verschwand in Richtung der Ausgänge.

Tom und Mike hatten inzwischen den Vorplatz des Frankfurter Hauptbahnhofes erreicht, der um diese Zeit wie ausgestorben wirkte. Nur ein paar Taxifahrer standen laut gestikulierend an einer der Imbissbuden. Irgendein Fußballspiel fesselte ihre ganze Aufmerksamkeit. „Und jetzt?" Tom sah auf seine Uhr. „Wir warten." Sie wollten sich gerade auf eine der Bänke niederlassen, da raste ein kleiner grüner Renault auf die beiden zu und blieb kurz vor ihren Füßen stehen. Ein junger Mann sprang aus dem Auto, dessen beste Zeiten lange vorbei zu sein schienen. „Ha, sechs Minuten. Meine beste Zeit bis jetzt. Hallo, Ihr müsst Tom und Mike sein. Ich bin Falko. Dann mal rein mit Euch. Die Sonne geht bald auf und dann sollten wir oben sein." Damit öffnete er die Seitentür des Autos. Tom bemerkte, dass der Beifahrersitz fehlte. „Nun los, springt rein." Kaum hatten es sich Tom und Mike auf den Rücksitz bequem gemacht, gab Falko Gas. Mit quietschenden Reifen raste der Renault durch die morgendlich dunklen Straßen Frankfurts in Richtung des Stadtzentrums. „Na, zum ersten Mal in Frankfurt?" Tom und Mike nicken nur, während sie bemüht waren, ihre Rucksäcke irgendwie fest zu halten. Derweil der kleine Wagen über das Kopfsteinpflaster der Albertinenstraße bretterte steckte sich Falko die nächste Zigarette an. Im tanzenden Licht der Scheinwerfer tauchte am Ende der Straße plötzlich die erste Mainbrücke auf. Tom bekam einen Hustenanfall. „Mach bitte das Fenster auf! Und wo ist eigentlich der Bei- fahrersitz?" Falko grinst nur. „Ballast. Und ihr wisst ja, was man mit Ballast macht. Und an den Dingern hier," damit deutete er auf seine Zigarette, „ist noch keiner gestorben." „Bist Du dir da sicher?" Plötzlich stöhnte Falko freudig auf. „Da steht das gute Stück." Damit deutete er auf ein rie- siges Gebäude, dessen imposante Kulisse im fahlen Licht des frühen Mor- gens am Horizont auftauchte. „Das ist er, der Bode-Tower. Sieht er nicht fantastisch aus? 349 Meter pure Kraft und Energie, die nur danach schreit, besiegt zu werden. Und wir werden die ersten sein. Wie Hillary und Nor- gay, die als erste den Mount Everest bezwangen. Wenn das Ding morgen Mittag eingeweiht wird, dann können wir mit Stolz sagen, wir waren oben und haben unseren 'Everest' bezwungen." „Und da hat keiner was dage- gen?" „Wen meinst du?" Tom kam etwas ins Stottern. „Nun, die Polizei oder irgendwelche Wachschützer oder so?" Falko schien das nicht weiter zu bewegen. „He, was seid Ihr denn für Weicheier? Der Alte hat gesagt, Ihr seid cool? Bleibt mal völlig easy. Ich habe für alles gesorgt. Die Polizei ist, wo auch immer und die Wachschützer schlafen." Jetzt wurde auch Mike langsam nervös. "Und Du bist sicher, dass die Wachschützer auch wirklich schlafen?" Falko grinste nur und nickt. „Ganz bestimmt, mein Lieber. Fest und tief, wie Babys. Dafür hat mein Kumpel Mario mit seiner „Pizza-

Speciale" gesorgt.". Die glimmende „Gauloise" in seinem Mundwinkel wippte fröhlich nach oben und unten. Tom war immer noch bemüht, nach Luft zu schnappen. „Ich kann nicht verstehen, wie du so ein Mistkraut rauchen kannst." „Alles Routine, mein Lieber, alles Routine." Die Zeiger der aufgeklebten Uhr am Armaturenbrett zeigten 04:00 Uhr. „Auch eine Art, seine Uhr zu befestigen", grinste Mike. „Heißkleber!" Falko sieht die Jungs auf der Rückbank kurz an und zuckt nur mit den Schultern. „Sie ist das einzige Instrument, das in diesem Auto funktioniert. Ich bin der Meinung, der Rest ist eh unnötig. Seit einem viertel Jahr fahre ich nur noch nach Zeit und ich halte das für ein super Sprungtraining." Gerade hatten sie die um diese Zeit noch menschenleere Mainbrücke hinter sich gelassen. „Gleich haben wir es geschafft. Jetzt noch zweimal links und wir sind da. Macht Euch fertig. Gleich geht es los." Kurz danach hielt der kleine Wagen unmittelbar vor dem Nebeneingang der neuen Bausensation Frankfurts. Dieses nunmehr höchste Gebäude der Stadt, das einem Bankenkonsortium gehörte, ragte seine schwarz glänzende Fassade, aus Marmor und Glas über dreihundert Meter in den langsam hell werdenden morgendlichen Himmel der Main-Metropole. „Phantastisch. Ein neuer Rekord. In nur zwölf Minuten vom Hauptbahnhof ins Zentrum." Mike und Tom greifen kopfschüttelnd nach ihren Rucksäcken. Aus den Außentaschen ziehen sie Sturmhauben, die sie sich über das Gesicht stülpen. Dann springen sie aus dem Wagen und hasten zum Eingang. Dabei sind sie stets bemüht, in Deckung zu bleiben. „Mann, Mann, Mann, ihr habt echt zu viele Krimis gesehen", murmelt Falko. Mike und Tom, die inzwischen den Eingang erreicht hatten waren genervt, da Falko immer noch am Auto herumfummelte. „Was ist, wo bleibst Du?" Doch Falko winkt ab. „Moment noch." Er zog sich die alten Arbeitshandschuhe über und buchsierte einen Benzinkanister vom Kofferraum auf den Fahrersitz. Dann legte er ein kleines schwarzes Kästchen auf den leeren Beifahrerplatz und verband die herausragenden Drähte mit dem Kanister. Sanft, fast zärtlich, strich er über das

Dach des kleinen „Franzosen" „Mach's gut, mein Kleiner. Hast mich nie im Stich gelassen. Doch nun ist es an der Zeit, Abschied zu nehmen." Er verschloss sorgfältig die Türen und warf die Schlüssel im hohen Bogen in die Richtung des Mains. „Mach's gut." Mike und Tom waren entsetzt. „He, was soll das? Hast Du 'ne Meise? Wie sollen wir hier wieder wegkommen?" „Nun, bestimmt nicht mit ihm. Außerdem wird er noch für eine kleine Überraschung sorgen. Falls doch etwas schief gehen sollte." Damit riss er die Tür des Notausganges auf und stürmte als erster durch das Foyer zu den Express-Aufzügen. Mike und Tom hatten Mühe, dicht hinter ihm zu bleiben. „Schief gehen? He, was meinst du damit? Was kann hier schief gehen?" Falko grinste ihn an. „Nun, man kann ja nie wissen? Und noch was. Zieht die Dinger vom Kopf. Ihr seht damit ziemlich dämlich aus." Mike sucht vergeblich nach einem Rufknopf für den Lift. „Und was machen wir jetzt?" Falko zog grinsend einen kleinen Schlüssel aus seiner Tasche. „Nun, wir benutzen einen Schlüssel." Den steckte er in eine winzige Öffnung und wie von Geisterhand öffnete sich die Tür des Fahrstuhls. „Bitte nach euch, meine Lieben." Kopfschüttelnd standen sie vor einer „Kathedrale" aus Stahl, Chrom, Spiegeln und Licht. „Nun macht den Mund wieder zu und steigt ein." Er steckte den Schlüssel in ein matt schimmerndes Tablout und drückte ein paar der aufleuchtenden Tasten. Die Tür schloss sich sanft und der Aufzug setzt sich unmerklich in Bewegung. „Nächster Halt, Dachterrasse, meine Herren." Mike war bemüht, irgendwelche Bewegungen dieses Wunderwerkes deutscher Ingenieurkunst, zu spüren. „Und Du bist Dir wirklich sicher, dass das Ding tatsächlich fährt?" „Oh ja, frag mich nicht wie, doch ich habe das alles vorher getestet." Tom sah den neuen Freund bewundernd an. „Dein Perfektionismus macht mir direkt ein bisschen Angst." „Mir auch, mein Lieber, mir auch."

Während die drei der Dachterrasse entgegen schweben, rollt eine schwarze Limousine mit verdunkelten Scheiben auf die gegenüberliegende Seite des Hauses und stoppt auf Höhe des kleinen Renaults. Die

34

Lichter der riesigen Scheinwerfer dimmen herab und das Fenster auf der Fahrerseite öffnete sich ein wenig. Ein gelbes Fernglas schiebt sich langsam heraus und beginnt an der Fassade des Bode-Towers empor zu gleiten. Aus der Beifahrertür springt eine dunkle Gestalt und rennt über die Straße zu Falkos Auto. Das Licht einer Taschenlampe leuchtet in den Innenraum des Wagen. Kurze Zeit später huscht die Gestalt wieder zurück. Das Fernglas hat inzwischen die Dachspitze des Towers erreicht. Der Beifahrer berichtet, was er im Innern des Autos entdeckt hat. Zufrieden grinst der Fahrer und startet den Motor. „Sehr gut. Die Jungs sind besser, wie ich dachte." Sanft schließt sich das Wagenfenster und die Limousine rollt gut 200 Meter weiter. Dann stoppt sie erneut und alle Lichter verlöschen. Wie ein Raubtier auf dem Sprung verschmilzt die Silhouette des „Jaguars" mit einer der Hecken, welche die Straße vom Wasser des Mains trennt.

Inzwischen hat der Lift das 70ste Stockwerk des Towers, erreicht. Mit einem leisen Zischen öffnen sich die blankpolierten Türen des Fahrstuhls. „Darf ich bitten, wir befinden uns in 315 Metern Höhe." Mit einem breiten Grinsen auf dem Gesicht schiebt Falko die noch immer vermummten Jungs in den mit Folien ausgelegten Flur. „Was ist mit den Kameras?" „Lass das mal meine Sorge sein. Da, die Treppe." Er läuft hastig zur gegenüberliegenden Tür. Neben der Tür liegen zwei Sicherheitsbeamte auf dem Boden. „Keine Angst, die schlafen nur." Tom und Mike steigen vorsichtig über die am Boden liegenden Männer.

Vier Treppen trennen sie noch vom höchsten Punkt Frankfurts. Am Ende der letzten Treppe stürzen die drei mit einem Jubelschrei ins Freie. Mike und Tom verschlägt es augenblicklich die Sprache und sie reißen sich ihre Masken von den Gesichtern.

Im Licht der langsam aufgehenden Sonne erscheint die Skyline Frankfurts wie eine Stadt aus der Zukunft. Beide stehen wie betäubt mit glänzenden Augen auf dem Dach. „Das ist das Schönste, was ich je gesehen habe", flüstert Mike. Tom fehlen völlig die Worte. Unter ihnen erscheinen die Umrisse des „Main-Towers" und des „Trianon" in westlicher Richtung, des „Commerzbank-Towers" und des „Skypers" auf der östlichen Seite sowie des „Garden-Towers", des „Gallileo" und dem Sitz der Deutschen Bank im Norden. Sie alle wirken von hier oben wie die kleinen Brüder und Schwestern des Bode Towers. Inzwischen hat der Wind etwas aufgefrischt und bläst nun mit Windstärke 5 aus südlicher Richtung. „Und, habe ich zu viel versprochen?" Falko steht immer noch völlig fasziniert am Rand des Daches. „Wir sollten starten." Während Mike hastig daran geht, seinen Schirm fertig zu machen, steht Tom weiterhin wie versteinert und überwältigt vom Anblick der im Morgenlicht erwachenden Stadt. Auch Falko beginnt sein Equipment auszulegen. „Nun los, mach schon, wir haben nicht ewig Zeit." Endlich reißt sich Tom los und packt seinen Schirm aus dem Rucksack. „Hey, ein Black Thunder 7000." Falko ist fasziniert. "Tolles Teil, würde ich gern mal fliegen. War bestimmt nicht billig?" Mike grinst seinem Freund Tom zu. „Neuer Turm, neuer Schirm. Für das Beste nur das Beste. Ich bin fertig. Können wir?" Auch Falko hat sich inzwischen das Geschirr umgelegt. „Euer wievielter Sprung ist das hier eigentlich?" Tom sieht seinen Freund an. „Du meinst aus dieser Höhe?" Mike zieht die Bein- und Rückengurte fest. „Nun, wenn Du es genau nimmst, unser erster." Falko beginnt laut zu lachen. „Wie, der Alte schickt mir Frischlinge aufs Dach? Also echt, entweder hasst der Euch oder er testet Euch." Tom packt den Rest der Klamotten in den Rucksack. „Was meinst Du mit 'uns testen'? Wir sind in Berlin schon vom „Hollyday Inn" am Alexanderplatz gesprungen und in St. Peter Ording vom neuen Strand-Tower. War echt geil, Alter." Falko steckt sich eine Zigarette an. „Wisst ihr Jungs, mir kann es egal sein. Die Höhe hier verzeiht keine Fehler." Seinem Schirm sah man an, dass er schon viele Sprünge auf dem Buckel hat. „O.k., ich bin so weit. Passt auf, wir starten hier auf der nördlichen Seite in Richtung des Main. Der Wind treibt uns dann über den Fluss in Richtung Mainwiesen. Ver-

sucht immer in Sichtweite zu bleiben, falls Euch das mit euren Super-schirmen gelingt. Das wird der 'Jump' Eures Lebens. Und denkt dran, öff-nen bei 220 Meter! Alles klar?" Mike und Tom waren begeistert. „Was ist das eigentlich für eine Überraschung, die Du für die Bullen organisiert hast?" Falko stellt sich auf die Brüstung des Towers und atmet tief durch. Langsam beruhigt sich sein Puls. „Das werdet Ihr gleich sehen, meine Lie-ben." Mit einem befreienden Schrei stürzt er sich in die Tiefe. Mike und Tom sehen ihm nach und beginnen langsam zu zählen. „Zehn, neun, acht, sieben", doch nun hält sie nichts mehr auf. Mit einem gellenden „Jippie a je" stürzen auch sie sich in die Tiefe. Schon nach wenigen Sekunden ziehen sie die Reißleinen ihrer Schirme. Binnen einer Sekunde haben die sich entfaltet und ein kräftiger Ruck reißt sie nach oben. Ihre Blicke suchen Falko, der bereits über den Main schwebt. Mike ist von seinem neuen Schirm begeistert. Er lenkte sich spielend einfach. Hatte sich die Investition doch gelohnt. Plötzlich explodierte mit einem riesigen Feuer-ball ein Auto am Fuß des Bode-Towers. Das also war die Überraschung für die Polizei. „Was für ein Freak. Fackelt sein eigenes Auto für einen Jump ab." Inzwischen haben auch Mike und Tom den Main hinter sich gelassen. Aus knapp 30 Metern Höhe können sie erkennen, dass Falko bereits gelandet ist. Mike dreht noch zwei sanfte Runden, dann hat auch er wieder festen Boden unter den Füßen. Kaum ist er gelandet, fällt er Falko in die Arme. „Wahnsinn, mein Freund. Das war das Beste, was ich je gemacht habe. Wahnsinn!" In diesem Moment landet auch Tom. Er ist den Tränen nahe. „Das war, das war, das ist …Wahnsinn", stottert er vor Begeisterung. Falko freut sich, und doch mahnt er die Beiden zur Eile. „Los, packt euer Zeug zusammen, wir müssen hier weg."
In diesem Moment fährt ein Polizei-Transporter mit Blaulicht über die Wiese direkt auf die Drei zu. Tom und Mike erstarren und wollen gerade über die Wiese verschwinden, doch da beruhigt sie Falko: „Darf ich vor-stellen! Mein Kumpel Paul." Ein gewaltiger Stein fällt den Beiden vom

Herzen. Schnell haben sie ihre Schirme im Auto verladen und sitzen wie kleine Jungs, vollgepumpt von Glücksgefühl und Adrenalin, auf einer der harten Bänke. Falko kontrolliert noch einmal kurz den Landeplatz nach irgendwelchen vergessen Dingen. „Hallo, ich bin Mike, und ich Tom." Langsam dreht sich der Fahrer um. „Hallo, ich bin Paul. Entspannt Euch Jungs, im Übrigen soll ich Euch herzlich von Herrn Müller grüßen. Er war begeistert von Eurer kleinen Aktion. Er lässt fragen, ob ihr nicht Lust habt, demnächst wieder einen Sprung für ihn zu machen. Für gutes Geld natürlich. Die viertausend habt ihr doch bekommen oder?" Tom und Mike sahen sich verwundert an. „Was für einen Sprung denn? Und wer ist das eigentlich, dieser Herr Müller?" Tom gefiel die Art der Fragestellung nicht. „Wie, Ihr kennt den Chef nicht. Also noch in der Auswahlrunde. Nun ja." „Was soll das heißen?" Mike war verärgert. Doch Paul setzt einen Finger auf den Mund und bedeutet den Beiden den Mund zu halten. „Klappe halten, ihr seid jetzt Verbrecher. Die beiden Sicherheitsbeamten im 70. Stockwerk haben leider einen Herzinfarkt erlitten.

Mit gefangen mit gehangen! Also psst." Damit zeigte er grinsend auf die Turmspitze. Tom und Mike sahen sich sprachlos an. Mit einem Sprung landet Falko auf dem Beifahrersitz. Paul steckt sich ein Zigarillo an, bevor er den Motor des Transporters startet. „Das war doch Dein kleines Auto, oder?" Damit deutete er auf den Feuerschein, der inzwischen jede Menge an Feuerwehren zu beschäftigen schien. Falko schaute auf die Blaulichter und schien seinem kleinen Freund nachzutrauern.

„Hier, mit herzlichen Grüßen vom Chef. Damit kannst Du Dir ein neues kaufen." Damit drückt er ihm ein Kuvert in die Hand. Falko schaut kurz hinein und pfiff überrascht durch die Zähne. „ Sag dem Alten herzlichen Dank und jederzeit wieder." „Sag es ihm doch selber, er will Dich mit im Team haben." Falko lacht auf. „Oh nein danke. Das ist mir zu heiß. Ich lebe gern und das soll auch so bleiben. Und jetzt meine Freunde, lasst uns frühstücken. Ich habe nämlich Hunger."

„Falsche Antwort", dachte sich Paul und startete den Motor des Transporters. Langsam rumpelte der schon betagte Wagen über die Wiese in die Richtung der Ausfallstraße. Durch das Heckfenster konnte man in der Ferne immer noch den Feuerschein des brennenden Autos erkennen das von vielen Fahrzeugen mit Blaulicht umringt war. Mit einem Seufzer zündete sich Falko eine Zigarette an. „Mach es gut, mein Kleiner." Damit verschwindet der Transporter mit Blaulicht im fließenden Verkehr. Während die Feuerwehr immer noch mit dem Löschen des brennenden Autos zu tun hat, startet Müller den Motor seines Wagens. „Nun Sir, waren Sie zufrieden?" „Der hagere Mann hinter dem Lenkrad nickt. „Für den Anfang war das gut, mein Lieber." Langsam setzt sich das schwere Fahrzeug in Bewegung und verschwindet im beginnenden Morgenverkehr.

25. April Das Labor – Frankfurt am Main

Es ist kurz nach 08.00 Uhr, als der „Jaguar" auf ein verlassenes Industriegelände am Rande der Stadt Frankfurt einbiegt. Hier, zwischen alten Kabeltrommeln, ausgebrannten Autowracks und jeder Menge Müll, stoppt der blankpolierte Wagen vor dem halb verfallenden Seiteneingang einer ehemaligen Fabrikhalle. Einen groteskeren Unterschied kann man sich kaum vorstellen. „Du wartest hier." Müller steigt aus, sieht sich kurz um und verschwindet hinter einer Metalltür. Im Schein einer Taschenlampe steigt er eine enge Metalltreppe hinunter. Der Treppe schließt sich ein langer Gang an, an dessen Ende sich eine weitere Tür befindet. Ein Code-Schloss an der Wand verrät, dass hier ein Bereich beginnt, der sich technisch auf der Höhe der Zeit befindet. Im Gegensatz zum Rest des Gebäudes. Müller steckt seine linke Hand in ein Metallfach neben der Tür. Ein Scanner tastet sie ab. Nach der Eingabe eines achtstelligen Zahlen-Codes auf der darunter befindlichen Tastatur, verrät ein metallisches Klicken, dass die Tür jetzt offen ist. Er betritt einen Raum, der irgendwie an das

Labor eines fiktiven Geheimdienst erinnert. Hier beginnt das Reich von Dr. Werner, Müllers Chemieexperten und einzigem Freund. „Hallo Hans." Die Stimme kam aus einer der hinteren Ecken des Raumes. „Was ist, mein Freund? Alles klar?" Aus dem Halbdunkel tritt ein kleiner, ältlich wirkender Mann in einem Laborkittel. „Alles klar Chef. Wie immer." Müller reicht ihm die Hand. Ein Privileg, das er ansonsten keinem gewährt. Seine Beziehung zu Dr. Werner war eine besondere. Er war es gewesen, der ihm nach seinem Weggang von der Legion wieder auf die Füße half. Verbittert von den radikalen Einsparungen im Bereich der Molekularforschung hatte er über Nacht seinen gut dotierten Lehrstuhl in Heidelberg verlassen und sich hierher zurückgezogen. Später lehnte er jedes, auch noch so verzweifelte Angebot der Universität ihn doch noch zur Rückkehr zu bewegen kategorisch ab.

Ein knappes Jahr lang arbeitete er frustriert in einem privaten Forschungsinstitut der deutschen Pharmaindustrie. Hier verfügte er zwar über unbegrenzte finanzielle Mittel doch konnte er das massenhafte und völlig sinnlose töten von Versuchstieren nicht mit ansehen. In dieser Zeit lernte er Müller kennen. Der, vom Leben und der Legion enttäuscht, war auf der Suche nach einem Partner mit chemischen und biologischen Kenntnissen. Dass Müller darüber hinaus über jede Menge Geld verfügte machte die Entscheidung für ihn zu arbeiten nicht unbedingt schwerer. Schnell waren sich beide einig und Müller richtete Dr. Werner hier ein Labor ein. Und so bereitete er mit ihm, seit nun mehr fast zwei Jahren, den nun unmittelbar bevorstehenden Coup vor.

„Na, alter Freund, alles zum Versand fertig?" Dr. Werner deutete auf fünf große Pappkartons, die gestapelt neben einem Tisch standen. „Alles bereit?" „Das Zeug wird morgen früh per UPS auf direktem Weg nach Schottland geschickt. Ich habe es als Gefahrengut deklariert. Das fasst kein Zöllner, der bei Verstand ist, an." Müller nickte zufrieden. „Und hier ist ihr Spezialpäckchen. Die Pillen wirken schnell und sicher, sind biologisch abbaubar und eine Woche nach der letzten Einnahme nicht mehr nachweisbar. Selbst die Dopingfahnder der Sporthochschule würden sich daran die Zähne aus beißen. Ich überlege, ob ich das Zeug nicht zum Patent anmelde. Wir könnten viel Geld damit verdienen." „Darüber können wir später nachdenken. Was ist mit deinem Jungen?" „Du meinst den Fritz? Nun, mein Sohn kommt Ende Mai aus den Staaten zurück. Hier ist eine Telefonnummer, unter der Du ihn in Deutschland erreichen kannst." „Und er weiß sicher nicht, um was es geht?" „Hans, du kannst dich hundertprozentig auf mich verlassen. Ich habe ihm nur gesagt, dass ein Job auf ihn wartet, bei dem seine Elektronikkenntnisse gefragt sind und er viel Geld verdienen kann." Müller tritt an einen Metallschrank heran, an dessen Tür ein Foto geheftet ist. Es zeigt einen jungen Mann beim Start mit einem Gleitschirm. „Ist er das?, fragt Müller und deutet dabei auf das Bild. „Das ist Fritz. Mein Jüngster. Er ist inzwischen ein begeisterter 'Basejumper'." „So so, das passt sehr gut. O.k., du sorgst dafür, dass das Zeug morgen pünktlich abgeht. Danach vernichtest Du hier alles. Hier ist Dein Geld. Mach ein bisschen Urlaub. Erhole Dich." Damit reicht er ihm ein Kuvert. „Da, nimm und zähle nach." Dr. Werner steckt das Kuvert, auf dem sich ein paar rote Blutspritzer befinden, in seine Kitteltasche. „Ist schon o.k." Müller grinst ihn an. „Darf ich das Bild haben?" Werner streicht es kurz glatt und reicht es seinem Chef. „Hier, bitte. Nur hätte ich es gern irgendwann wieder." „Aber klar doch. Ich muss jetzt, leider." Damit wendet sich Müller der Tür zu. „Mach es gut. Und drück uns die Daumen, dass alles klappt." „Alles klar, Chef." Dr. Werner verschwindet im Halbdunkel des Labors. Draußen hat inzwischen leichter Regen eingesetzt.

Er steigt in sein Auto. „Hören Sie, ich möchte, dass hier morgen Abend eine kleine Explosion stattfindet. Dr. Werner wird diesen Unfall leider nicht überleben. Haben wir uns verstanden?" Der Beifahrer nickt nur

41

kurz. „Alles klar Chef." Damit verschwindet der Wagen vom Gelände der alten Brache.

Das Team

Und so ereignet sich einen Tag später eine Explosion auf einem Industriegelände am Stadtrand von Frankfurt, bei der eine unbekannte Person zu Tode kommt. Eine Identifizierung war leider nicht mehr möglich.

Nach seiner Rückkehr aus den Staaten erfuhr Fritz von dem tragischen Tod seines Vaters und fiel zunächst in ein tiefes seelisches Loch. In dieser Zeit kam ihm die Hilfe von Dr. Müller, dem einzigen Freund seines Vaters gerade recht. Enttäuscht

vom Staat, der den Tod seines Vaters als banalen Unfall abtat brauchte Müller nicht viel um ihn zur Mitarbeit bei einer „kleinen Unternehmung" zu gewinnen. Mit dem zu erwartenden Geld wollte Fritz wieder nach Amerika verschwinden um sich dort eine Zukunft aufzubauen.

Mit Tom, Mike, Marc, Eddy, Paul und Fritz hatte Müller sein Team endlich zusammen. Eddy und Paul für den Einbruch, Tom und Mike für die Flucht, Fritz für das notwendige technische Equipment und Marc kümmerte sich um die Tiere. Bei Tom und Mike musste er zunächst etwas Überzeugungsarbeit leisten. Doch die Fotos, auf denen die beiden über die am Boden liegenden Beamten stiegen, waren sehr überzeugend. Die Aussicht auf eine halbe Million Euros für ein paar Wochen Arbeit half dann in der Argumentation. Zumal ihre Aufgabe, einigen Laien das gefahrlose Springen aus großen Höhen beizubringen das Angenehme mit dem Nützlichen verband. Und so hingen sie ihr Studium an den „berühmten" Nagel und stiegen bei Müller im Team ein. Ein paar bewusstseinsverändernde Pillen, aus Dr. Werners Hexenküche, taten dann das übrige.

Nach vier Wochen Training und Dr. Werners Spezialpillen, hatte er die Truppe genau da, wo er sie haben wollte. Ein Team, das ihm bedingungslos gehorchte. Gott sei Dank reichte der Vorrat, der Pillen, für ein knappes halbes Jahr. Und länger brauchte er eh niemanden. Selbst Eddy und Paul hatten, wenn auch mit Widerwillen und unter vielen Flüchen gelernt, mit einem Fallschirm vom Dach eines Hochhauses zu segeln. Manchmal musste zwar mit einer geladenen Waffe im Rücken und ein paar Beruhigungspillen nachgeholfen werden. Für Fritz war das Springen nichts Neues. Er hatte bereits in den USA viele Erfahrungen mit dem „Basejumpen" sammeln können. Marc dagegen, war mit Begeisterung dabei. Konnte er so wenigstens etwas von der Faszination des Fliegens spüren, so wie es seine Lieblinge täglich erfahren durften.

Anfang August reiste Müller mit Marc für eine Woche nach Schottland, um die Vorbereitungen vor Ort zu kontrollieren. Zufrieden kehrte er am ersten September nach Deutschland zurück während Marc weiter vor Ort arbeitete. Endlich war es soweit. Zwei Jahre harte Arbeit sollten sich jetzt auszahlen. In wenigen Tagen würde das Team nach Schottland reisen, um den genialsten Coup der britischen Geschichte zu vollziehen.
Ohne es zu wissen, hatte die Vergangenheit Müller bereits längst eingeholt. Und so ahnte er nicht, dass er sich bereits im Fadenkreuz eines auf Rache sinnenden Mannes befand. Dieser ehemalige Freund würde nicht eher ruhen, bis er sein Ziel erreicht hatte. Die totale Vernichtung von Hans Müller

10. September – Die Reise nach Schottland

Das helle Licht in der Kabine und das sanfte Summen der drei kräftigen Triebwerke vermittelte den Passagieren ein wohliges Gefühl der Sicherheit. Das Wetter war hervorragend und keine Turbulenzen störten den Flug 113 von Amsterdam nach Glasgow. Auch wenn der Bordservice auf vielen Strecken so gut wie eingestellt war, machte die Vorfreude auf ein paar schöne Tage in Schottland das ganze wieder wett. Wenn nur nicht diese Enge in der Kabine wäre. Der Beinabstand zum Vordermann bot keinerlei Spielraum. Ein Herunterklappen der Tische war ohnehin ausgeschlossen, aber wozu auch? Und so saßen alle Passagiere über 1,80 Meter, eingeklemmt in ihren Sitzen wie Sardinen in einer Fischbüchse. Kleinere Fluggäste dagegen genossen ihre 90 Minuten Flug. So, wie Herr Müller, der auf 11C saß. Ein älterer Mann, der in den Reiseunterlagen seiner Schottland-Tour blätterte. Und jeder, der ihn sah, hätte geschworen, dass da ein zufrieden wirkender Rentner einem entspannten Kurzurlaub entgegen sah. Drei Reihen hinter ihm saßen fünf Herren, die angespannt wirkten. Mit ihren schwarzen Sonnenbrillen schienen sie geradewegs einer Fortsetzung von „Matrix" entsprungen zu sein. Jeder von ihnen blätterte in einem Reiseführer von Edinburgh, Schottlands tausendjährigem Kleinod. Ein leises „Pling" über den Köpfen der Reisenden zeigte an, dass es an der Zeit war, sich auf die Landung vorzubereiten. Die „Boing 747" kippte in einer weichen Rechtskurve über der Nordsee in die Richtung des schottischen Festlandes ab und erreichte kurz danach die wild zerklüftete Felsenküste. Bald wechselten weite dunkelgrüne Wiesen, unterbrochen von herrlichen Wäldern, Seen und kleinen Hügeln, rasch miteinander ab. Das Land von Rob Roy und Harry Potter empfing seine Gäste von seiner schönsten Seite. Endlich tauchten am Horizont kleine Bauernhöfe auf, die sich mit ersten Fabriken und Straßen vermischten. In diesem Moment war die blau weiße Maschine der KLM bereits im direkten Anflug auf Glasgow, der Stadt mit den meisten Einwohnern Schottlands.

Müller sah auf die Uhr, legte die Broschüre beiseite und schloss zufrieden die Augen. So vorbereitet, erwartete er das Aufsetzen der Fahrwerke. Ein leichtes Lächeln schien das herbe Gesicht zu entspannen. Eben ein älterer Herr auf der Reise seines Lebens.

Sanft und pünktlich setzte die „Boing" gegen 10.00 Uhr auf dem Glasgower Flughafen auf. Die Fluggäste stiegen voller Vorfreude aus der Maschine und fuhren mit dem Shuttle-Bus in die Richtung des Ankunft-Terminals. Schnell waren alle Formalitäten erledigt und die Passagiere drängten den Ausgängen entgegen. Sechs Reisende bestiegen nach kurzer Suche gemeinsam einen Kleinbus, in dessen Frontscheibe das Schild „Regent Hotel Edinburgh" prangte. Und bald raste der kleine Bus bei strahlendem Sonnenschein über die E9, in die Richtung einer der schönsten Städte Europas.

„Na, zum ersten Mal in Schottland?" fragte der Fahrer. „Wenn Sie wollen, kann ich Ihnen Edinburgh zeigen? Für nur 20 Pfund pro Person fahre ich Sie überall hin. Mit Alt- und Neustadt, und wenn Sie wollen auch mit der Burg." Doch entweder verstanden ihn seine Fahrgäste nicht oder sie hatten keine Lust auf banale Konversation. „O.k. weil Sie es sind, für 15 Pfund." Nach zwei weiteren vergeblichen Versuchen, doch noch an ein lukratives Nebengeschäft zu kommen, ließ er es sein. „Wenn Sie es sich noch überlegen wollen, hier ist meine Karte." Damit reichte er ein Etui mit seinen Visitenkarten herum. Knapp 30 Minuten später fuhr er plötzlich an den Straßenrand und steckte sich eine Zigarette an. „Sie können auch rauchen, wenn sie wollen. Ich nehme das mit dem Verbot nicht so ernst", lachte er. „Aber ich." Der hagere Mann, der auf dem Beifahrersitz Platz genommen hatte, öffnete kurz das Fenster, griff sich die Zigarette des Fahrers und warf sie aus dem Fenster. „Und jetzt fahren Sie bitte weiter." Der Unterton in dem Satz, noch dazu in perfektem Gälisch gesprochen, überzeugte den Fahrer, dass es wohl besser war, sich nicht mit diesem Typen anzulegen. Nach weiteren 40 Minuten Fahrt bog der Bus auf den Parkplatz des „Regent" ein, das am Stadtrand von Edinburgh lag. Von hier hatte man einen fantastischen Blick auf die „Fourth-Bridge", den beiden wohl berühmtesten Brücken Europas und in der Ferne auf die Neustadt von Edinburgh. „So, meine Herren, das 'Regent'. Macht genau 90 Pfund. Für alle zusammen", warf er schnell noch hinzu. Erst jetzt fiel ihm auf, dass alle Reisenden dieselben schwarzblauen Reisetaschen in den Händen hielten. „Hier sind 100 Pfund für Sie. Ich brauche keine Quittung. Wer weiß, vielleicht sehen wir uns bald wieder?" Der hagere Mann drückte ihm das Geld in die Hand und schaute ihm dabei fest ins Gesicht. Seine zwei eiskalten blauen Augen schienen den Fahrer zu durchbohren und machten ihm schnell klar, dass sein Gegenüber keinen Widerspruch duldete. „Und denken Sie immer daran, wir haben Ihre Karte." Damit griff er nach seiner Tasche und ging auf den Haupteingang des Hotels zu, gefolgt von den fünf anderen.

Kopfschüttelnd stieg der Fahrer in seinen Bus, küsste kurz das Geld und steckte es dann schnell in die Tasche. Demonstrativ steckte er sich noch rasch eine Zigarette an und fuhr dann in Richtung Glasgow zurück. Nicht ahnend, dass sich ihre Wege bald ein zweites Mal kreuzen würden. Über dem Eingang des Hotels hing ein Transparent mit der Aufschrift: „1000 Jahre Edinburgh – Herzlich willkommen!"

Im Foyer war um diese Zeit nicht viel los, so dass die neuen Gäste dem Personal sofort ins Auge fielen. Bill, der Empfangsmanager flüsterte seiner Kollegin kurz zu, dass sie jetzt Pause machen könne. Das ließ die sich nicht zweimal sagen und verschwand rasch zum Hinterausgang. Mit dem Satz: „Wir haben reserviert", trat der ältere Herr an den Tresen der Hotellobby. Er fixierte den jungen Mann hinter dem Tresen und stellte sich dann kurz vor. „Mein Name ist Müller. Hans Müller. Ich, das heißt, wir kommen aus Deutschland. Ich hoffe, unsere Zimmer sind fertig."

Der Empfangschef fingerte nervös nach den bereitliegenden Schlüsselkarten. Warum er so nervös war, würde er später der Polizei nicht sagen können. „Hier Sir, Sie haben die Zimmer 208 bis 214. Zimmer zwei, null, acht ist bereits belegt, aber das dürfte Ihnen ja bekannt sein." „Ist der Herr vor Ort?" „Leider nein. Er trug mir aber auf, Ihnen mitzuteilen, dass er zum Lunch auf jeden Fall zurück sein würde. Die Zimmer, liegen, wie gewünscht, auf einer Etage. Wenn Sie sich bitte hier eintragen würden." Damit schob er ihm ein Anmeldeformular über den Tisch. „Ihre Begleiter

46

können das dann später nachholen." „Wie Sie meinen." Schnell und geübt füllte Müller das Formular aus. „Noch eine Frage?" „Ihr Gepäck ist angekommen Sir", fiel ihm der junge Mann ins Wort. „Sieben Pakete aus 'Inverness'. Wurden gestern geliefert. Wir haben sie, wie gewünscht, auf die Zimmer gebracht." „Sie sind sehr tüchtig junger Mann. Das gefällt mir." Damit schob er ihm eine Zehn-Pfund-Note über den Tisch und griff nach den Schlüsselkarten. „Wo geht es hier zum Lift?" „Äh, gleich hier, Sir". Wie auf ein geheimes Kommando hin, wendeten sich die Begleiter in die angegebene Richtung des Fahrstuhls. „Meine Herren, bitte folgen Sie mir. Ich glaube, es wird Zeit." Herr Müller nahm seine Tasche und stürmte, von seinen Mitreisenden gefolgt, in die Richtung des Fahrstuhls.

Der junge Mann hinter dem Empfangstresen atmete tief durch und griff dann zum Telefon. Nachdem auf der anderen Seite jemand abhob, flüsterte er den Satz: „Sie sind angekommen" in den Hörer. Das Knacken in der Leitung bedeutete ihm, dass der andere aufgelegt hatte. „Ich gehe kurz mal eine rauchen!", rief er einer Kollegin zu und verschwand dann durch den Hinterausgang auf den Wirtschaftshof des Hotels. Vor der Tür steckte er sich hastig eine Zigarette in den Mund, die er jedoch nach ein paar Zügen wieder wegwarf. Warum zitterten seine Hände nur so? Alles war doch gelaufen, wie es der Typ vor zwei Tagen angekündigt hatte.

08. September Begegnung in der Nacht

Es war kurz nach Mitternacht. Bill hatte Feierabend und war fröhlich pfeifend auf dem Weg zu seinem Wagen, als ihn ein Mann auf dem Parkplatz für Angestellte ansprach. Er konnte ihn nicht erkennen, denn der Parkplatz lag in völliger Dunkelheit, am Ende des Hotelgeländes. Der Mann stand hinter einem alten LKW und schien auf ihn gewartet zu haben. „He Sie, wollen Sie sich etwas Geld verdienen?" Die Stimme klang merkwürdig gepresst. Billy erschrak, doch die Aussicht auf einen schnellen

Gewinn ließ ihn neugierig werden. „Wer sind Sie und von wieviel Geld reden wir?"

„Wer ich bin tut nichts zur Sache. Ich habe hier 1000 Pfund in der Hand. Die könnten Ihnen gehören." Bill atmete tief durch. 1000 Pfund, die konnte er gut gebrauchen. Er war seit zwei Monaten mit der Miete im Rückstand und in seinem Lieblings-Pub bekam er auch nichts mehr angeschrieben. Der Monat hatte gerade erst angefangen und wie immer herrschte Ebbe in seinem Portmonee. „O.k., was soll ich dafür tun? Jemanden umbringen." Letzteres sollte witzig klingen. Der nächtliche Besucher stand noch immer im Dunkeln und so sehr sich Bill auch bemühte, er konnte das Gesicht des Mannes nicht erkennen. „Oh nein, das machen wir schon selber. Hören Sie zu. Morgen früh werden sieben Pakete aus 'Inverness' geliefert. Diese bringen Sie auf die Zimmer, dessen Nummern ich hier notiert habe." Der Mann machte eine kurze Pause. „Das ist alles?" Bill grinste. So leicht hatte er noch nie Geld verdient. „Nun, da wäre noch eine Kleinigkeit." Jetzt trat der Mann etwas näher heran und Bill erschrak. Vor ihm stand ein älterer Herr, dessen großer Hut tief in das Gesicht gezogen war. Das Gesicht war nicht zu erkennen, denn der Fremde trug eine Art Maske. Eine rote Halbmaske, um genau zu sein. „In zwei Tagen steigen hier sechs Reisende aus Deutschland ab. Ein Herr Müller leitet diese Gruppe. Die Herren erhalten die Zimmer mit diesen Nummern. Ach so, der junge Mann von Zimmer 208 gehört auch zu der Gruppe Ich möchte, dass Sie mich anrufen, wenn sie eintreffen. Darüber hinaus möchte ich über alles informiert werden, was die Truppe unternimmt. Meinen Sie, dass Sie das können? Hier sind 1000 Pfund, die Zimmernummern und eine Telefonnummer, unter der Sie mich Tag und Nacht erreichen können. Sind wir im Geschäft?" Bill sah nur das Geld und griff hastig zu. „Alles klar, Sir." Der alte Mann lachte leise. Es war ein unheimliches Lachen. „Eine gute und weise Entscheidung. Auf ein baldiges Wiedersehen." Damit verschwand er in der Dunkelheit. Bill war gerade

48

dabei sich vor Schreck eine Zigarette anzuzünden, da hörte er wieder die Stimme. Und dieses Mal musste der Mann dicht hinter ihm stehen. Irgendetwas bohrte sich in seinen Rücken. „Sollten Sie einen Fehler machen oder gar mit Jemanden über unser kleines Arrangement reden, dann sind sie tot. Wie schon erwähnt, bestimmte Dingen machen wir selber. Ab jetzt werden Sie beobachtet. Ich wünsche Ihnen eine gute Nacht, Bill Simon. Sie wohnen doch noch in der Greenstreet Nummer 14? Sie sehen, wir wissen Bescheid." Wieder folgte dieses unheimliche leise Lachen, das nichts Gutes verhieß. Vor Schreck ließ er die Zigarette fallen. Als er sich umdrehte, war der Mann längst verschwunden. Rasch stieg er in seinen altersschwachen Mini und raste davon.

Wieder heute

Das war vor zwei Tagen passiert. Gestern wurden die Pakete geliefert und heute standen die sechs Männer aus Deutschland in der Lobby. Alles war so geschehen, wie es der Fremde gesagt hatte. Jetzt brauchte er nur noch regelmäßig anzurufen und alles war o.k. oder? Er brauchte jetzt etwas Stärkeres, um seine Nerven zu beruhigen. „Melissa, ich verschwinde kurz." Damit übergab er seiner jungen Kollegin den Empfangsbereich und ging er in die Richtung der Bar, die um diese Zeit noch geschlossen hatte. John, der Barkeeper war Bills bester Freund, und gerade mit dem polieren der Gläser beschäftigt, als der auf einem der Barhocker Platz nahm. „Mach mir bitte einen Whiskey, aber einen großen." Verwundert schaute John auf seinen jungen Kollegen. „Du weißt schon, dass Du noch im Dienst bist? Und wenn der Alte das spitz kriegt, fliegst Du schneller als Du Cheers sagen kannst."
„Ich glaube, das ist im Augenblick mein kleinstes Problem. Komm, bitte, ich brauche jetzt etwas Starkes. Hier, ich zahle auch." Damit fasste er in die Tasche und zog ein Bündel nagelneuer 50-Pfund-Noten heraus. „Oh",

49

John pfiff leise durch die Zähne. „Eine kleine Gehaltserhöhung bekommen? Na, lass mal stecken, mein Freund. Was ist passiert? Du siehst aus, als wärst du dem Leibhaftigen begegnet." Damit goss er ihm ein großes Glas des besten Single Malt Whiskeys ein, den das „Regent" führte und schob es ihm über den Tresen. „Hier, geht aufs Haus." „John, ich glaube, ich habe eine große Dummheit gemacht." „Na, zumindest eine sehr lukrative, wie es scheint." Bill kippte das Glas in einem Zug hinunter und schüttelte sich kurz. Dann stand er wortlos auf und ging in die Richtung der Lobby. An der Tür blieb er kurz stehen. „Weißt Du, vielleicht bin ich ihm tatsächlich begegnet." „Wem?", rief John, ohne sich umzudrehen. „Dem Teufel, John. Dem Teufel." Damit verschwand er aus der Bar. Kopfschüttelnd machte sich John wieder an das Polieren der Gläser. „Armer Junge." Nach einer kurzen Überlegung goss er sich selbst auch einen Whiskey aus der besten Flasche des Hauses ein. „Prost. Auf den Teufel im Regent." Während er den Drink genüsslich herunter kippte schien es ihm, als hörte er ein leises Lachen. „Bill, bist Du das?" Doch er war allein in der Bar. „Ich glaube, ich muss mit dem Saufen aufhören." Damit trank er den Rest aus und machte mit dem polieren der Gläser weiter.

Ein alter Mann, der seinen Hut tief in das Gesicht gezogen hatte, entfernte sich mit raschen Schritten vom Fenster der Bar.

Derweil standen sich im zweiten Stockwerk des „Regent" sechs Personen gegenüber. „Meine Herren. Ab jetzt gilt für Sie alle

Zulu-Zeit. Es ist dreizehn Null Null. Ich erwarte sie in folgender Reihenfolge in meinem Zimmer: Tom, Mike, Eddy, Paul, und Fritz. Marc Schüler wird heute Abend zu uns stoßen. Sie, Tom, machen den Anfang. In exakt 60 Minuten. Bis dann meine Herren. Sie können sich jetzt frisch machen. Die Pakete, die Sie in Ihren Zimmern vorfinden, lassen Sie noch unberührt. Noch Fragen?" Tom erschien die ganze Szenerie ziemlich lächerlich. „Zulu-Zeit? Was für'n Quatsch." Müller stand jetzt ganz dicht vor seinem Gesicht. „Tom, haben Sie irgendein Problem mit meinen Anweisungen?"

Dem wurde plötzlich sehr unbehaglich. „Nein Sir. Ich glaube nicht, Sir."
„Das habe ich mir auch nicht vorstellen können. Sie wissen doch, Fehler
werden nicht geduldet, nur geahndet. Ich hoffe, Sie haben mich verstanden?" Die stahlblauen Augen von Müller blieben noch einen Moment auf
Tom gerichtet. „Wir sehen uns in 56 Minuten. Und seien Sie pünktlich,"
Damit verschwand er in seinem Zimmer. Erleichtert gingen nun auch alle
anderen auf ihre Zimmer. Wohl wissend, das das eben eine Warnung für
jedes Mitglied des Teams war. Müller war skrupellos und er würde jeden
töten, der nicht genau das tat, was er befahl. Doch für eine halbe Million,
da konnte man schon mal die Klappe halten.

Das Zimmer von Tom war sauber und gemütlich ausgestattet. Wie in allen
Hotels wurde die Mitte des Raumes von einem riesigen Kingsize-Bett
beherrscht. Zwei bequeme Sessel standen vor einem kleinen Schreibtisch
auf dem, neben einem Wasserkocher und Geschirr, auch eine reichhaltige
Auswahl an Tee- und Kaffeesorten jedem Gast kostenlos zur Verfügung
standen. Das Bad war hell und freundlich und mit Dusche und Wanne ausgestattet. Den Eingangsbereich dominierte ein gewaltiger Einbauschrank.
Ein Hosenbügler und ein Fernseher vervollständigten die Einrichtung.
Allerdings waren das großformatige Blumenmuster der Bezüge wie auch
der Tapete gewöhnungsbedürftig. Überhaupt sollte der Innenarchitekt
gefeuert werden. Auf dem Ablagetisch für Gepäck lag ein Paket. Zimmer
209 und der Name Tom stand mit großen Buchstaben auf dem Packpapier.

Nach einer ausgiebigen heißen Dusche fühlte er sich frisch und erholt.
Kurz vor 14.00 Uhr ging er ruhig und gut gelaunt in die Richtung des Zimmers 214. Der weiche Teppich auf dem Flur schluckte jedes Geräusch.
Vorsichtig klopfte er an die Tür und musste warten. Nach gut fünf Minuten
wurde die Tür geöffnet. „Jetzt ist es Vierzehn Null Null. Pünktlichkeit ist
ein Grundpfeiler jeder Mission. Kommen Sie herein und schließen Sie die
Tür." Müller ging an Tom vorbei und nahm in einem der Sessel Platz.

„Nun, Tom, ich hoffe Ihnen gefällt Ihr Zimmer?" Der stand immer noch im Eingangsbereich des Zimmers und starrte wie hypnotisiert auf das Bett. Dort lag eine schussbereite AK 700. Der Alte saß in Griffnähe und forderte Tom auf, sich zu setzen. „Danke Sir, aber ich stehe lieber." Müller grinste und zog eine kleine schwarze Tasche aus seinem Paket, das vor ihm auf dem Boden lag. Blitzschnell warf er sie Tom zu. Genauso schnell hatte er die Waffe in der Hand. Tom hielt den Atem an. Damit hatte er nicht gerechnet. Ohne den Blick von ihm zu wenden, sicherte Müller die Waffe und steckte sie in sein Halfter. Tom atmete hörbar aus. „Entschuldigen Sie, Sir. Aber ich wollte vorhin auf dem Flur nicht respektlos erscheinen, aber Sir …" Er begann zu stottern. Ruckartig sprang der Alte auf und stand jetzt dicht vor Tom. „So, was sollten sie denn damit sagen? Sie schwitzen ja. Ist Ihnen heiß?" Tom wusste nicht, ob er jetzt reden oder besser schweigen sollte. „Ja, Sir. Mir ist etwas warm, Sir." Müller wendete sich dem Fenster zu und blickte auf eine riesige Werbetafel, die auf dem Parkplatz des „Regent" stand. „Manchmal ist es besser zu schweigen. Kommen sie mal her." Vorsichtig folgte Tom dem Chef zum Fenster. „Sehen Sie dort die Tafel?" Er sah hinaus und direkt in das beängstigende Antlitz eines gewaltigen Raubvogels. Dessen gelbgrüne Augen schienen jeden Betrachter fixieren zu wollen. Ein riesiger scharfer Schnabel ließ keinen Zweifel darüber aufkommen, dass die Hauptmahlzeit dieses Tieres aus rohem Fleisch bestand. Unter dem Kopf des Greifvogels stand in großen Lettern: „1000 Jahre Edinburgh. Herzlich willkommen zur größten Greifvogelschau Europas." Tom war von dem Anblick gleichzeitig fasziniert und angewidert. „Ich wünsche, dass Sie morgen früh das Lauftraining der Gruppe übernehmen. Hinter dem 'Regent' beginnt ein Park, der Ihnen sicher gefallen wird. Hier haben sie einen Streckenvorschlag. Studieren Sie ihn gründlich und vernichten Sie ihn dann. Gleich nach dem Frühstück werden wir dieser Greifvogel-Show einen Besuch abstatten." Müller sah in Toms Gesicht und grinste süffisant. „Macht Sie der Anblick dieses Tieres

52

nervös, Tom? Sie können die Tasche jetzt ruhig öffnen." Tom zuckte zusammen. Immer noch hielt er die kleine schwarze Tasche fest in den Händen. Hastig öffnete er den Klettverschluss. In der Tasche befanden sich neben einer Armbanduhr, ein paar Spezialhandschuhe und ein Headset. „Machen Sie sich damit vertraut. Ihre Waffe erhalten Sie kurz vor Beginn der Mission. Hier sind 100 Pfund. Das sollte für ein paar Andenken genügen. Haben Sie noch Fragen?" Tom schüttelte verwirrt den Kopf. „Dann können Sie jetzt gehen. Wir sehen uns zum Abendessen. Legen Sie ihre Uhr bitte dort auf den Tisch." Tom drehte sich um, nahm seine Uhr ab und legte sie vorsichtig auf den Tisch. „Ich hätte sie gern wieder, Sir. Sie ist ein Geschenk meiner Freundin." Dann ging er in die Richtung der Zimmertür. „Äh, noch auf ein Wort. Sie sind ein sehr fähiger Kopf und ich freue mich, dass sie in meinem Team sind. Enttäuschen Sie mich bitte nicht. Sie können jetzt gehen." „Ich werde Sie nicht enttäuschen, Sir", hörte sich Tom sagen. „Ach so, vergessen Sie nicht ihre Medizin zu nehmen." Damit reichte Müller ihm eine kleine rosafarbene Kapsel und ein Glas Wasser. Unter seiner Kontrolle musste Tom sie schlucken. Dann verschwand er schnell aus dem Zimmer. Müller ging zum Schreibtisch, sah kurz auf die Uhr und warf sie dann achtlos in den Papierkorb.

Auf dem Flur hätte Tom beinahe seinen Freund umgerannt. „Und, was ist los, Alter? Alles klar?" Ohne zu antworten ging Tom rasch in die Richtung seines Zimmers. An der Tür murmelte er nur noch ein: „Ja ja, alles klar". Dann verschwand er in sein Zimmer. Mike schüttelte nur den Kopf. Dann atmete er tief durch, klopfte an die Tür von Zimmer 214. Auch er musste etwas warten. Müller achtete auf Pünktlichkeit.

Tom saß auf dem Bett und begann das Paket auszupacken. Zum Vorschein kam ein nagelneuer schwarzer Wingsuit. Er hielt den Atem an. So einen Flügelanzug für's „Basejumping" hatte er sich schon immer gewünscht. Damit sollen Sprünge von mehreren 100 Metern Weite gelingen. Dieser Anzug, kombiniert mit einem Gleitschirm, und der Traum vom Fliegen würde wahr werden. Vergessen waren der Ärger und die Angst vor Müller. Vergessen die Strapazen in der Vorbereitung. Egal, jetzt ging es nur noch ums Springen. Am Boden des Paketes kam noch ein kleines, längliches Päckchen zum Vorschein. Es war mit braunem Packpapier umwickelt und wog maximal ein Kilogramm. Eher weniger. Ein Totenkopf prangte in der Mitte. „Nicht öffnen!" Achselzuckend warf er es aufs Bett und zog seinen Trainingsanzug über. Vor dem Abendbrot wollte er noch ein paar Runden im angrenzenden Park laufen. Das machte den Kopf frei. Beim Laufen konnte er sich entspannen und in Ruhe über alles nachdenken. Zusätzlich konnte er sich gleich mit der Strecke vertraut machen, die ihm Müller auf den Zettel gekritzelt hatte. Bevor er das Zimmer verließ, fiel sein Blick auf die Handschuhe. Er zog sie über und sie passten wie angegossen. Beim Ausziehen bemerkte er, dass an den Zeigefingern kleine Gummischeiben angebracht waren. Vorsichtig löste er eine der Scheiben und zum Vorschein kam ein winziger, doch sehr spitzer Dorn. Verwundert drückte er rasch das Gummi wieder auf den Dorn und legte die Handschuhe zu dem Päckchen auf das Bett. Die Uhr, die er erhalten hatte, schimmerte matt blau und zeigte exakt die von Müller vorgegebene Zulu Zeit. Jetzt war es 15 Zwo Null. Tom steckte seine Schlüsselkarte ein und verließ das Zimmer. In diesem Moment trat sein Freund Mike auf den Flur. Auch er hatte wohl dieselbe Idee. „Und, alles klar?", fragte Mike. Tom sah ihn an und plötzlich strahlte er über das ganze Gesicht. „Black Wingsuit 1200?" Mike grinste. „Einfach nur geil." Damit liefen beide lachend zum Aufzug. Im Foyer winkten sie dem jungen Hotelmanager zu. Sie verließen das „Regent" und begannen in die Richtung des angrenzenden Parks zu laufen. Bill zögerte einen Moment. Doch dann wählte er die Nummer. „Zwei von ihnen haben soeben das Hotel verlassen. Sie tragen Trainingsanzüge und laufen in Richtung des „Regent-Park". Es knackte in der Leitung und das Gespräch war beendet.

Tom und Mike genossen die frische Luft im Park. Die Wege waren gepflegt und schlängelten sich zwischen uralten Buchen und Eichen, vorbei an zwei künstlich angelegten Seen hin zu einem asiatisch anmutenden Teehaus, dann einen kleinen Berg hinauf, von dessen Spitze man einen phantastischen Ausblick über die Stadt hatte. Oben angekommen, ließen sich die Beiden auf eine kleine Bank fallen. Eine merkwürdige Stille herrschte zwischen ihnen. „Meinst Du, dass wir das Richtige tun?" Tom schaute hinüber zur „Forth Bridge" und in die Richtung der Stadt. "Ich weiß nicht mehr was gut und böse ist. Ich weiß nur, dass eine halbe Million auf uns wartet und wir schon viel zu tief drinstecken." „Hast Du seine Waffe gesehen?" Mike sprang auf und machte ein paar Dehnübungen. „Hast du das Päckchen geöffnet?" „Du meinst, das unter dem Anzug lag?" Mike sah ihn merkwürdig an. „Da drin ist Deine... Komm, wir sollten weiterlaufen." Damit drehte er sich herum und begann auf der anderen Seite des Hügels wieder hinab zu laufen. Tom verstand die Welt nicht mehr. „Was meinst Du damit? Doch nicht etwa …?" Mike war schon fast 100 Meter weit gelaufen. „Was ist mit Dir? Du glaubst doch nicht im Ernst das Müller eine halbe Million für ein paar Sprünge von 'nem Haus locker macht? Nun komm schon. Zum Nachdenken ist es zu spät" Tom sprang auf. „Verdammt, von Waffen war nie die Rede." Doch was sollte er jetzt tun? Mit Müller reden? Das hatte bestimmt wenig Sinn. Aussteigen? Müller würde ihn finden und dann? Tom fühlte sich elend. „Kommst Du nun endlich?" Mike war schon weit vorgelaufen. „Ja." Damit lief er seinem Kumpel hinterher. Nach einem kurzen Sprint hatte er Mike eingeholt und beide joggten in Richtung des Hotels zurück.

Zwei Männer beobachteten die Beiden bei ihrem Lauf durch den Park. Zum einen Müller, der mit seinem Fernglas den Weg von Tom verfolgte. Dann war da noch ein älterer Herr, der an einem der Seen friedlich auf einer Bank saß und die Enten zu füttern schien. Sein Gesicht konnte man nicht erkennen, denn er trug einen breitkrempigen Hut, den er tief in sein Gesicht gezogen hatte. Neben ihm, unter einer Zeitung versteckt, lag ein kleines, aber sehr leistungsstarkes Zielfernrohr. Kaum waren die Beiden an ihm vorbei gelaufen, stand er auf, steckte das Zielfernrohr in die Innentasche seines Mantels und warf die Tüte mit den Brotresten in einen Papierkorb. Dann spazierte er in aller Ruhe in die andere Richtung des Parks. Die Enten hätten sich sicher über die Brotreste gefreut. Nur gab es hier, seit über zwei Jahren, keine Enten mehr. Die waren der Vogelgrippe zum Opfer gefallen. Bevor der alte Mann seinen Weg fortsetzte, richtete er sein Zielfernrohr in die Richtung des Hotels und konnte Müller, der am Fenster stand, gut erkennen. Er hob kurz seine rechte Hand, so als winke er einem alten Freund zu. Dann drehte er sich herum und ging zügig in die Richtung des Parkausganges. Wäre man ihm in diesem Moment begegnet, hätte man sein Lachen hören können. „Wunderbar. Einfach wunderbar." In diesem Moment hatte ihn Müller mit seinem Fernglas entdeckt. Das eben noch freundliche Gesicht erstarrte. „Oh nein, das kann nicht sein. Nicht Du. Nicht jetzt." Rasch hastete er zum Telefon, hob ab und wählte eine Nummer in Freiburg. Es dauerte einen Moment mit der Verbindung. Was er dann hörte, verschlug ihm die Sprache. „Die gewählte Rufnummer ist zurzeit nicht vergeben." Wütend knallte Müller den Hörer auf das Telefon. „Na, warte." Er riss seine Waffe aus dem Halfter, lud durch und lief zum Fenster. Doch so sehr er sich auch bemühte, der Fremde war verschwunden. Er sicherte die Waffe und warf sie auf das Bett. Ein Klopfen an der Tür ließ ihn erstarren. „Wer ist da?" Mit der Waffe in der Hand schlich er zur Tür. „Hier is Eddy, Sir. Ick sollte mich bei Ihnen melden." Erleichtert steckte er die Waffe ins Halfter. „Einen Moment noch." Hans Müller atmete tief durch. Dann öffnete er in scheinbarer Ruhe die Tür und ließ Eddy ins Zimmer. „Sie müssen entschuldigen. Kommen Sie herein und nehmen Sie Platz." Doch bevor er die Tür schloss sah er sich noch kurz auf dem Flur um. „Haben Sie jemanden auf dem Flur gesehen?" „Nö, Sir, ick bin niemand nich begegnet." „O.k., machen wir es kurz. Die Zeit der Vorbereitung ist vorbei. Die Mission startet übermorgen, um 21 Null

56

Null. Sie kennen Ihre Aufgabe?" Eddy überlegte einen kurzen Moment. „Sie brauchen einen Tresorknacker und ick bin da. Fertich!" Müller war inzwischen wieder am Fenster und suchte intensiv mit dem Fernglas den Park ab. „Haben Sie schon mal mit binären Säure gearbeitet?" „Wat für`n Zeuch?" Der Alte drehte sich ruckartig herum. „Binäre Säure!" Eddy war verwirrt. „Ick denke, ick soll een Safe knacken und irgendwo runterspringen?" Müller stand jetzt ganz dicht vor ihm. „Ganz recht. Nur das Sie dieses Mal keinen Schneidbrenner oder Sprengstoff verwenden werden. Sondern etwas viel Subtileres. Das hier." Sein Finger deutete auf eine kleine Flasche, die vor einem Kästchen auf dem Tisch stand. Das Fläschchen war zur Hälfte mit einer milchig trüben Flüssigkeit gefüllt. Der Rest war irgendwie grünlich. „Hören Sie zu. Wenn Sie am verabredeten Punkt angekommen sind, schütteln sie diese Flasche. Nicht vorher, hören sie? Dann verteilen sie das Gemisch mit dem oben angebrachten Roller auf den Scheiben. Und nach maximal zehn Sekunden ist unser Tresor geöffnet. Doch Vorsicht! sie haben dann noch genau 30 Sekunden Zeit, um das Zeug verschwinden zu lassen. Tun Sie das nicht, werden wir uns nicht wiedersehen. Ein Umstand mit dem ich leben könnte. Haben Sie das verstanden, mein Freund?" Eddy hatte über zehn Jahre im Bau verbracht und so schnell konnte ihn nichts aus der Ruhe bringen. Doch jetzt bekam er es doch ein klein wenig mit der Angst zu tun. „Wat is'n det?" Müller wurde wütend. „Was ist das? Was ist das? Ihr verdammter Gossenjargon hat hier keinen Platz. Haben Sie das verstanden?" Eddy stand auf. Vorsichtig nahm er die Flasche vom Tisch. „Legen Sie die Flasche in das Kästchen. Das ist Ihre Lebensversicherung." „Allet klar, Chefchen. Ich meine, allet verstanden. Nun regen Sie sich mal nich so uff. Ick jeh denn mal wieder, o.k.?" Müllers Gesicht wurde puterrot. „Hauen Sie schon ab"
Eddy ging mit einem Grinsen im Gesicht zur Tür. „Bis nachher, Sir. Wann jibt et wat zu futtern?" „Sie sollen verschwinden." Kaum hatte er das Zimmer verlassen, brach es aus Müller heraus. „Dieser Idiot! Dieser gren-

57

zenlos hirnverbrannte Idiot. Warum nur muss sich ein Genie, wie ich, mit solchen Primaten umgeben?" Es war zu spüren, das der Alte wegen etwas ganz anderem so außer sich war. Das plötzliche Auftauchen des Mannes im Park hatte ihn völlig außer Fassung gebracht. Ein Zustand, den er bei sich nicht dulden durfte. Schnell krempelte er seinen linken Ärmel hoch. In diesem Moment begann seine linke Körperhälfte zu verkrampfen. Aus dem Nachtkästchen zog er ein Gummiband heraus, mit dem er sich den Arm abschnürte, bis eine Vene deutlich hervortrat. Mit geübter Hand spritzte er sich eine farblose Flüssigkeit in den Arm. Kurz danach wurde sein Atem ruhiger und er begann sich zu entkrampfen. Entspannt ließ er sich in den Sessel sinken. „Du bist also hier. Gut, dann soll es so sein. Wir haben eh noch eine Rechnung offen." Um sich weiter zu beruhigen, begann er mit einigen Atemübungen. Nach wenigen Minuten war sein Puls wieder normal und er konnte sogar wieder etwas lächeln. „Also gut, alter Freund. Dann wird Schottland eben zu Deinem Grab werden."
Pünktlich um 19.00 Uhr saß die ganze Truppe im gemütlich eingerichteten Speisesaal des „Regent" Hotel. Inzwischen war auch Marc zur Gruppe gestoßen, der zumindest von Tom und Mike freudig begrüßt wurde. „Na, wie gefällt Dir Schottland?" „"Nun, ich habe noch nicht viel gesehen." Ein prasselndes Kaminfeuer spendete wohlige Wärme. Auf den Speisekarten standen verschiedene Menüs für jeden zur Auswahl. Drei Kellner bemühten sich, die Bestellungen aufzunehmen. Einige Mitglieder der Gruppe hatten Mühe hinter die wohlklingenden Umschreibungen schottischer Nationalgerichte zu kommen. „Ich empfehle Ihnen die Suppe, den Fisch und einen Plumpudding zum Abschluss." Alle sahen zu Müller und die Sache war entschieden. In diesem Moment betrat einer der Kellner mit einem Tablett den Saal. Sieben Gläser, gefüllt mit bestem schottischem Malt-Whiskey der wie Bernstein goldgelb im Schein der lodernden Flammen des Kaminfeuers funkelte. „Darf ich, Sir?" Die Frage galt Müller und der nickte kurz. Jedes Mitglied des Teams erhielt ein Glas Whiskey. „Meine

58

Herren, bevor wir mit dem Essen beginnen möchte ich mit Ihnen gemeinsam anstoßen. Ab morgen früh beginnt Phase zwei unseres kleinen Unternehmens. Wünschen wir uns gemeinsam Erfolg. Zum Wohl meine Herren." Alle erhoben ihr Glas und prosteten ihrem Chef zu. „Zum Wohl, Sir. Auf gutes Gelingen." Jeder trank sein Glas in einem Zug leer. „So und jetzt wollen wir essen." Auf einen Fingerzeig von Müller wurde das bestellte Menü serviert. Inzwischen hatte sich das Restaurant mit anderen Hotelgästen gefüllt und Stimmengewirr erfüllte die Luft. Nur Müller und sein Team saßen schweigend am Tisch und genossen ihr Essen. Kaum war das Dessert-Geschirr abgeräumt, klopfte Müller mit seinem Messer an sein Glas. „Meine Herren! Morgen erhalten Sie Ihre letzten Instruktionen. Dann werden Sie erfahren, wohin die Reise geht, bildhaft gesprochen. Heute Abend steht es Ihnen frei, die hauseigene Bar zu besuchen. Bis auf Sie Marc, wir beide haben noch zu reden. Nachtruhe ist um dreiundzwanzig Null Null. Morgen ist um sieben Null Null wecken. Danach erwartet sie Tom zu einem kleinen Morgenlauf durch den Park. Frühstück ist um Neun Null Null und um Zehn Null Null fahren wir zur großen Greifvogel-Show. Marc wird dort die Führung unternehmen. Um Zwölf Null Null starten wir zu einer Stadtrundfahrt. Den Rest erfahren Sie dann. Das war es. Sie können jetzt wegtreten. Ihnen allen eine gute Nacht." Die fünf Mitglieder murmelten noch etwas wie: „Ihnen auch eine gute Nacht". Kaum hatte Müller mit Marc den Raum verlassen, atmeten alle tief durch. „Wer kommt noch auf einen Absacker mit in die Bar?" Tom sah Mike an. „Warum nicht? Wer weiß schon, ob ich morgen noch …" „Halt die Klappe." Eddy grinste Tom an. „Wir wollen doch nich, dass unser Boss 'nen Herzkasper kriegt. Ick komme mit. Hier sind 100 Pfund, die einen Abnehmer suchen. Was ist mit Euch, Mädels? Na los, lasst uns gehen." Alle wendeten sich dem Ausgang zu und wenig später saßen Sie schweigend bei einer Runde „Guiness" in der gemütlichen Bar des Hotels. Doch irgendwie wollte an diesem Abend keine rechte Stimmung aufkommen.

59

Und so verabschiedeten sie sich bald auf ihre Zimmer. Außer Tom befand sich lediglich noch ein älterer Herr in der Bar, der dicht am Kamin saß und aus dem Fenster in die dunkle Nacht starrte. Tom, der noch keine Lust hatte auf sein Zimmer zu gehen, nahm sein Glas und seinen ganzen Mut zusammen und schlenderte hinüber. „Sie werden verzeihen. Mein Name ist Tom Berger. Dürfte ich mich etwas zu Ihnen setzen?" Der ältere Herr deutete auf den freien Sessel. „Bitte nehmen Sie Platz Tom." Der setzte sich und überlegte, wie er ein halbwegs intelligentes Gespräch anfangen konnte. „Wie ich sehe, sind Ihre Freunde schon gegangen?" Tom nickte und lächelte den Herrn an. „Sie sind auch aus Deutschland?" „Nun ja, junger Mann. Ich bin schon eine Woche hier in Edinburgh. Denn schließlich laufen zurzeit die Festtage wegen des tausendjährigen Jubiläums. Sind Sie das erste Mal in Schottland?" Tom überlegte kurz. Irgendetwas kam ihm an dem alten Mann bekannt vor. „Verzeihen Sie, aber haben wir uns schon einmal gesehen? Sie kommen mir irgendwie bekannt vor?" Das kann ich mir nicht vorstellen, junger Mann aber wer weiß das schon genau? Darf ich Ihnen ein Bier ausgeben?" „Gern Sir. Aber bitte ein Stout." „Wie Sie wünschen." Er erhob sich und nahm Toms leeres Glas. „Verzeihen Sie, aber ich habe mich noch nicht vorgestellt. Mein Name ist Meier. Horst Meier, Oberst a.D." Damit ging er zur Bar. Kurz darauf kam er mit zwei frischen Pints zurück. „Sie trinken auch ein Stout, Sir?" Tom war verwundert. „Bitte, junger Mann, sagen Sie nicht Sir zu mir. Und was das Bier betrifft, nun so wechsle ich ganz gern mal die Sorte." Tom nahm sein Glas und prostete ihm zu. „Na dann, Cheers, Herr Meier." Nach einem tiefen Schluck stellte er sein Glas wieder auf den Tisch. „Ah, lecker. Ich finde, dass das Stout den Schotten besser gelungen ist." „Dieses Bier kommt aus Deutschland, Tom. Ich darf Sie doch Tom nennen?" „Aber bitte." „Stout wird in einer kleinen bayerischen Brauerei gebraut. Und dass die Bayern etwas vom Bierbrauen verstehen, steht wohl außer Frage. Was machen Sie hier in Edinburgh? Oder darf ich Sie das nicht fragen?" Tom

60

überlegte kurz. „Urlaub. Ich bin hier auf Urlaub. Mit meinen Freunden." Irgendwie fand er, dass seine Antwort wenig überzeugend klang. „So so, Sie sind hier also auf Urlaub." Sein Gegenüber trank einen Schluck Bier und schien ihn zu fixieren. „Sind sie und ihre Freunde in einem Sportteam?" „Warum?" Tom war verwundert. „Nun, Sie treten alle gleich gekleidet auf. So wie uniformiert. Entschuldigen Sie, wenn ich das so sage. Und dann habe ich Sie vorhin zufällig durch den Park laufen gesehen. Ich war dort ein wenig spazieren" „Ja ja, wir sind Sportler. Extremsportler! „Basejumper." „Oh, wie ungewöhnlich. Dann wollen Sie hier in Edinburgh wohl irgendwo herunterspringen?" Tom wurde nervös. Er merkte, dass er sich gerade um Kopf und Kragen redete. „Verzeihen Sie, Herr Meier. Aber ich würde mich gern zurückziehen. Morgen ist ein anstrengender Tag für uns – uns Sportler", setzte er noch hinzu. „Danke für das Bier. Ich wünsche Ihnen eine gute Nacht." Damit erhob er sich, nickte seinem Gegenüber kurz zu und verließ rasch die Bar. Der Alte lächelte ihm zu. Im Gehen hörte er ihn noch rufen. „Ich wünsche Ihnen eine gute Nacht. Ach so, fast hätte ich es vergessen. Grüßen Sie doch bitte meinen alten Freund Hans Müller von mir. Ich freue mich schon auf ein Wiedersehen mit ihm." Tom blieb stehen, drehte sich zu ihm um. „sie kennen Hans Müller?", fragte er neugierig. „Oh ja. Wir sind, nun sagen wir, alte Freunde. Doch jetzt möchte ich Sie nicht aufhalten. Gute Nacht, mein Freund. Wer weiß, vielleicht sehen wir uns ja bald wieder." Tom verließ die Bar. Kaum war er verschwunden, starrte der alte Mann wieder in die dunkle Nacht. Der Barkeeper hätte schwören können, dass der Alte leise vor sich hin gelacht hatte. Und es war kein freundliches Lachen. Es war ein böses Lachen.

11. September – Der Tag davor

Am nächsten Morgen traf sich die Truppe gegen 7.00 Uhr zum morgendlichen Training in der Lobby. Nach einem längeren Lauf durch den Park folgten Dehnübungen, bevor ein kurzer Sprint jeglichen Rest von Müdigkeit aus den Gliedern vertrieb.

Pünktlich um 09.00 Uhr versammelten sich alle zum Frühstück. Das reichhaltige Buffet bot für jeden Geschmack etwas. Doch zogen es die meisten vor, den Morgen mit einem Müsli und einem Obstsalat zu beginnen. Nur Eddy langte beim Speck und dem vor Fett triefenden Toast kräftig zu. „Die Spiegeleier waren schon alle, erklärte er allen beim Setzen." „Seien Sie froh, mein Freund." Müller saß, wie am Vortag, am Kopf der Tafel und genoss seinen Kaffee. „Die schottische Küche ist lecker, aber was den Fetteinsatz betrifft auch führend in Europa." Eddy störte das nicht. „Wer viel arbeitet, muss och ordentlich futtern. Hat schon meene Mutter gesagt. Gott hab sie selig." Wütend stellte Müller die Tasse ab. Das heißt „auch", Sie Trottel. Ich habe Ihnen schon gestern gesagt, dass Sie sich bitte einer anderen Ausdrucksweise bedienen sollen. Ich kann und will diesen Jargon nicht mehr hören." „O.k.!"; rief Eddy, stand auf und eilte zum Buffet. Ein Kellner war gerade im Begriff, ein neues Tablett mit Spiegeleiern unter der Warmhalteglocke zu platzieren. Lähmende Stille herrschte am Tisch. „Und, meine Herren," versuchte Müller die Stimmung wieder etwas aufzuhellen, „gestern noch in der Bar gewesen?" Allgemeines zustimmendes Gemurmel machte die Runde am Tisch. Nur Tom wurde etwas redseliger. „Als Ihr alle schon auf eure Zimmer gegangen seid, habe ich noch einen netten Herrn kennen gelernt. Und ehe ich es vergesse, ich soll Sie herzlich grüßen." „Von wem denn?", fragte Müller misstrauisch. „Nun, er sagte, Sie wären alte Freunde und er freue sich schon auf ein Wiedersehen mit Ihnen." Fast wäre Müller an dem Schluck Kaffee erstickt. „Wie ist sein Name?", zischte er wütend. Alle erstarrten. So hatten sie ihren Chef noch nie erlebt. „Den Namen, sofort!" Tom wurde klar, dass er im Begriff war, einen großen Fehler zu begehen, oder ihn längst begangen hatte. Gerade wollte er antworten, da sprang Müller auf. „Kommen Sie mit, sofort!" Tom sah seinen Freund Mike an. „Bitte Mike, hilf mir." Doch der zuckte nur mit den Schultern. „So schlimm wird es schon nicht werden." Müller lief in der Lobby wütend auf und ab. Kaum hatte er Tom erblickt, zog er ihn beiseite und starrte ihn an. „Wie ist sein Name?" „Aber Sir, ich wusste doch nicht, ich hatte doch keine Ahnung. Ich habe nichts erzählt. Ehrlich. Ehrenwort." „Ich will seinen Namen!" „Meier, Sir. Er sagte, er heißt Meier und wäre ein alter Freund von Ihnen." Müller überlegte einen Moment und setzte gerade dazu an, Tom gehörig den Kopf zu waschen.

„Was wollte er von Ihnen? Und überlegen Sie genau. Ich will, dass Sie nach dem Frühstück einen exakten Bericht über ihr Treffen mit meinem alten 'Freund' Meier schreiben. Und jetzt gehen wir wieder zurück an den Tisch. So, als wäre nichts gewesen." Er atmete ein paar Mal tief durch, dann legte seinen Arm um Toms Schulter und schob ihn zurück in das Restaurant. Kaum saß er am Tisch, war er wie ausgewechselt. „Meine Herren. In einer Stunde treffen wir uns in der Lobby. Heute Vormittag steht ein Besuch der Greifvogelausstellung auf unserem Plan. Marc, wird die Führung übernehmen. Noch Fragen? Danke meine Herren. Und Sie, Tom, Sie wissen, was Sie zu tun haben." Damit erhob er sich und ging in die Richtung seines Zimmers. Die anderen Teammitglieder folgten ihm kurz darauf, bis auf Tom und Mike. „Und was wollte Müller von Dir? Was ist überhaupt passiert?" Tom erzählte Mike von der abendlichen Begegnung in der Bar. „Du musst mir glauben, Mike. Da war nichts. Ich habe diesem Herrn Meier nichts erzählt. Mike sah seinen Freund an. „Und wenn das Ganze nun gar kein Zufall war?" „Wie meinst Du das?" „Nun, was wäre, wenn dieser Herr Meier bewusst den Kontakt zu Dir gesucht hat?" „Du meinst, er ist ein Bulle?" „Warum denn nicht?" „Wir hätten uns auf das Ganze nicht einlassen sollen." „Hör auf. Jetzt ist es ohnehin zu spät. Denke an das Geld und an die Toten in Frankfurt. Komm, wir verschwinden hier. Wer weiß, wer uns hier alles zuhört." Mike stand auf. „Nun los." Tom sah seinen Freund fragend an. „Was soll ich jetzt machen? Müller erwartet einen Bericht über das Treffen." Na, dann schreibe ihm doch diesen blöden Bericht. Und jetzt Kopf hoch. Morgen Abend sind wir um eine halbe Million reicher." „Oder tot." Tom folgte seinem Freund in die Richtung des Fahrstuhls. „Oder wir sitzen im Knast." Kaum hatten sich die Türen des Lifts geschlossen, griff Bill zum Telefon.

Es war kurz nach 11.00 Uhr, als sich das „Team der Entschlossenen" wieder in der Lobby des „Regent" traf. Den Namen hatte sich Müller ausgedacht. Er sollte die Gruppe enger zusammen schweißen, motivieren und auf das Ziel fixieren. So, wie er das früher in Tansania mit seinen Legionären gemacht hatte. Nun, was tut man nicht alles für eine halbe Million, dachten sich die Jungs. Müller war schon in der Lobby und verhandelte mit Bill am Empfang. Kurz darauf wendete er sich der Gruppe zu. „Tom, ich bedanke mich für ihren Bericht. So, meine Herren. Heute lernen Sie Ihre Partner kennen. Diese werden Sie bei unserer kleinen Mission unterstützen. Ich hatte Ihnen ja versprochen, dass der Abtransport der Beute auf eine ungewöhnliche Weise erfolgen wird." In diesem Augenblick meldete sich Bill zu Wort: „Verzeihen Sie, Sir, aber ihr Bus ist da." „Danke. Meine Herren, lassen wir ihn nicht warten. Damit eilte er dem Ausgang zu. Kurz vor der Tür drehte er sich nochmal zum Empfang. Der junge Mann hinter dem Tresen nickte stumm. „Ihnen auch einen schönen Tag, junger Mann." Damit verließ er, gefolgt von seinem Team, die Hotelhalle. Vor der Tür wartete schon ein kleiner Bus und zum allgemeinen Erstaunen handelte es sich um denselben, der sie gestern vom Flughafen zum Hotel gebracht hatte. Der Fahrer stand neben dem Fahrzeug und rauchte eine Zigarette. Kaum sah er Müller, drückte er die Zigarette aus. „Sehen Sie, junger Mann, so schnell sieht man sich wieder." Damit nahm er auf dem Beifahrersitz Platz. „Nun, wo soll es hingehen? Altstadt, Neustadt, das Schloss oder die Burg?" Müller deutete wortlos auf das riesige Plakat, das für die Greifvogelschau warb. „Vögel? sie kommen extra nach Schottland, um sich Vögel anzusehen?" „O.k., Sie sind der Boss. Na dann, meine Herren, auf zur Vogelschau." Die Fahrt dauerte nur 15 Minuten. Dann

64

hielt der Bus vor dem „Edinburgher Zoo. „Soll ich warten, Sir?" „Nun, das wäre sehr freundlich. Und wenn es ihre Zeit erlaubt möchte ich, dass Sie uns bis zum frühen Abend zur Verfügung stehen." Der Fahrer überlegte kurz. Mochte der Alte aus Deutschland ja ein schlecht gelaunter Fahrgast sein, so zahlte er jedoch nicht schlecht.

„O.k.Sir, wann soll ich Sie wieder abholen?" Nun, ich denke so in 60 Minuten." Müller und sein Team gingen in die Richtung der Kassen. Neben den Tickets besorgte er sieben Flyer der Sonderausstellung. „Hier, meine Herren. Ein paar Informationen über Greifvögel." „Gibt's hier ooch Löwen und Giftschlangen?" Eddy fand Vögel extrem langweilig. „Da bin ich mir nicht sicher, Eddy. Doch ich empfehle Ihnen, heute ihre Aufmerksamkeit auf die Greifvögeln zu richten." Eddy, der gerade genüsslich in ein Sandwich biss, nickte gelangweilt. „Wagen Sie es nicht, mich mit vollem Mund anzusprechen. Kommen Sie, meine Herren." Er orientierte sich kurz in dem Flyer, dann stürmte er in die Richtung der Volieren. Um diese Zeit war im Zoo noch nicht viel los, so dass die Gruppe allein vor der größten Freifluganlage stand. Fasziniert starrten alle in die gelben Augen von Weißkopfadlern, die majestätisch auf Holzpodesten thronten und regungslos die kleine Gruppe vor ihnen beobachtete. „Sind die echt?", fragte Eddy. „Oh ja, mein Freund." Der junge Marc stand mit verklärtem Blick dicht vor dem Zaun. „Das sind Weißkopfadler. Das Wappentier der Vereinigten Staaten von Amerika. Sind sie nicht wunderschön. Dieses herrliche Gefieder, der majestätische Kopf. Stolz erhoben, so als wüssten sie, ob ihrer Ausstrahlung." „Der hat doch 'ne Vollmeise", raunzte Paul in die Runde. „Und was ist det?" Eddy zeigte mit seinem Finger in den linken Teil der Voliere. Ein riesiger Vogel hatte seine Schwingen ausgebreitet und steuerte, unheimlich kreischend, auf die Gruppe zu. Alle, bis auf Marc, wichen entsetzt zurück. Selbst die Weißkopfadler räumten ihren Platz. Nach einer großen Runde landete der unheimliche Vogel auf dem mittleren Holzpodest und alle blickten in das unheimliche

Antlitz, welches das Werbeplakat zierte. „Darf ich vorstellen? 'Harpia harpyja', kurz 'Harpyie' genannt. Bei den Griechen, in der Antike, wurden sie als die 'Dämonen des Sturms' bezeichnet." „Gott, ist der hässlich", murmelte Mike vor sich hin. „Was hat der da an seiner Schnabelspitze? Das sieht ja aus wie der Rest eines Tieres." Tom war entsetzt. Müller bemerkte, dass der Auftritt dieses Vogels einen tiefen Eindruck bei den Mitgliedern seines Teams hinterlassen hatte. „Das, meine Herren, wird morgen Nacht einer ihrer Partner sein. Unser Freund Marc, hat drei dieser Vögel darauf trainiert, Gegenstände zu transportieren. Nur wird es dieses Mal kein totes Tier sondern Gold und Edelsteine sein. Bitte Marc fahren Sie fort." „Die Harpyie ist der physisch stärkste Greifvogel der Welt. Ursprünglich aus Amerika kommend, leben nur wenige Exemplare in Gefangenschaft. Grund dafür ist unter anderem, dass diese Tiere in Freiheit riesige Strecken täglich überwinden. Sind sie einmal auf Futtersuche, können sie über 100 Meilen weit fliegen oder auch stundenlang versteckt auf einem Baum sitzen und ihr Opfer beobachten. Und, meine Herren, wir reden hier von Affen und Faultieren." Eddy war jetzt ganz dicht an das Gitter herangekommen. „So, du mieses Ungeheuer, frisst also niedliche Affen." Tom sah, dass die Harpyie unruhig wurde und damit begann, Eddy zu fixieren. „Komm da lieber weg, Eddy. Wer weiß, vielleicht hält dich das Vieh noch für einen Affen?" Eddy drehte sich herum und griff Tom am Kragen. „Was war das? Du nennst mia een Affen?" „Lassen Sie sofort Tom los! Sofort!" Müller stand wütend neben Eddy. In diesem Moment breitete der Vogel seine Schwingen aus und flog kreischend auf das Gitter zu.

Als Eddy sich wieder zum Gitter drehte starrte er auf zwei gewaltige Krallen, mit denen sich die Harpyie dicht vor seinem Gesicht an den Gitterstäben festhielt. Die Flügel ausgebreitet mit einer Spannweite von über zwei Metern. Der riesige Schnabel sorgte dafür, dass das gewaltige Tier nicht nach hinten kippte. Die Augen waren starr auf Eddy gerichtet. Wort-

66

los ließ der Tom los. „Ihre Krallen sind größer als die eines Grizzlys und ihr Biss ist stärker als der eines deutschen Schäferhundes. Das Weibchen, und bei diesem Exemplar handelt es sich zweifellos um ein solches, kann bis zu zehn Kilogramm wiegen und eine Beute von über fünf Kilogramm durch die Lüfte transportieren."

Plötzlich drängte Müller zum Aufbruch. „Meine Herren, es wird Zeit. Wir haben heute noch viel vor." Bis auf Marc waren alle froh, als sie in die Richtung des Ausgangs drängten. Vor dem Zoo wartete der Bus auf die Truppe. Müller trat an den Fahrer heran, der sich gerade für ein kleines Schläfchen entschieden hatte. „Wie heißen Sie eigentlich?" „John, Sir. Nennen Sie mich John." „Gut John, dann machen wir jetzt eine kleine Stadtrundfahrt durch Edinburgh." „Haben Sie besondere Wünsche, Sir?" Müller zog eine Karte aus der Tasche, breitete sie aus. Verschiedene rote Kreise markierten Plätze in der Altstadt. „Da wollen Sie hin? Das ist aber nicht das normale Touristenprogramm." Nun, vielleicht liegt es daran, dass wir keine normalen Touristen sind." John begriff, dass er aufhören musste Fragen zu stellen, wollte er weiter Geld aus der Truppe schlagen. Kurz darauf fuhr der Bus in die Richtung der Stadt.

Edinburgh

Die Fahrt ging vorbei an den zwei riesigen Brücken, die sich elegant und doch grazil über den „Firth of Forth" schwangen. Jenem Meeresarm, in dem sich der „Forth" zur Nordsee öffnet. Nach einem kurzen Stück Autobahn erreichten sie die Neustadt jener Stadt Europas, die zweifellos, zu den schönsten des Kontinents zählt. Das Wort Neustadt, in Bezug auf die Hauptstadt Schottlands anzuwenden, verwirrt wohl jeden Erstbesucher. Dieser Teil wurde im 18. Jahrhundert errichtet und bildet einen Ring um die legendäre Altstadt, die mit ihren engen Straßen und Gassen wie ein großes architektonisches Museum wirkt. Und über allem thront, weithin sichtbar, Edinburgh Castle. Gebaut auf einem riesigen Felsen vulkanischen Gesteins.

Doch zunächst ging es vorbei an der altehrwürdigen Universität von Edinburgh aus dem 16. Jahrhundert, dem Royal Museum of Schottland in der Chambers Street, durch die Dock Street zur „Bank of Scotland", deren neoklassischer Stil vor 400 Jahren einen Meilenstein in der Architektur darstellte. Die berühmteste Straße Edinburghs aber ist die Queens Street. In ihr reihen sich die meisten königlichen Stationen der Stadt wie Perlen einer Halskette auf und verbinden den Palast der Königin mit Edinburgh Castle. „Holyrood Palace", die offizielle königliche Residenz Elisabeth der II in Schottland, wurde vor allem wegen ihrer großen Galerie berühmt. Über 80 Gemälde schottischer Könige seit dem 17 Jahrhundert stellten auf eine einzigartige Weise die Geschichte der Monarchie Schottlands dar. Hinter dem Schloss schließt sich der „Royal Botanic Garden" an, der mit seinen weitläufigen Rasenflächen oft für Empfänge der Königin genutzt wird. Heute ist es ein herrliches Fleckchen Natur, das mit seinen kleinen Teichen, den riesigen Blumenbeeten die Besucher zum Entspannen und Spazieren einlädt. Hier, fernab vom Trubel der nahe liegenden „Queens Street", hielt der Kleinbus abrupt und Müller und seine Truppe setzten sich auf eine kleine Bankgruppe, die einen wunderschönen Springbrunnen umschließt. Der Fahrer hatte die Anweisung erhalten, das Team in genau 20 Minuten wieder hier abzuholen.

Der Plan

Meine Herren", begann Müller mit seinen Erläuterungen. „Hinter mir sehen Sie in einer Entfernung von exakt 1450 Meter die Zinnen der Burgmauer von Edinburgh Castle. Um 00.10 Null Null erwarte ich Sie genau hier. Sie haben ein Zeitfenster von plus acht Minuten, das, wie mir Tom versicherte, völlig ausreichend ist. Danach werden Sie mich und den

68

Transporter nie mehr wiedersehen. Doch möchte ich Sie warnen. Sie werden in diesem Falle auch keinen Cent bekommen und Deutschland nie wieder lebend erreichen. Sie wissen, dass unsere Organisation kein Versagen duldet. Bis hierher Fragen?" „Wat is'n nu eijentlich mit den hässlichen Vögeln?" Müller atmete tief durch. Die Redeweise von Eddy nervte ihn extrem. Marc, bitte." „Während Sie, meine Herren, sich um die Beschaffung der Beute kümmern, organisiere ich deren Abtransport. Auf ein Zeichen von mir öffnen sich am Stadtrand von Edinburgh vier Volieren, und drei Harpyien und ein Adler werden in den Nachthimmel aufsteigen. Wenn nichts schiefgeht, werden sie kurz darauf dort auf den Burgzinnen landen. Keine Angst, meine Herren, ich werde mich um die Tiere kümmern. Die Vögel sind darauf trainiert, in ihren an den Fängen angebrachten Säcken, Dinge zu transportieren. In unserem Falle, die von ihnen beschafften Diamanten und Schmuckstücke. Hier sind für Sie die Listen, welche Schmuckstücke in welchen Beutel kommen. Sie müssen das exakt einhalten, da die Vögel auf das jeweilige Gewicht trainiert sind. Das bedeutet, Sie stopfen die Beute in die Säcke und übergeben sie mir auf Ebene sechs. Ich tausche sie mit den Attrappen an den Harpyien aus. Das wäre schon alles. Kurz danach werden sie wieder in der Dunkelheit verschwinden. Mit der Beute. Die Beutelattrappen verschwinden im Burggraben." Bei der Bemerkung: „wenn nichts schiefgeht", schaute Müller etwas irritiert zu Marc. „Was sollte diese Bemerkung?" „Nun, Sir, es sind Tiere." „Dann sollten Sie sich, in ihrem eigenen Interesse darum kümmern, dass nichts schief geht. Haben wir uns da verstanden?" Marc wurde rot im Gesicht und begann zu stottern. „Natürlich Sir. Es wird alles klappen. Ich schicke ja zur Sicherheit Benny, den Adler, mit. Die Harpyien werden ihm folgen." „Wie Sie das machen, ist allein ihre Sache. Und wenn Sie selber mitfliegen müssten, das ist mir egal. Haben Sie mich verstanden? Doch nun zu Ihnen, meine Herren. Sollten Sie gefasst werden, wird man bei Ihnen keinerlei Teile der Beute finden." „Apropos Beute, Sir". Paul hob seine Hand. „Wat wird'n mit diesem Krönungsstein oder wie det Ding heißt. Ick denke, der wiegt über 100 Kilo. Ick globe nich, das son' Vogel det Ding schleppen kann." „Da haben sie Recht, Paul. Den „Krönungsstein" legen sie einfach auf die Ladefläche des Baufahrzeuges, das vor dem Gerüst steht. Etwas Staub und eine Plane sollten ausreichen, ihn zwischen dem Schutt zu verstecken. Unser guter Freund John Barrow wird das Ding für uns herunterbringen. Ohne dass er weiß, was er da geladen hat. Und glauben Sie mir, das 'Sandstein-Ding' fällt niemandem auf. Die Queen allerdings wird fuchsteufelswild werden. Sie brauchen sich also um nichts kümmern. Nach dem Abflug der Vögel können Sie in aller Ruhe von den Zinnen der Burg in die Freiheit fliegen." Betretenes Schweigen macht die Runde. Das Hupen des Busses, der in einiger Entfernung auf die Gruppe wartete, löste die Stille. „Wir werden jetzt auf die Burg fahren. Ich möchte, dass sie dort in Gruppen von je zwei Mann die einzelnen sieben Ebenen erklimmen. Treffpunkt ist die 'Große Halle', auf Ebene sieben. An dieser Stelle noch ein wichtiger Hinweis. Um exakt 23.25 Uhr wird unser Team um drei Mitglieder erweitert. Sie haben mit diesen Herren nichts zu tun. Deren Aufgabe wird es sein, die Wachen in ihren Räumen zu arretieren, das heißt einzuschließen. Sie werden nicht mit ihnen zusammen fliehen." Der Rest der Truppe sah sich verblüfft an. „Entschuldigen Sie Sir, aber müssten wir nicht etwas mehr wissen?" „Nein, meine Herren. Nur soviel, die Jungs waren früher beim chinesischen Staatszirkus angestellt. Sie sind schnell und arbeiten völlig eigenständig. Noch Fragen?" Zögernd hob Mike seinen Arm. „Wenn sie nicht mit uns abfliegen, wie werden sie dann entkommen?" „Nun, so wie sie gekommen sind, sie schwimmen. Mehr hat Sie nicht zu interessieren. So, das war dann alles. Und nun, meine Herren. seien Sie etwas lockerer. Wir sind Touristen." Der Alte sprang auf und lief in die Richtung des Busses. Der Rest der Gruppe folgte ihm. „Das kann ja heiter werden. Ching, Cheng, Chang vom Zirkus." Tom versuchte die Stimmung zu entkrampfen. „Was soll denn da schon schief gehen?" Eddy und Paul hauten ihm rechts und links auf die Schultern. „Wo sollen wir beginnen, Kleiner?"

Kurze Zeit später hielt der Bus vor dem imposanten Portal von „Edinburgh Castle". Inzwischen war es früher Nachmittag und hunderte von Touristen aus aller Welt drängten auf die Burg. „Der Eintritt kostete acht Pfund und spülte der Stadt hunderttausende in die marode Staatskasse. Wir sehen uns dann oben. Sagen wir in genau 40 Minuten. Genießen Sie den Aufstieg." An den Kassen herrschte dichtes Gedränge, so dass es etwas dauerte, bis alle des Teams ihr Ticket in den Händen hielten. Ein beigefügter Flyer wies ihnen den Weg nach oben. Auf dem Weg vom Hauptor zu den ersten Mitteltoren boten mehrere Souvenir-Shops mehr oder weniger geschmackvolle Andenken der Burg und der Stadt Edinburgh an. Fritz, der jüngste des Teams, verschwand gleich im ersten Laden und erschien kurze Zeit später mit einem grünen Drachen in der Hand. „Hier, das soll 'Nessi' sein. Süß nicht?" Marc, der sich mit dem Elektronengehirn des Teams angefreundet hatte, schüttelte nur verständnislos den Kopf. „Ist für meine Freundin." „O.k., komm weiter. Wir haben noch knapp dreißig Minuten." Tom und Mike waren schon auf dem vierten Hof. „Und, was meinst Du?" Mike schien etwas genervt. „Hör jetzt endlich mit der blöden Fragerei auf, Tom. Wir sind jetzt hier und ziehen das Ding durch." Tom bog gerade auf die fünfte Ebene ein. „Ich meine ja nur." In diesem Moment schien es ihm, als hätte er in der Gruppe, die hinter ihnen lief, ein ihm bekanntes Gesicht entdeckt. „Da, Mike. Da ist er." Mike war genervt. „Wer?" „Na, der Alte. Der alte Mann aus der Bar im Hotel." „Du siehst Gespenster. Komm jetzt, wir müssen endlich weiter." Damit erreichten beide das Plateau, auf dem sich die Zinnen befanden. Schwere gusseiserne Kanonen, die von etlichen Belagerungen, „erzählen", reckten ihre todbringenden Rohre über die Stadt. Mike kletterte auf eine der Zinnen und Tom tat, als würde er seinen Freund fotografieren. Hinter Mike ging es mehr als 150 Meter fast senkrecht in die Tiefe.

Tom stand jetzt neben Mike und beide genossen den Ausblick. Von hier oben konnte man bei guter Sicht über zwanzig Kilometer weit ins Land blicken. „Da ist die Wiese, auf der wir vorhin gesessen haben." Mike, der ein modernes Handy mit GPS-Koordinaten hatte, peilte die Landestelle bereits an. Kurze Zeit später hatte er die Landemarkierung abgespeichert. Etwas abseits der Burgzinnen befindet sich „Margaret's Chapel", die Geburtskirche von Queen Anne. Heute nutzen viele Paare diese kleine Traditionskirche für ihre Trauung. Des Weiteren befinden sich auf dieser Ebene die Räume des „Royal Regiment of Scotland", das unter anderem zur Bewachung der Burg abgestellt war und ein Baucontainer, der das Bild verschandelte. Die Aufschrift „Barrow & Decker" deutete auf den Besitzer hin. Mike und Tom standen immer noch an den Zinnen und gingen in Gedanken den Abflug von hier durch. „Nun, das sollte keine Probleme geben. Komm, wir gehen nach oben." Mike war der Erste, der sich von der Aussicht löste. Nach weiteren 40 Metern standen sie auf Burgebene sieben. Ein umbautes Areal, das die wichtigsten und wertvollsten Reichtümer Schottlands bewahrte. Hier waren neben den Kronjuwelen auch die prächtigsten und wertvollsten Bilder der königlichen Familie in einer Sonderausstellung untergebracht. Daneben befanden sich hier das Kriegsmuseum und die „Große Halle". Einen besonderen Anziehungspunkt stellen die Räume des Burggefängnisses dar. Tief unten in den Felsen geschlagen, fristeten hier gekrönte wie ungekrönte Häupter viele Jahre ihres Lebens. Der Rest der Gebäude beherbergt die Wach- sowie Aufenthaltsräume für die Mitarbeiter.

In einem der oberen Stockwerke ist das elektronische Lagezentrum der Burg untergebracht. Hier laufen auf über 30 Monitoren alle Bilder der zahllosen Überwachungskameras zusammen. Von hier aus stehen die Wachhabenden jederzeit mit der Armee, der Polizei und dem Innenministerium in Verbindung. Ein Teil des Platzes war eingezäunt. Ein Touristenführer erklärte gerade einer Reisegruppe, dass das zu Bauarbeiten gehören würde, die mit der Reparatur der Fassaden, der Fenster und Türen zu tun hätte. Leider hätten sich die Arbeiten etwas verzögert, und so musste die „3. Edinburgher Castle Nights" mit einigen Einschränkungen für die Besucher durchgeführt werden. Der Führer bat um Verständnis, die Gruppe klatschte und alle waren zufrieden.

Tom und Mike trafen in der „Großen Halle" auf Müller, der sich, wie andere Touristen auch, mit der Geschichte der Halle zu beschäftigen schien. „Haben Sie sich die Zinnen angesehen?" „Perfekt, Sir." „Danke, Mike. Wenn Sie wieder im Hof sind, achten Sie auf die Fenster- und Türrahmen im Erdgeschoss." „Das haben wir schon, Sir. Die sind alle mit einer gelblichen Masse abgedichtet worden. Sieht nicht sehr elegant aus, Sir." „Das ist ein besonderes Dichtungsmaterial. Der Container wird in der Nacht ihr Zwischenquartier sein. Dort finden Sie noch einiges, was Sie für ihren Job benötigen werden. Doch dazu später. Gehen Sie jetzt in die Juwelenkammer. Wir treffen uns in einer Stunde am Bus." Damit drehte er sich herum und begann „Erinnerungsfotos" zu schießen. Tom und Mike schlenderten über den Hof in die Richtung der Juwelenkammer. Plötzlich drehte sich Tom noch mal um. „Geh schon vor, Mike. Ich komme gleich nach." Damit eilte er zurück in die „Große Halle". Doch so sehr er sich auch bemühte, Müller blieb verschwunden. Er durchschritt die Halle in jede Richtung, doch nichts. Kopfschüttelnd verließ er die Räume und ging hinüber zur Schatzkammer. Die Kronjuwelen Schottlands sind, ähnlich wie in einem Mausoleum, unter einer Glashaube untergebracht. Dort werden sie von kleinen Spots angestrahlt, derweil der Rest des Raumes in tiefer Dunkelheit liegt. So werden die Blicke der Besucher auf die Kostbarkeiten gelenkt und der Rest des Raumes bleibt unsichtbar. Mike war fasziniert vom Anblick der Krone. Der Geschichte nach war sie aus dem Goldreif gefertigt, mit dem Robert de Bruce 1306 zum König von Schottland gekrönt wurde. Das Zepter, ein Geschenk von Papst Julius II, und das Schwert von James IV kamen dann im 15. Jahrhundert dazu. Der

Krönungsring und die goldenen Armreife ließ James V. 1525 anfertigen. In jenem Jahr wurde die Krone mit riesigen Edelsteinen verziert und in den heutigen Zustand versetzt. Erstmalig wurden die Ehrenzeichen, in ihrer heutigen Form, 1543 verwendet, anlässlich der Krönung Maria Stuarts. Am Ende der Glashaube lenkte ein hässlicher Sandstein, der lediglich zwei Metallgriffe an den Enden aufwies, die Blicke des Betrachters auf sich. Der Stein war 66 cm lang, 41 cm hoch, 28 cm breit und wog 152 kg. Als einzige Inschrift konnte man ein „Lateinisch-Kreuz" erkennen. Und doch handelt es sich hier um die wahrscheinlich größte Kostbarkeit des Vereinigten Königreiches. Es ist der „Stone of Scune", auch „Schicksalsstein" genannt. Wegen ihm wurden Kriege geführt und Schlachten geschlagen. Ein heiliges Relikt, das der Sage nach über Jahrhunderte als Krönungsstein genutzt wurde und im Jahre 845 nach Schottland gelangte. Alle Könige und Königinnen des britischen Empire saßen seither während ihrer Krönung auf diesem Stein. Der Bequemlichkeit wegen wurde er seit nunmehr 100 Jahren jedoch unter den Krönungsthron gelegt. Auf der Mitte des Steins stand ein goldener Kelch randvoll mit den schönsten und prächtigsten Diamanten gefüllt. Alleine die Steine in diesem Kelch hatten einen geschätzten Wert von über 30 Millionen Pfund, falls man den Wert überhaupt schätzen kann.

Als Tom und Mike die Kammer verließen, waren sie zunächst geblendet vom Licht der untergehenden Sonne. „Allet klar, Jungs?" Eddy und Paul standen grinsend vor ihnen. „Alles klar." Kaum waren die beiden in der Kammer verschwunden, tauchte Müller wie aus dem Nichts auf. „Sie haben mich gesucht?" Tom war verwirrt. „Woher wissen Sie das, Sir?" „Viel zu wissen hilft länger zu leben. Also?" „Sir, es kann sein, dass ich vorhin diesen Herrn Meier wieder gesehen habe." Das Gesicht von Müller erstarrte. „Wo?" „Ich kann mich auch geirrt haben, Sir." „Wo, habe ich gefragt", zischte er. „Nun, er lief hinter uns auf Ebene fünf." Müller drehte sich herum und lief den Weg in Richtung der Zinnen hinunter. Eddy und

74

Paul traten aus dem Dunkel der Kammer. „Keen Problem. Bis uff die olle Klamotte." Paul und Eddy klatschten sich ab. „Det Ding schafft keen Vogel. Schade, det wa det Schwert da lassen müssen. Würde sich jut üba meen Kamin machen." „Wat fürn Kamin? Etwa der in deine Zelle?" Beide lachten und gingen in die Richtung des Tores.

Pünktlich um 18.00 Uhr fuhr der Bus das Team in das Hotel zurück. Während der Fahrt sprach niemand auch nur ein Wort. Am Hotel angekommen, bezahlte Müller den Fahrer und John verschwand sofort. „In einer Stunde treffen wir uns alle zum Abendbrot." Auf ihren Zimmern finden Sie noch einmal ihre Instruktionen. Bitte lesen Sie alles sorgfältig. Ich will, dass Sie heute früh schlafen gehen. Bis auf Marc, der heute noch zu tun hat. Morgen kommt es auf jeden von Ihnen an. Noch Fragen? Keine, dann sehen wir uns gleich." „Hauptsache Ching, Cheng und Chang sind morgen pünktlich, platzte es aus Eddy heraus." Ein wütender Blick von Müller war die Reaktion auf diesen Einwurf. „Glauben Sie mir, die Herren werden pünktlich ihren Job erledigen. Und vor allem, quatschen die nicht soviel." Um 20.00 Uhr saßen fast alle des Teams am Tisch. „Wo ist ihr Freund, Tom?", fragte Müller seinen Tischnachbarn. „Der hat sich hingelegt. Er hat keinen Hunger, soll ich Ihnen sagen." „Muss ich mir etwa Sorgen machen?" „Oh nein, Sir." „Dann ist es ja gut." Gegen 21.00 Uhr verschwanden alle auf ihren Zimmern. Mike klopfte nochmal bei seinem Freund. „Komm rein!", rief Tom ihm zu. „Und, alles o.k.?" Tom saß auf dem Bett und hielt in den Händen eine AK 700. Seine AK 700. „Dass es mal soweit kommt, hätte ich mir nie vorstellen können." „Leg das Ding weg und hör mir zu. Die Waffe ist mit Betäubungsmunition geladen. Und wir benutzen sie nur im äußersten Notfall. Zum Selbstschutz sozusagen. Und wenn wir jemanden treffen, dann steht der nach 20 Minuten mit ein paar Kopfschmerzen wieder auf." „Na, hoffentlich. Ich danke dir. Gut, dass Du hier bist, Mike." „Klar, Alter." „Ich gehe jetzt. Muss noch mein Zeug zusammen packen. Also, gute Nacht. Wir sehen uns morgen früh." Damit verließ Mike seinen besten Freund.

Die Legion

Das Wetter hatte umgeschlagen. Schien bis gestern noch die Sonne bei milden siebzehn Grad, so hatte heute Nacht das typische schottische Wetter das Zepter übernommen. Müller

stand seit Stunden auf dem Balkon und starrte in die Nacht und in den Regen. „Dieser verdammten Regen." Wie er ihn hasste. Er erinnerte ihn an eine Zeit, die er zu verdrängen versuchte. Doch war es nicht nur der Regen, der ihn nicht schlafen ließ. Das plötzliche Auftauchen von Meier hatte alles wieder aufgewühlt. All die Erinnerungen, die er zu verdrängen versucht hatte. Alles war wieder da. Der harte Drill in der Legion, die Kälte und die unerträgliche Hitze. Das viele Blut und die Schreie der Sterbenden. Alles war wieder da. Jahrelang hatten sie irgendwelchen korrupten Diktatoren in afrikanischen oder südamerikanischen Ländern den Hintern gerettet und ohne zu fragen irgendwelche Gegner abgeschossen. Bis es eines Tages hieß, es geht in das ehemalige Jugoslawien. Nach Titows Tod hatten sich die Verhältnisse geändert. Zu seinen Lebzeiten hatte der Vielvölker Staat in Ruhe existiert. Jetzt, nur wenige Kilometer von Deutschland entfernt, schlachteten sich Serben und Kroaten, mit einem unbändigen Hass aufeinander ab. Er rauchte. Eigentlich hatte er sich das Rauchen nach „Gorez" abgewöhnt. Jenem Einsatz, den er im Auftrag der Legion mit seinem Partner Horst Meier durchgeführt hatte. „Ausschalten von zwei Generälen", lautete der Befehl. Ein Massaker wurde es, am Ende. Die beiden Generäle hatten sich längst nach Albanien abgesetzt.

In dem Militärstützpunkt „Gorez" befanden sich lediglich ca. 20 Soldaten der Untergrundarmee, und ungefähr 100 Gefangene aus dem besetzten Dörfchen „Gorez", die auf UN Hilfe warteten. Stundenlang hatte er mit Meier auf der Lauer gelegen. Von der Anhöhe aus hatten sie einen idealen Blick auf das kleine Dorf. Hier warteten sie auf die Ankunft der Generäle.

Es war einer jener verregneten Herbsttage und es war „saukalt". Schon fast drei Stunden hatten sie im feuchten Gras gelegen. Da plötzlich wurden sie von einem feindlichen Scharfschützen entdeckt und unter Beschuss genommen. Meier feuerte sofort in die Richtung, in der er den Schützen vermutete und bald rannte der ganze Stützpunkt gegen sie an. Das perfide daran war, dass die Soldaten die Gefangenen wie Schutzschilde vor sich her trieben. Frauen, Kinder und Alte liefen um ihr Leben und damit direkt in den Tod. Wie er später erfuhr, hatte Meier von Anfang an gewusst, was sie erwartete. Doch war er, wie so oft, in einer Art Blutrausch. Für ihn gab es nichts Schöneres, als mit einem geladenen Maschinengewehr ununterbrochen Salven auf heran stürmende Gegner zu feuern. Das metallische „tackern" von Meiers Gewehres hörte gar nicht mehr auf. Mit starrem Blick und einem breiten Grinsen im Gesicht schoss er auf alles, was sich bewegte. Dabei war ihm völlig egal, ob er eine Frau, ein Kind oder einen Soldaten traf. Bald war die Luft erfüllt von den Schreien der Verletzten und dem Stöhnen der Sterbenden. Auch für Müller war Töten nichts Fremdes. Es war halt sein Job. Damit verdiente er sein Geld und er verdiente nicht schlecht. Doch dieses sinnlose Abschlachten von Gegnern empfand er schon damals unethisch und eines Deutschen nicht würdig. Er hatte Meier deshalb auch seinem Vorgesetzten gemeldet. Der flog daraufhin aus der Truppe und schwor seinem alten Kumpel Rache. Bald darauf hatte auch Müller die Legion verlassen. Anscheinend war es jetzt soweit. Meier hatte ihn gefunden. Müller hatte keine Angst vor ihm, nur war der Zeitpunkt denkbar schlecht. Jahrelang hatte er an diesem Coup gearbeitet. Seine ganzen Ersparnisse waren in die Vorbereitung geflossen. Und nun? Wenige Stunden vor der Mission tauchte dieser Alptraum der Vergangenheit auf und würde zweifellos versuchen ihn zu töten. Das durfte nicht passieren. Nicht hier, nicht heute, nicht jetzt. Er musste schneller sein und Meier, wenn möglich, vorher ausschalten.

Der Morgen davor

Der Regen wurde stärker und im Fernsehen verkündete eine kleine, schottische Moderatorin einen wolkenverhangenen Tag für Edinburgh und Umgebung. Eigentlich das ideale Wetter für den Coup. So waren die Wachen auf der Burg wohl eher bereit in ihren Unterkünften zu hocken und die Kontrollgänge auf ein Minimum zu beschränken. Sorgen machte er sich nur um die Vögel. Zwar hatte Marc ihm versichert, dass Harpyien bei jedem Wetter ihre Beute jagen. Doch wer wusste schon, was in so einem Vogelkopf vorging. Und einem Greifvogel mit dem Tod zu drohen, erschien ihm ziemlich widersinnig. Doch zurück zum Problem „Meier". Ihm war klar, dass dieser alte Fuchs auch jetzt garantiert irgendwo auf der Lauer lag und nur darauf wartete, ihn vor sein Zielfernrohr zu bekommen. Aber so leicht würde er es ihm nicht machen. Der Regen hatte etwas zu genommen. Auch waren die Temperaturen um fast acht Grad, zu gestern, gefallen. Da war es nun, das Wetter das die ganze Welt mit Schottland verband.

Müller sah auf die Uhr. In exakt 30 Minuten werden seine Jungs durch den „Regent-Park" laufen. Und dann wird er hier oben auf der Lauer liegen. Irgendwo würde er Meier entdecken. Davon war er fest überzeugt. Und dann? Nun, seine AK 700 lag wie immer schussbereit auf dem kleinen Tisch neben dem Fenster. Er konnte es noch. Das wusste er. Er musste ihn nur finden.

Zur selben Zeit stand Meier auf dem dunklen Teil des Parkplatzes und beobachtete Müller aus sicherer Entfernung. Ihn störte es nicht im Regen zu stehen, denn er fühlte sich wie ein Jäger auf dem Ansitz, der das Wild beobachtete. Heute war der Tag, auf den er schon so lange gewartet hatte. Heute würde er mit Müller abrechnen. Eigentlich wollte er ihn nur erschießen. Banal und einfach, so wie er es dutzendfach getan hatte. Doch als er hörte, dass Müller irgendein großes Ding plante, hatte er seinen

78

Plan geändert. Er, Horst Meier, würde dafür sorgen, dass sein alter Freund den Rest seines erbärmlichen Lebens nicht auf einer tropischen Insel in der Karibik verbringen, sondern sein Dasein in einem mittelalterlichen schottischen Verließ fristen würde. Doch zuvor wollte er ihm noch den Coup versauen.

Er wollte ihn leiden sehen. Für ihn sollte der Tod letztendlich die Erlösung sein. Eine Gnade, die er nicht vorhatte, ihm zu gewähren. Doch sollte es notwendig sein, würde er keine Sekunde zögern und ihn erschießen. Einfach und banal.

Eine halbe Stunde später war es soweit. Das Team startete zum morgendlichen Training. Unter Toms Führung begannen sie mit einem kleinen Dauerlauf durch den Park.

Irgendwie herrschte eine gedrückte Stimmung. Jeder schien beim Laufen darüber nachzudenken, wie der heutige Tag verlaufen würde. Ein Tag, auf den sie solange hin gearbeitet hatten. Den sie immer und immer wieder trainiert hatten. Es würde der spektakulärste Raub in der Kriminalgeschichte Schottlands werden und selbst den legendären Postraub in den Schatten stellen. Denn sie würden nicht nur Schottland bestehlen, sondern auch und vor allem die englische Königin. Und nur wenige konnten sich damit brüsten. Noch dazu ein Raubzug ohne Blutvergießen und mit einer legendären Flucht. Also eigentlich gab es keinen Grund, um Trübsal zu blasen und doch, irgendetwas Bedrohliches, Unfassbares, ja Unvorhersehbares lag in der Luft. Schnell hatten sie das Tor zum Park hinter sich gelassen und steuerten an den kleinen Seen vorbei auf die Anhöhe zu. Um diese Zeit waren sie die Einzigen im Park. Das nahmen sie zumindest an. Den alten Mann, der im Regen, hinter einem der Bäume lauerte, konnte niemand sehen. Meier hatte den hinteren Eingang des Parks benutzt, der unmittelbar an das Hotel anschloss und war so vor der Gruppe am See. Durch sein Zielfernrohr hatte er die Jungs gut im Blick und er überlegte, wen er wohl als ersten eliminieren sollte.

79

Müller beobachtete derweil vom Balkon des „Regent" den Park. „Wo versteckst Du Dich?", murmelte er vor sich hin. Schon zweimal hatte er gedacht, seinen Ex-Partner entdeckt zu haben. Doch es war nur eine alte Fahne, die traurig am asiatischen Teehaus flatterte. Seine Jungs hatten inzwischen die Anhöhe erklommen und begannen mit ihren Dehn- und Strechübungen. „Los, verschwindet", dachte er sich. „Ihr steht da, wie auf dem Schießplatz, ihr Idioten." Wütend drückte er das Zielfernrohr an das Auge. Gott sei Dank hatte er den Spezialaufsatz dabei. Eine aufgesetzte Gummilippe schützte die Linse vor Regen und der Restlichtverstärker erhellte das diesige Licht des frühen Morgens. Gerade wollte er absetzen, da sah er kurz den Umriss einer Person, die hinter einem alten Baum zu hocken schien. „Das musste er sein." Angestrengt starrte er auf den Baum. Die Person war längst verschwunden, doch meinte er einen Schall-dämpfer zu entdecken, der in die Richtung seiner Jungs zielte. Müller überlegte kurz, was er jetzt, ohne ein konkretes Ziel, tun könnte.

Auf was sollte er schießen? Meier verbarg sich komplett hinter dem Baum. Die Jungs machten sich bereit die Anhöhe zu verlassen und den weiten Weg durch den Park zu laufen. Sofort war dem alten Jäger klar, dass er jetzt handeln musste. „Nun, wenn Du mir kein Ziel bietest, dann werde ich dir ein paar Grüße aus der Heimat schicken." Damit begann Müller die Fläche unmittelbar vor, und hinter dem Baum unter Feuer zu nehmen. Schon nach den ersten Schüssen konnte er erkennen, dass der Schalldämpfer hochgerissen wurde. Das Team hatte inzwischen die Anhöhe verlassen. Meier saß im nassen Gras, eng an den Baum gepresst, seine Waffe fest an die Brust gedrückt.

„Gut, mein Freund. Gut gemacht. Hier sollte es also heute nicht sein. Dann eben später. Wir werden uns wiedersehen." Er wusste, dass Müller immer noch auf der Lauer lag und so richtete er sich auf eine längere Wartezeit ein. Das war bei dem Wetter kein Vergnügen, doch erinnerte es ihn an gute Tage in „Gorez".

80

Tom und die anderen Jungs beendeten inzwischen durchnässt, aber lebend, das morgendliche Training. Kaum in der Lobby des Hotels angekommen, stand Müller schon vor ihnen. „So, meine Herren. Heute ist ein großer Tag. Zeigen Sie, dass Sie die Richtigen sind, die ich ausgewählt habe. Wir treffen uns in exakt 35 Minuten zum Frühstück." Damit drehte er sich abrupt um und ließ die verdutzten Jungs stehen. „Was sollte das denn?" Mike sah die anderen an. „Egal, ich muss aus den nassen Klamotten. Bis nachher." Tom und die anderen verschwanden im Aufzug.

Es geht los

Während des gemeinsamen Frühstücks überhäufte Müller seine Teammitglieder noch mit einer nicht enden wollenden Tirade an patriotischen Floskeln. Und irgendwann waren alle der Meinung der schottischen Geschichte einen Bärendienst zu erweisen, wenn man ihnen ihre Juwelen klaut.

Den Rest des Tages ließ er das Team dann in Ruhe. Alle ruhten auf ihren Zimmern und gingen in Gedanken wieder und wieder die kommende Nacht durch. Nur Marc blieb den Tag über verschwunden. Sicher war er bei den Vögeln und sah dort nach dem Rechten. Um 19.00 Uhr stand Müller mit einem gemieteten Transporter auf dem Parkplatz des Hotels. Die Zimmer hatte er sicherheitshalber einen Tag länger bezahlt. Am Steuer des Transporters saß ein zerknirscht wirkender kleiner Mann, den er mit: „Das ist Steven", vorstellte. Vor dem Einsteigen kontrollierte er nochmal bei jedem die Ausrüstung. Alle hatten dunkle und weit geschnittene Regenjacken oder Mäntel an, unter denen die flach gepressten Schirme nicht zu erkennen waren. In den Kamerataschen befand sich weiteres Equipment. Müller war zufrieden. „Den Rest findet Ihr oben im Container. Hier sind für jeden von Euch noch zehn schottische Pfund. Der Eintritt für die Burg."

Die Reisetaschen der Gruppe fanden im hinteren Teil des Transporters Platz. Alle gingen davon aus, hierher nicht zurück zu kehren. Müller nahm auf dem Beifahrersitz Platz und es ging los in Richtung Innenstadt. Es war genau 19.12 Uhr, als der Wagen in der einsetzenden Dunkelheit verschwand.

Kurz vor 20.00 Uhr hielt er mit dem Team ca.150 Meter vor dem Burgvorplatz. „Meine Herren! Jeder von Ihnen weiß, was er zu tun hat. Ich erwarte sie ab 0.05 Null Null auf der bekannten Fläche. Viel Glück." Die Seitentür öffnete sich und die Sechs machten sich auf zur Burg. In Zweierteams und getarnt als Touristen lösten sie ihre Eintrittskarten. Das Wachpersonal war trotz des miesen Wetters bemüht, extrem freundlich und heiter zu wirken. „Und denken Sie dran, Sir, wir schließen heute erst um 22.45 Uhr." Ein Dudelsackspieler spielte gekonnt schottische Weisen. Eddy konnte es wieder nicht lassen. „Bisschen kalt unterm Röckchen, oder?", mit dem Finger auf das Instrument zeigend. „Da bekommt der Ausdruck 'nasser Sack' doch 'ne völlig neue Bedeutung."

Sein dröhnendes Lachen war weithin zu hören. Er fand sich umwerfend komisch. Sein Kumpel Paul zog ihn weiter. „Lass ihn, soll er sich die Eier abfrieren." Beide zogen lachend den steilen Weg nach oben. Das Burgpersonal konnte ohnehin nicht verstehen, warum Touristen, bei diesem „Mistwetter" den steilen Weg nach oben erklimmen wollten. Und doch herrschte auf allen sieben Burgebenen reger Betrieb. Viele Besucher, die extra aus Europa angereist waren, nutzten die einmalige Chance, Edinburgh bei Nacht von diesem einzigartigen Punkt zu betrachten. Inzwischen hatten Tom, Mike, Eddy und Paul die sechste Ebene erreicht. Hier, auf der Höhe der Zinnen, war im Augenblick nicht viel los. Und so gelang es ihnen unbemerkt in dem Baucontainer zu verschwinden, der seit Wochen hier stand. Kurze Zeit später erschienen auch Marc und Fritz im Container. Der war spartanisch ausgestattet. Ein langer Tisch mit sechs Stühlen stand in der Mitte. Ein Schreibtisch, auf dem ein Laptop stand, vervollständigte das ganze Mobiliar. An den Wänden hingen Grundrisse der Burg. Tom schaltete die kleine Deckenlampe an. „So, machen wir es uns bequem. Ab jetzt heißt es warten." Damit verzogen sich Tom und Mike in eine Ecke des Raumes, um zum wiederholten Mal das Sprungequipment zu überprüfen. Eddy und Paul begannen im Schein ihrer Kopflampen „siebzehn und Vier" zu spielen. „Wann kommen eigentlich die Japsen?" „Es sind Chinesen. Und sie beginnen um 23.25 Uhr mit ihrem Job." Marc checkte den Sender, mit denen er die Vögel lenken würde. Aus einer mitgebrachten Plastiktasche holte er rohes Fleisch heraus, das er im Schein seiner Lampe in gleich große Portionen teilte. „Igitt, wie das stinkt," Eddy hielt sich die Nase zu. „Schmeiß das weg, das ist eklig." „Für den einen ist es eklig, für den anderen ein Hochgenuss. Das ist frisch geschlachtete Bisamratte. Hier, willst Du auch?" Damit hielt er Eddy ein Stück rohes Fleisch unter die Nase. Der sprang mit einem Schrei auf. „Verschwinde, du Idiot." „He ihr, haltet sofort die Klappe. Dein Brüllen kann man ja meilenweit hören." Eddy war stocksauer. „Machst Du das nochmal, verfüttere ich Dich an diese Mistviecher. Hast Du mich verstanden?" Marc grinste nur. „Schon gut." Fritz begann sich in den Laptop, der auf dem Tisch stand, einzuloggen. „He Du, ich würde die Finger davon lassen." Fritz machte weiter. „Keine Angst, ich weiß schon, was ich tue." Kurze Zeit später pfiff er leise durch die Zähne. „Na also. Wollt ihr mal sehen, Jungs?" Eddy und Paul winkten dankend ab. Toms Neugier war dagegen geweckt. Auf dem Bildschirm wechselten im fünf Sekunden Takt irgendwelche Fernsehbilder. „Was is'n das?", fragte er neugierig. Das sind die Bilder der Überwachungskameras, die im Kontrollzentrum ankommen." Auf dem Monitor waren Touristengruppen zu erkennen, aber auch einzelne Besucher, die bereits den Ausgängen zu strebten. „Das ist ja Wahnsinn", staunte Tom. „Nun Wahnsinn ist etwas anderes. Wenn es nachher losgeht, werde ich den Jungs oben im Kontrollzentrum das Programm des gestrigen Tages auf ihre Monitore schicken. Sollte etwas schief gehen, kann ich die Kameras

83

auch bündelweise abschalten. Zusätzlich unterbreche ich alle Telefon-, Internet und sonstige Kommunikationsverbindungen nach außen. Und auf das hier bin ich besonders stolz." Damit legte er vorsichtig ein kleines schwarzes Kästchen auf den Tisch. „Nicht anfassen!" Mit wenigen Handgriffen schloss er es an die Stromversorgung des Containers an und vernetzte es mittels USB-Kabel mit dem Rechner. Sofort fingen viele kleine Lämpchen an zu blinken. „Das kleine Ding hier verhindert jeden Kontakt der Jungs da oben mit ihren Freunden von der Luftüberwachung Edinburgh." Fritz war mit dem Ergebnis seiner Arbeit sehr zufrieden. „So, und jetzt könnt ihr applaudieren." Inzwischen stand auch Mike hinter Fritz und starrte ungläubig auf die Bilder des Monitors. „Wie, und das geht wirklich alles von hier?" „Nun, Jungs, der Container steht nicht umsonst hier an dieser Stelle." Damit hob Fritz einen Teil des Bodenbelages an und eine Klappe wurde sichtbar. Mit einem Ruck öffnete er sie und darunter kam ein ca. 40 Zentimeter tiefes Loch zum Vorschein. Innerhalb des Loches waren Kabel zu erkennen, die in einem merkwürdig blinkenden Kasten verschwanden. Eines der Kabel aus dem Kasten war mit dem Laptop auf dem Tisch verbunden. „Das ist eine Art Sicherheitskupplung. Davon gibt es noch weitere fünf auf der Burg. Als damals das Sicherheitssystem in der Burg installiert wurde, mussten die Kabel der Kameras unsichtbar für die Besucher verlegt werden. Um trotzdem die Signale in der ausreichenden Stärke und Qualität zu erhalten, wurden solche Transformer-Kupplungen eingebaut. Sie verstärken die Signale aller Kameras um ein Vielfaches. Dieses Teil hier ist das letzte vor der Überwachungszentrale auf Ebene sieben. Das bedeutet, von hier bekommen die Jungs da oben alle Bilder zu sehen, oder eben auch nicht. Und von dieser schönen Schnittstelle loggen wir uns in das System." „Das ist genial." Mike war begeistert. Inzwischen war es 23.20 Uhr. Alle Mitglieder saßen jetzt in voller Montur und warteten auf das „Go" von Tom, den Müller zum Team-Leiter bestimmt hatte. „O.k., gehen wir es nochmal durch." Eddy und Paul

84

stöhnen genervt auf. „Muss das wirklich sein?" „Halte die Klappe! Punkt 23.52 stürmen Mike. Eddy, Paul und ich nach oben. Unsere chinesischen Freunde werden zu diesem Zeitpunkt schon einen Großteil der Wachen eingeschlossen haben. Marc, du wartest auf die Ankunft der Vögel und du Fritz sorgst dafür, dass die Wachen blind, taub und stumm sind. O.k., wir vier laufen auf Ebene sieben. Eddy und Paul verschwinden in der Kammer und füllen die Beutel. Wo sind die überhaupt?" Eddy zuckte nur mit seinen Schultern. „Keene Ahnung nich." „Keine Aufregung, hier sind sie." Marc zieht drei, ca. fünfzig Zentimeter große Lederbeutel aus seinem Rucksack. „Hier sind sie. Ich habe sie nummeriert, wie auch die Beute auf der Liste. Ihr müsst euch genau an die Mengen halten. Hier oben sind ein paar Lederriemen und zusätzlich noch Klettverschlüsse zum sicheren Verschließen angebracht." „O.k., Mike und ich sichern derweil die Ebene vor unerwünschten Besuchern. Habt ihr euer Zeug dabei?" Eddy zog die kleine Flasche vorsichtig aus dem Etui, das er von Müller bekommen hat. Auch Paul hielt das Teufelszeug in der Hand. „Seid vorsichtig damit. Bei dem Stein helfen wir Euch. Wenn ihr die Juwelen habt, verschwinden wir auf Ebene sechs und Marc verstaut die Beute bei den Vögeln. Sobald die weg sind, treffen wir uns alle auf den Zinnen und es beginnt der entspannende Teil der Aktion. Der Abflug in die Freiheit. Keine Angst Jungs, wir helfen euch zur Not. Noch Fragen?" Jetzt konnte man die Anspannung bei allen spüren. Selbst Eddy und Paul wirkten konzentriert. Es war nicht ihr erster Raub, doch der erste mit Hightech und chemischem Firlefanz. Ruhig zog jeder die Sturmmasken vor das Gesicht und die Handschuhe mit den Metallspitzen an. Die Mäntel und Jacken hatten sie in einen kleinen Beutel gestopft, der unter den Rucksäcken baumelte. Alle hatten ihre Waffen durchgeladen und entsichert im Halfter. Die AK 700 waren mit winzigen Kügelchen geladen, die beim Auftreffen eine sofortige Lähmung erzielten. Nach der Aussage von Müller hielt dieser Zustand ca. 20 Minuten an. Dann würden alle wieder fit sein. „Hoffentlich", hatten

Tom und Mike gedacht. Denn schließlich wollten sie nicht als Massen-mörder in die schottische Geschichte eingehen. Wie Fallschirmspringer im Flieger, saßen alle in fertiger Montur auf ihren Plätzen und warteten auf das symbolische „grüne Licht". „O.k., es ist soweit." Tom gab das Zeichen für den Start der Vögel. Marc holte ein winziges Steuerpult aus der Tasche und drückte vier Tasten. „So meine Lieblinge, ich wünsche euch einen guten Flug. Kommt zu Papa." Eddy tippte sich nur an den Kopf. „Du hast doch 'ne Meise." „Nun, das werden wir noch sehen." „Gib mir mal den Sender und dein Handy." Marc war verdutzt, doch dann reichte er Fritz beide Geräte. „Aber nichts kaputt machen, hörst Du?" Doch Fritz war schon dabei, das Telefon und den Sender mit dem Laptop zu ver-binden. Seine Finger flogen nur so über die Tasten. Dabei lächelte er. „So, noch ein Mausklick und es ist geschafft. Bitte, für Dich." Damit gab er Marc die beiden Teile zurück. „Und nun, was hast Du gemacht?" „Du kannst jetzt mit deinem Handy den Standort der Vögel lokalisieren und ihren Flug per Karte verfolgen. Klasse, was? Jetzt ist dein Handy ein Navi-gationsgerät für die Verfolgung von Vögeln." In diesem Moment hörten sie ein leises Klopfen am Container. „Das ist das Zeichen der Chinesen. Die beginnen jetzt mit dem Sichern aller Türen und Fenster."
„Müssen wir eigentlich mit denen teilen? Also von mir kriegen die Japsen nichts." „Es sind Chinesen. Und Müller hat nichts von teilen gesagt." Betretenes Schweigen machte sich breit. „O.k., Jungs, es ist 23.51. Der Spaß beginnt. Fritz setzte sich an den Laptop. Tom öffnete vorsichtig die Tür und vor ihm standen drei schwarz vermummte Gestalten. Einer von ihnen streckte seinen Daumen nach oben. Wohl das Zeichen dafür, dass alles in Ordnung war. Verwirrt steckte auch Tom den Daumen nach oben. Die drei verneigten sich kurz und verschwanden dann in Richtung der fünften Ebene. Sofort waren sie im Dunkel der Nacht verschwunden. „Es geht los." Lautlos stürmte das Team aus dem Container. Jeder lief in seine ihm zugewiesene Richtung. Derweil sorgte Fritz mit einem Mausklick

dafür, dass im Überwachungszentrum Bilder vom Vorabend über die Bildschirme flimmerten.

Tom, Mike, Eddy und Paul erreichten die Ebene sieben in weniger als einer halben Minute. Der Hof war menschenleer und die wenigen Lampen hüllten den Platz in ein geheimnisvolles Licht. Inzwischen hatte der Regen wieder eingesetzt. Die vier standen dicht an die Mauer gepresst. Tom und Mike zogen ihre Waffen und gaben Eddy und Paul das Zeichen, die Juwelenkammer zu stürmen. Die ließen sich das nicht zweimal sagen. Vor der Kammer stand unter einem Gerüst ein alter Transporter, auf dem sich unter einer Plane Bauschutt befand. Nach knapp zwei Minuten erschien Paul an der Tür. „Was is nun? Ick denke, ihr helft uns mit der Klamotte." Tom und Mike, die immer noch mit der Waffe in der Hand den Platz beobachteten, waren gerade dabei, den beiden zu folgen, als sie Schritte hörten. „Mist, 'ne Wache."

In diesem Augenblick betraten drei Polizisten durch einen der Versorgungsgänge der Ebene sechs den Hof. Sie sahen sich nur kurz um, zogen dann ihre Regenjacken fester zu und gingen in die Richtung der Wachstube. Da die Türen bereits mit der Klebemasse versiegelt waren, wussten Tom und Mike was zu tun war. Sie durften die Tür nicht erreichen. Hinter dem Auto versteckt zielten sie mit ihren Waffen und schon kurze Zeit später sackten die drei bewegungslos zusammen. „Mir wird schlecht", flüstert Tom seinem Freund zu. „Die sind nur betäubt." Plötzlich flog die Tür zur Kammer auf und Eddy und Paul kamen stöhnend heraus. Beide trugen etwas Schweres in ihrer Mitte. „Also, wohin nun mit der Klamotte?" Schnell riss Mike die Plane vom Ende des Transporters. Hierher, Jungs." Die beiden wuchteten den Stein auf das Auto. „Danke für eure Hilfe. O.k., holt jetzt die Juwelen." Während die beiden wieder in der Kammer verschwanden, versteckten Tom und Mike den Stein unter allerlei Schutt und Geröll. Dann zogen sie die Plane über die Ladefläche und das Auto sah aus wie vorher. „Sei mal still!" Tom hielt den Atem an. „Hörst

Du das?" Ein dumpfes Gepolter erklang vom Eingang des Überwachungs-zentrums. „Das sind die Wachen. Wir sind entdeckt worden. Los, schnell, wir müssen weg." Mike rannte zur Tür der Kammer und stieß dort mit Paul, der zwei der drei Beutel trug zusammen. „Wir müssen weg." „Na, dann los." Eddy folgte seinem Kumpel. In den Händen hielt er den dritten Beutel und das Schwert. „Hast du ne Macke? Lass das hier," ranzte ihn Mike an. „Du spinnst wohl. Det Ding is Millionen wert. Det kommt mit." Alle vier rannten von Hof sieben in die Richtung der Ebene sechs. Kaum hatten sie den Platz erreicht, blieben sie abrupt stehen. Im fahlen Mond-licht saßen vier gewaltige Greifvögel auf den Zinnen. Eddy war der erste, der seine Sprache wiederfand. „Ach, du meine Scheiße. Die Viecher sind tatsächlich da." Das Schwert fiel klirrend zu Boden.

Die Flucht von der Burg

Marc, der dabei war die Vögel zu füttern, wurde ungeduldig. „Was ist nun? Gebt mir das Zeug. „ Zögernd gaben Eddy und Paul ihm die Beutel. Dabei waren sie ständig bemüht, den Blick nicht von den Vögeln zu lassen und ihnen nicht zu nahe zu kommen. „Was wollt Ihr mit dem Schwert," fragte Marc. „Det nehme ick mit." Eddy versuchte das Schwert irgendwie am Gürtel zu befestigen." „Lass das Ding da", ranzte Paul ihn an. „Der Alte wird verrückt, wenn der det sieht. „Nüscht da, det Ding is meene." „Wie Du meinst." Marc wechselte gekonnt die Beutel an den Fängen der Har-pyien. Die Attrappen warf er achtlos in den Burggraben. Auch auf dieser Ebene hatte inzwischen das Gepolter begonnen. Die eingeschlossenen Wachen versuchten mit allen Kräften, die Türen und Fenster ihrer Unter-künfte und Wachstuben zu öffnen. In diesem Moment bogen mehrere Wachleute von Ebene fünf auf den Platz. Sie kamen nicht mal dazu, das, was sie sahen, zu begreifen. Tom und Mike streckten sie mit gezielten Schüssen aus ihren Waffen nieder. „O.k., das war's." Marc befestigte die gefüllten Beutel an den Fängen der Vögel. Dann zog er seinen Sender heraus und drückte ein paar Tasten. Sofort erhob sich der Adler, dicht gefolgt von den Harpyien von den Zinnen und man konnte das mächtige Schlagen ihrer riesigen Schwingen hören. Nach einem kurzen Kreisen über der Burg verschwanden sie im Dunkel der Nacht. „Phantastisch." Fritz war begeistert. Tom und Mike wurden nervös. Von Ferne waren Stimmen zu hören. Das konnte nur bedeuten, dass Wachleute aus den unteren Ebenen hierher auf dem Weg waren. „Wir sollten jetzt verschwinden." Sofort sprangen alle im Abstand von fünf Metern auf eine der Zinnen. Vor ihnen lagen knapp 150 Meter Tiefe und dahinter das Lichtermeer von Edinburgh. Der Regen hatte etwas nachgelassen. „O.k., ihr macht es so, wie wir es geübt haben. Ich springe als erster und ihr folgt mir im Abstand von fünf Sekunden. Mike, du springst als Letzter." Auf sein Zeichen rissen alle ihre Tarnhauben von den Schirmen, die sie eng verpackt auf ihren Rücken trugen. Bevor sie jedoch sprangen, ritzten sie mit den Metallspitzen ihrer Handschuhe die Plastikhülle ihrer Waffen an und warfen sie auf das Pflaster des Burghofes. Sofort stieg weißer Qualm von ihnen auf. Dann breitete Tom als Erster seine Arme weit aus und ließ sich in die Tiefe fallen. Kurze Zeit danach war das Aufspannen des Schirmes zu hören und im fahlen Licht des Mondes konnte man ihn von der Burg in südlicher Richtung wegfliegen sehen. „O.k., jetzt Du." Mike gab Eddy das Zeichen. Bei ihm sah der Absprung zwar nicht so elegant aus, doch klappte sein Abflug tadellos. Doch plötzlich verlor er das Schwert aus seinem Gürtel, als sein Fallschirm Auftrieb bekam und er nach oben gerissen wurde. Sein; „Verdammte Scheiße," war weithin zu hören. Paul und Marc waren die nächsten. Beide starteten tadellos und entschwebten sicher und ruhig von der Burg. Gerade wollte er Fritz das Zeichen zum Absprung geben, da kippte der stumm vornüber und man hörte seinen Körper kurze Zeit danach auf dem Felsen aufschlagen. Mike war entsetzt. Zweifellos war Fritz abgestürzt und sicher Tod. Doch warum? Was war

89

passiert? Ein stechender Schmerz im seinem linken Bein ließ ihn jäh aus seinen Gedanken aufschrecken. Er sah sich kurz um und konnte in der Nähe des Containers eine dunkle Gestalt erkennen. Sicher eine der Wachen, schoss es ihm durch den Kopf. Im nächsten Moment schon hatte er seine Arme ausgebreitet und war in die Tiefe gesprungen. Er zog an der Reißleine und das Öffnen des Schirmes gab ihm die Sicherheit, die er für den Flug brauchte.

Der alte Mann, der sich kurz danach weit über die Zinnen beugte, hatte immer noch seine Waffe in der Hand. Sein Blick suchte im Dunkel der Nacht nach einem Ziel. Das mit dem Fliegen hatte ihn zunächst überrascht. „Super Idee, alter Freund." Doch dann erkannte er schnell, dass die Jungs, wie sie da auf den Zinnen standen, herrliche Ziele abgaben. Er hätte sie alle erschießen können. Einen nach dem anderen. Doch interessierte er sich natürlich für die Beute. Die von riesigen Greifvögeln wegfliegen zu lassen, war einfach genial.

Jetzt musste er sich nur noch um deren Lande-Ort kümmern und die Sache war perfekt. Er führte ein kurzes Telefonat, dann lächelte er zufrieden. Zwei aus Müllers Team hatte er erlegt. Wobei der zweite noch fliehen konnte. „Nun ja, wir sehen uns bald wieder." Mit einem Lachen drehte sich Meier herum und lief von Ebene sechs hinunter in die Richtung der Ebene zwei. Er musste sich beeilen, denn die gewaltigen Zwischen-Tore der unteren Ebenen waren im Begriff, sich zu schließen. Er wusste, dass es jetzt auf jede Sekunde ankam, bis die Wachmannschaften die einzelnen Ebenen besetzen würden. Dann war es für eine Flucht zu spät.

Die vier Wachposten, die gerade den Platz erreichten, wurden von Meier mit vier gezielten Schüssen aus seiner „Beretta" niederge streckt. Im Schatten der dunklen massiven Mauern erreichte er ungesehen die kleine unscheinbare Eisentür, die nur Eingeweihte kannte. Mit seinem Schlüsselreplikat öffnete er die Tür und verschwand in dem dunklen Gang. Keine Sekunde zu spät, denn schon war das Trampeln der genagelten Stiefel des

90

Wachbataillons zu hören. „Pech gehabt, Jungs", murmelte er, dann begann er im Schein seiner Taschenlampe die ausgetretenen Stufen hinab zum unterirdischen Fluss zu steigen. Plötzlich hielt er inne. Im Kegel seiner Lampe waren deutlich Spuren von kleinen Schuhen zu erkennen. Und die waren nicht 200 Jahre, sondern höchstens eine Stunde alt. Irgendwer musste, unmittelbar vor ihm, diesen Weg gegangen sein. Angestrengt lauschte er in die Dunkelheit. Doch außer den aufgeregten Rufen der Polizisten und Soldaten und dem Rauschen des unterirdischen Wasserlaufs war nichts zu hören. Die Waffe fest im Anschlag stieg er vorsichtig die Stufen hinab, bereit jeden zu erschießen, der ihm im Weg stand. Nach knapp zehn Minuten hatte er den Fluchtkanal erreicht. Doch außer seinem Unterwassergleiter und der Tauchausrüstung war nichts zu entdecken. Und doch waren auch hier deutlich Spuren von mindestens drei Männern oder Kindern, die Fußabdrücke waren sehr klein, zu erkennen. Augenscheinlich waren sie aus dem Kanal gestiegen und auch wieder in ihm verschwunden. Kopfschüttelnd zog sich Meier die Ausrüstung über und sprang in den nur eineinhalb Meter tiefen Kanal. Der Elektromotor des Unterwasserschlittens sprang problemlos an und so verschwand er im dunklen Wasser des „Thorn".

Knapp zehn Minuten dauerte die Fahrt durch die verwinkelten Seitenarme der Kanäle, bis er in einen der breiten Regenwasserkanäle Edinburghs einbog. Hier wartete schon ein Motorboot auf ihn. Schnell kletterte er die kleine Leiter empor und zog den Schlitten aus dem Wasser in das Bootes. Nach dem Starten des Motors erschien auf einem Bildschirm der Fluchtweg zur Bucht des „Thorns". Meier steckte sich genussvoll eine Zigarette an, gab Gas und verschwand im Dunkel der Nacht. Kaum war er außer Sichtweite, traten aus dem Dunkel einer versteckten Nische, die immer noch schwarz vermummten Wang-Brüder. Sie hatten denselben Fluchtweg benutzt. Einer der drei hielt ein kleines Funkgerät an seinen Mund und flüsterte etwas hinein. Danach sprangen sie in den

91

Kanal und verschwanden mit ihren „Unterwasser-Scootern" im pech-schwarzen Wasser eines der Seitenarme des Kanals.

Müller stand seit 23.50 Uhr aufgeregt auf der Wiese und starrte angestrengt in den Nachthimmel von Edinburgh. Sein Nachtsichtgerät, das er noch aus alten Zeiten stets dabei hatte, leistete wie immer, gute Dienste. Und so konnte er die Zinnen der Burg klar erkennen. Da, da kamen sie. Von Osten näherten sich vier gewaltige Vögel, die zunächst über der Burg einige Kreise zogen, um dann auf den Zinnen landen. Müller sah auf seine Uhr: 23.58 Uhr, perfekt. Er konnte erkennen, dass sich eine Person den Tieren näherte und sie anscheinend fütterte. Das musste Marc Schüler sein. Vier Minuten später passierte plötzlich etwas. Die Person bei den Vögeln verschwand kurz, um gleich danach wieder bei den Tieren aufzutauchen und irgendwie an ihren herum zu hantieren. Dann war es endlich soweit. Majestätisch erhoben sich die vier von den Burgzinnen und flogen mit mächtigen Flügelschlägen ostwärts in die dunkle Nacht Schottlands. Müller war begeistert. Die Idee, die Beute mittels Greifvögeln abtransportieren zu lassen, war einfach genial gewesen. Damit war Phase eins der Mission abgeschlossen. Und da passierte es. Müller konnte erkennen, wie der erste seiner Männer die Arme ausbreite und sich von den Zinnen stürzte. Nur Sekunden später konnte er eine Person an einem Gleitschirm erkennen, der in seine Richtung steuerte. Jetzt schien auch der zweite und dritte zu starten. Plötzlich hörte er einen lauten Schrei. Er konnte nicht verstehen, was da gerufen wurde, doch kannte er die Stimme. Es war Eddy. „Na warte, mein Freund." Die Anzahl der Schirme am nächtlichen Himmel wuchs stetig. Jetzt flogen schon vier seiner Jungs durch die Nacht. Doch was war das? Irgendetwas schien da oben zu passieren. Müller konnte durch sein Nachtsichtgerät erkennen, dass einer seiner Truppe senkrecht in die Tiefe stürzte. Oh Gott, da war einer abgestürzt. In diesem Augenblick hob ein kurzes Rauschen an und der erste

92

landete dicht neben dem Transporter. Tom war gelandet. „Das war die genialste Idee von ihnen, Sir. Es hat alles Super geklappt." Müller starrte immer noch angestrengt in die Richtung der Zinnen. Da, endlich, der letzte der Truppe war gestartet. Doch später als bei den anderen öffnete sich sein Schirm. In diesem Moment landeten mit einem kräftigen Jubelschrei Eddy und Paul auf der Wiese. „Hurra, hurra, et is jeschafft. Wir sind am Leben und reich! Müller komm se her, ick könnt sie küssen." Damit wankte ein von Adrenalin trunkener Eddy auf Müller zu. Doch der drehte sich blitzschnell herum und streckte Eddy mit einem Faustschlag nieder. Eddy war so perplex, dass er zu Boden ging wie ein gefällter Baum. Jetzt stand Müller über ihm. „Noch ein Wort, Sie Idiot, und es wird Ihr letztes sein. Wollen Sie uns die Polizei auf den Hals hetzen. Ihr Gebrüll, da in der Luft war meilenweit zu hören. Packen Sie ihr Zeug zusammen und dann ab ins Auto. Haben Sie mich verstanden?" Eddy rieb sich sein Kinn und stotterte: „Schon jut. Allet klar, Chef." Paul half seinem Kumpel wieder auf die Füße. „Na warte, dat kriegste wieder." Eddy war stocksauer. In diesem Moment landete Marc auf der Wiese. Tom hatte sein Equipment schon im Auto und wartete nun auf die Ankunft seines Freundes. „Tom, kommen Sie her. Einer hat es nicht geschafft. Und der da reinkommt, hat irgendwelche Schwierigkeiten. Damit drückte er dem erschrockenen Tom das Nachtsichtgerät in die Hand. Sein Handy klingelte und er ging etwas abseits, um in Ruhe telefonieren zu können. Paul stieß erstaunt seinen Kumpel an. „Mit wem telefoniert der Alte jetzt?" „Mir doch egal. Det Ding in meine Fresse kriegt er jedenfalls wieder, det schwör ick." Müller hatte aufgelegt und ging kurz hinüber zu Marc. „Das war eine 'Super-Arbeit'. Ich hoffe für Sie, dass die Vögel pünktlich ihr Ziel erreichen." „Nun, Sir, ich rechne in ca. zehn Minuten mit deren Ankunft am verabredeten Punkt." Damit wendete er sich wieder Tom zu, der angestrengt den Flieger beobachtete, der gerade zur Landung ansetzte. „Gott sei Dank, es war Mike." Doch irgendetwas war passiert. Mike schien verletzt zu sein.

Er hielt sein rechtes Bein in einer für ihn ungewöhnlichen Haltung und landet schließlich hart auf der Wiese. Vor Schmerzen wimmernd krümmte er sich am Boden. Marc und Tom waren schon bei ihm, um ihn vom Gurtzeug zu befreien. Dabei bemerkten sie Blut an seinem rechten Bein. „Mike, Du blutest, was ist passiert? Und wo, um Himmels Willen, ist Fritz?" „Komm, hilf mir aus den Klamotten." In diesem Moment stand Müller bei der kleinen Gruppe. „Sie müssen sich jetzt zusammenreißen." „Wir sind beschossen worden, Sir. Fritz ist tot und ich konnte gerade noch entkommen." „Konnten Sie den Schützen erkennen?" „Nein, es war zu dunkel. Aber es war ein einzelner Mann. Ich nehme an, ein Bulle." Müller nickte nur. „Tom und Marc, helfen Sie Ihrem Freund ins Auto, aber mit Tempo. Sie beide," damit wendete er sich Eddy und Paul zu: „Sie räumen den Platz auf und überprüfen, ob nicht irgendetwas herumliegt. Abfahrt in 90 Sekunden." Jetzt kam Hektik auf. Tom und Marc trugen Mike, der leise vor sich hin stöhnte, ins Auto, während Eddy und Paul die restlichen Schirme ins Auto verfrachteten.

Müller beobachtete derweil, was sich oben auf der Burg tat.

Er konnte jede Menge Gestalten erkennen, die aufgeregt hin und her liefen. Anscheinend war es den Wachen gelungen, sich zu befreien. In diesem Moment näherten sich von Norden zwei Hubschrauber der Luftüberwachung Edinburghs. Sie umkreisten die Burg und ihre starken Suchscheinwerfer erhellten die Szenerie. Ein Lächeln erschien auf Müllers Gesicht. „Sucht, ja sucht, ihr Bullen. Gott, wie seid ihr dämlich." „Alles fertig? Dann los." Müller schwang sich auf den Fahrersitz und startete den Transporter. Paul konnte gerade noch hinein springen, da setzte sich der Wagen auch schon in Bewegung. Eine merkwürdige Stille herrschte im Auto. „Und was ist nun mit Fritz?" „Was soll die Frage? Fritz ist tot. Gefallen. Im Kampf gefallen." „Blödsinn, Sir." Es war Mike, der sich meldete. „Er ist hinterrücks erschossen worden. Und um ein Haar würde ich jetzt neben ihm im Graben liegen." „Sie sind aber hier bei ihrem Team. Und glauben Sie mir,

94

wir werden den Tod ihres Freundes rächen." „Es war Meier, nicht war, Sir?" Müller antwortete nicht. Seine Finger umfassten so hart das Lenkrad, dass seine Knochen hell hervortraten. „Halten Sie jetzt ihren Mund. Ich werde mich darum kümmern. Wir müssen jetzt zu den Vögeln!" Der Transporter fuhr durch das dunkle Edinburgh und bald erreichte er die Ausfallstraße in Richtung Glasgow. Die Uhr an Toms Arm zeigte 00.25 Uhr an.

13. September 00.10 Uhr Die Jagd beginnt

Inzwischen hatten die Jungs der SCOTS und der Special Police Agency die verschlossenen Türen mit Gewalt aufgebrochen und strömten in die einzelnen Ebenen. Schnell ist jedoch klar, dass der Überfall sich ausschließlich auf die Juwelenkammer konzentriert hat. Schiere Verzweiflung ist in einigen der Gesichtern zu lesen, dass es Verbrechern tatsächlich gelungen war, buchstäblich vor ihren Augen diesen Überfall zu begehen. Ein alter Sergant saß auf einem Mauervorsprung und hielt seinen Kopf in den Händen. „Dreißig Jahre bin ich dabei und so etwas ist noch nie passiert. Und jetzt das. Da werden Köpfe rollen. Ganz sicher." Wenn man genau hinsah, konnte man Tränen erkennen, die über das zerfurchte Gesicht liefen. Plötzlich hörte man lautes Geschrei von den Zinnen auf Ebene sechs. Rufe nach Krankenwagen wurden laut. Einige der Soldaten hatten die gefundenen Waffen angefasst und sich dabei die Hände mit Säure verätzt. „Vorsicht! Fasst die Dinger bloß nicht an." Zwei Hubschrauber der Luftüberwachung von Edinburgh kreisten inzwischen über der Burg. Sie waren erst jetzt vom Einsatzstab der SCOTS informiert worden, was im Lagezentrum niemand verstehen konnte. Mit ihren starken Suchscheinwerfern tasteten sie das Gelände am Fuße der Burg ab und wurden bald fündig. Über Funk informierten sie die Kollegen, dass am Fuß der Burg eine Person liegt. „Schnell, fünf Mann runter und sichern." Sofort stürmen mehrere Polizisten in die Richtung des mächtigen Tores, das die Ebene von den anderen trennte. Das hatte inzwischen, wie auch alle anderen Tore, automatisch geschlossen. Es dauerte endlos scheinende zehn Minuten, bis endlich jemand aus dem Kontrollraum die entsprechenden Codes eingegeben hatte und die Tore den Weg freigaben. Mit gezückten Pistolen rannten nun mehrere Polizisten den steilen Weg hinunter zum Burggraben. Auf halbem Weg begegneten sie Sanitätern, die mit ihren blanken Aluminiumkoffern den Weg nach oben hasteten. Endlich traf auch die Chefermittlerin der Police Edinburgh ein. Mit ihrem Dienst-Roover raste sie den steilen Weg nach oben. Überall herrschte emsiges Treiben und laute Rufe waren von jeder der Ebenen zu hören. Viele quälende Fragen waren zu klären. Und dann war ja da noch der Raub der Kronjuwelen. Alles in allem würde es eine lange Nacht werden.

Die Vögel sind weg

Noch während auf der Burg das Chaos regierte, steuerte der Transporter mit Müller und seinem Team dem Dörfchen „Londayl" zu. Kurz vor ein Uhr erreichten sie das Dorf. Das kleine verschlafene Nest lag unmittelbar am Rand der Stadt Edinburgh und hatte lediglich dreißig Einwohner, die sich auf vier Bauernhöfe verteilten. Hier hatte Müller im Mai eine seit Jahren leer stehende Scheune gemietet, die etwas abseits auf einem Hügel lag. Von dort hatte man bei guter Sicht einen weiten Blick ins Land. In der Ferne konnte man sogar die Umrisse der Altstadt von Edinburgh erkennen. Gleich neben der Scheune stand ein kleines, halb zerfallenes Bauernhaus, das er notdürftig reparieren ließ. Für die Bauern war es wieder nur ein weiterer Spinner aus dem Ausland auf der Suche nach Harmonie, Ruhe und sich selbst. Davon gab es inzwischen hunderte in ganz Schottland und Teile der Bevölkerung konnten davon ganz gut leben.
Einen entfernten Neffen des Vermieters konnte er dazu gewinnen, in dem alten Haus zu wohnen und nach dem Rechten zu sehen. Ende Juli ließ er

96

dann Postamente und vier große Volieren in der Scheune aufstellen. Im August zog dann Marc dort ein. Auf Nachfragen hieß es nur, er wäre Artist und plane sein Comeback im Zirkus mit einer sensationellen Greifvogelnummer. Und so war es auch nicht verwunderlich, als Mitte August ein LKW vorfuhr, aus dem merkwürdige schwarz verhangene Transportkisten ausgeladen wurden. Die Kisten verschwanden sofort in der Scheune. In den nächsten Tagen schworen einige der Alten aus dem Dorf, in der Nacht merkwürdige Schreie aus Richtung der Scheune gehört zu haben. Auch erzählten einige, dass sie riesige Vögel über dem Dorf kreisen gesehen hätten.

Das Gehöft lag am Ende der alten Dorfstraße und war nur von einer Seite mit dem Auto zu erreichen. In den anderen Richtungen umgaben die weitläufigen Sümpfe von „Cashmour" den Hof. Ein Umstand, der Müller bei seinem Kauf sehr gefallen hatte. Es gab zwar noch einen Weg durch die Sümpfe, aber den kannten nur Einheimische.

Es war kurz nach ein Uhr als der Transporter von der Dorfstraße abbog und in Richtung der Scheune fuhr. „Wieso brennt hier kein Licht?" Müller wie auch Marc beschlich ein ungutes Gefühl. „Da stimmt etwas nicht, Sir." Kurz vor dem Gehöft hielt Müller den Wagen an. „Marc, sie kommen mit, der Rest wartet hier." Schnell waren die beiden der Dunkelheit verschwunden. Das restliche Team stand am Fahrzeug und starrte angestrengt in die Nacht. Tom war im Wagen geblieben und kümmerte sich um seinen verletzten Freund. Der lag immer noch mit schmerzverzerrtem Gesicht am Boden. Um es ihm etwas bequemer zu machen, hatte Tom ihm einen Teil der Schirme unter den Kopf und das verletzte Bein geschoben. „Hast du Schmerzen?" Mike schüttelte tapfer den Kopf. „Ist nur ein Streifschuss." „Woher willst Du das wissen?" „Glaub mir, ich weiß es." „Ick hab gleich jewußt, det die Idee mit den Vögeln Mist war." Eddy stand am Transporter und wartete darauf, dass irgendetwas passieren würde. Da endlich wurde in einem Teil der Scheune Licht gemacht. Nach knapp drei Minuten erlosch

97

es wieder. Kurz danach tauchte Müller neben ihnen auf. „Na, Chef, allet klar?" Paul konnte erkennen, dass Müller mühsam um Fassung rang. Plötzlich konnten alle einen Feuerschein an der Scheune und dem Haus erkennen, der schnell größer wurde. „Los, sofort einsteigen." Schnell sprangen Eddy und Paul auf ihre Plätze. Müller startete den Wagen und wendete ihn auf der schmalen Zufahrt. Dann wartete er bis endlich die Beifahrertür aufgerissen wurde und Marc auf den Sitz sprang. Sofort gab Müller Gas und der Wagen verschwand im Dunkel der Nacht. Am Horizont konnte man inzwischen den gewaltigen Feuerschein der brennenden Scheune erkennen. Plötzlich bremste der Wagen abrupt am Straßenrand. Müller riss seine Waffe aus dem Halfter, entsicherte sie und zielte auf Marc. „Was für eine verdammte Scheiße ist da gerade passiert? Wo sind die Vögel? Ich zähle bis drei. Eins …" Der Rest der Truppe hielt entsetzt den Atem an. Atemlose Stille herrschte im Wagen und jeder schien darauf zu warten, dass Müller abdrücken würde. „Sir, was ist passiert?" Es war Mike, der immer noch am Boden lag und sich langsam aufgerichtet hatte. „Ich finde, es ist schon genug Blut geflossen." Nach einem kurzen Moment hörte man das metallische Sichern der Waffe. „Für den Moment haben Sie Recht. Ich werde Ihnen sagen, was passiert ist." Damit griff er in die Tasche und hielt plötzlich einen funkelnden Diamanten in der Hand. „Der hier lag neben einem der Postamente, was bedeutet, dass die Vögel hier waren." „Wat soll det heißen?", platzte Eddy in die Stille. „Wenn Sie nicht eine Kugel verpasst haben wollen, dann halten Sie ihren Mund." Eddy schmollte. „Man wird ja wohl ma fragen dürfen. Erst det schöne Schwert und dann dett." „Moment Mal, was ist mit dem Schwert passiert? Das sollten Sie doch nicht anrühren. Also?" „Ick fand det wäre zu schade um et da rumliegen zu lassen, also hab ick mir det Ding an Jürtel jehängt. Als dann der Fallschirm uff jing hab ick det Ding verloren." Müller schnappte nach Luft. Er stieg aus dem Wagen und plötzlich hörte man einen langen Schrei. Dann herrschte Ruhe. Einen Moment später saß Müller wieder im Wagen. Sein

98

Blick funkelte voller Verachtung für Eddy. Jetzt war auch wieder Leben in Marc gekommen. „Das muss ein absoluter Profi gewesen sein. Er hat den Empfänger, mit denen man die Positionen des Adlers verfolgen kann, mitgenommen. Und die Harpyien folgen dem Adler." Marc räusperte sich kurz. „Ach so, mein Helfer aus dem Dorf, hing an einem Seil in der Mitte der Scheune. Sein Körper war noch warm." „Also wurde er gerade erst..," Tom versagte die Stimme. „Scheiße, scheiße. Worauf haben wir uns da nur eingelassen?" In diesem Moment klingelte das Handy von Müller. „Moment. Und Sie, Tom, reißen sich zusammen." Damit stieg er erneut aus dem Auto, um in Ruhe telefonieren zu können. „Wir hätten nie da mit machen sollen." „Halt endlich Dein Maul, du Flasche." Eddy war von Tom genervt. „Mitjefangen, mitjehangen, Kumpel." Die Tür wurde aufgerissen. Müller sprang ins Auto, startete und raste los. „Es geht nach Perth, meine Herren. Haben Sie ihren Empfänger dabei?" Marc nickte eifrig. „Natürlich, Sir." Keiner im Wagen traute sich eine Frage zu stellen. „Und, wollen sie nicht wissen, warum? Nun, unsere Vögel sind vor zehn Minuten gesehen worden. Sie befinden sich auf dem Flug in Richtung Perth." Marc holte sein Handy aus der Tasche. „Hier, sehen Sie, Sir. Fritz hat das Handy so programmiert, dass wir mittels des Empfängers ihrer Flugroute folgen können." Müllers Laune hatte sich schlagartig gebessert. „Na, dann achten Sie mal schön auf die Tiere. Wie geht es Ihnen, Mike?" „Es geht Sir. Es hat aufgehört zu bluten." „Tom, sehen Sie mal in eine der Kisten. Da müsste Verbandsmaterial drinn sein." Tom öffnete eine schmale Kiste, die an der Seite des Wagens befestigt war und tatsächlich befanden sich neben einem Gewehr mit Zielfernrohr auch reichlich Verbände darin. Mit einer Schere zerschnitt er vorsichtig Mikes Hose und begann, so gut es das Schaukeln des Transporters zuließ, die Wunde zu verbinden. Mike biss tapfer die Zähne zusammen. „Es ist tatsächlich nur ein Streifschuss." Tom nickte seinem Kumpel zu. „ Es wird jetzt vielleicht ein bisschen weh tun." Mike nickte und Tom begann ihn, so gut es ging, zu verbinden.

99

13. September 00.50 Uhr – Edinburgh Castle

Inzwischen liefen unzählige Männer und Frauen in weißen Anzügen, großen Koffern und Fotoapparaten auf Ebene sechs und sieben herum. Eine Art CSI, nur in der schottischen Ausgabe. Neben dem Raub stellten sich vorrangig zwei weitere Fragen. Erstens, wie war es den Tätern gelungen, die Wachmannschaften in kürzester Zeit in ihren Räumen einzuschließen? Und zum Zweiten: Wie war ihnen die Flucht von der Burg gelungen? Denn die Wachen am Eingang der Burg schworen, dass nach 23.00 Uhr niemand mehr die Burg verlassen hatte. Auch auf den Videoaufnahmen der Ein- und Ausgänge war nichts zu sehen. Einige der „White Rats", wie sie liebevoll von Kollegen genannt wurden, untersuchten die Fenster- und Türrahmen. Superintendent Kathy McGore, die mit den Untersuchungen vor Ort betraut war, beobachtete das emsige Treiben der Kollegen.

Kathy hatte einen Sonderstatus bei der Edinburgher Polizei. Sie unterstand ausschließlich Chief Simmons und dem Innenminister. Sie konnte sich jederzeit aussuchen, mit wem sie arbeiten wollte. Mit ihren Ende dreißig, den langen dunklen Haaren und den hautengen Jeans galt sie bei vielen als „rattenscharf". Doch hatte sich schon so mancher in ihr getäuscht. Sie war knallhart in ihrem Job und ihre Aufklärungsquote lag bei einhundert Prozent.

„Ich geh mal zu den 'Rats'!", rief sie ihrem jungen Kollegen Bryan zu, der immer noch im Fond des Wagens saß.

Der Sergant war gerade von der Polizei-Schule gekommen und Kathy zugeteilt worden. Sie galt als absolute Einzelgängerin. Unter Kollegen galt die Zuweisung des „Frischlings" als eine Art Disziplinierungsmaßnahme von ganz oben. Sie war da mal wieder jemandem vom Innenministerium auf die „Füße getreten. Und der hatte seine Kontakte spielen lassen. „Sie bleiben hier am Wagen, Sergant und bewachen das Funkgerät." Kathy beobachtete zwei der Kriminaltechniker, wie sie mit einem kleinen Trennschleifer Teile der Türdichtung heraustrennten. „Das wird die Queen aber gar nicht schätzen. Zerstören einfach ihre Türen. Habt ihr schon was?" Einer der „Rats" drehte sich herum. „Nanu, wo ist denn der junge Begleiter? Heute ohne ihn unterwegs?" Kathys Blick wurde finster und sie steckte sich eine ihrer stinkenden Zigaretten an, für die sie im Hauptquartier berühmt war.

„Hat sich ja schnell herumgesprochen. Also?" Die Frage bohrte sich wie ein sehr spitzer Pfeil in den Kopf des Kollegen. „Ist schon gut Mam. Hier, sehen Sie selbst." Damit hielt er ihr ein Stück harter, gelber Dichtungsmasse hin. „Was ist das?" „Dichtungsmasse." „Mit dem Zeug habe ich erst vorige Woche die Fenster in meinem Haus abgedichtet." „Nun Mam, ich glaube nicht, dass Sie dieses Zeug dazu verwendet haben." Was ist daran so besonders?" „Nun, das ist, will ich mal sagen, ein chemisches Highlight, das ich in dieser Form noch nicht gesehen habe. Hier, fassen Sie mal an." Vorsichtig nahm Kathy das Stück in die Hand. Es fühlte sich leicht warm an. An den Seiten klebten noch Reste einer durchsichtigen Folie. Das besondere an dem Stück ist jedoch die Härte. Als hielte man ein Stück Holz oder Plastik in der Hand. „Was ist das?" „Ich habe keinen Schimmer." Kopfschüttelnd nahm der Techniker das Stück wieder zurück und stopfte es in eine Beweistüte. Ich habe zwar eine Ahnung, aber ich will das lieber den Experten überlassen. Denn wenn es das ist, was ich vermute, dann waren hier Genies am Werk. Hier, für Dich. Will sagen, für sie, Chief. Glückwunsch zur Beförderung." Damit drückte er ihr ein fünf Zentimeter langes gelbes Stück in die Hand." „O.k., macht weiter. Und, danke fürs Geschenk. Kannst Du mir schon sagen, warum hier niemand rechtzeitig aus den Räumen kam?" „Den Grund dafür hältst Du in Deiner Hand." „Harte Dichtungsmasse?" Kathy schüttelte den Kopf. „Wie gesagt. Mehr, wenn das Zeug im Labor ist." Damit drehte sich der Kollege herum und begann weiter Stücke des gelben Zeugs aus den Fensterrahmen zu schneiden. Inzwischen hatte der Regen wieder zugenommen und es wehte zusätzlich ein kühles Lüftchen, das die Temperatur in die Richtung von irgendwo um die vier Grad drückte. Kathy zog den Kragen ihres Parkers hoch und steckte sich eine neue Zigarette an. „Wo ist Tom?" Damit war der Chef der Techniker vor Ort gemeint. „Der Chef ist irgendwo oben." Der Techniker zeigte in die Richtung der Ebene sieben. Doch bevor sie sich um die Kammer kümmern würde, steuerte sie auf die Zinnen zu. Mehrere Polizisten leuchteten von dort senkrecht in die Tiefe. „Und, schon irgendetwas gefunden?" Einer der Sergants winkte sie heran. „Kommen Sie hierher, Mam. Sehen Sie da unten?" Im Licht seiner extrem stark leuchtenden Lampe konnte man mehrere Gestalten am Fuß der Burg erkennen. „Da liegt einer, Chefin." „Nun, das hat der sich auch bestimmt anders vorgestellt. Wie hoch ist das hier?" „So um die 150 Meter." „Ja, da müsste man schon fliegen können", murmelte sie vor sich hin. „Machen Sie weiter. Wenn der Leichnam geborgen ist, gleich ab mit ihm in die Gerichtsmedizin." Alles klar, Chefin." Damit ging sie weiter in die Richtung des sechsten Tores. Hier verhüllten vier weiße Tücher die Leichname ihrer toten Kollegen. Ein gellender Pfiff war für Bryan der Befehl, zu ihr zu kommen. Kathy konnte gut und vor allem laut pfeifen und so hatte sie ihren jungen Kollegen schnell daran gewöhnt. Mit einem Schirm in der Hand rannte er zu Kathy, die sich gerade mit einem Inspektor unterhielt, der bei den Sanitätern stand. „Alle wurden von vorn und it einem gezielten Schuss getötet. Das war ein Profi. Sie hatten zwar ihre Waffen gezogen, doch sicher nicht damit gerechnet, hier oben auf den Tod zu treffen." „Hier bin ich, Chefin." Kathy sah Bryan an, der mit einem Schirm bewaffnet vor ihr stand. „Was soll das? Hören sie Sergant. Sie stellen die Namen und Dienstnummern der Kollegen fest und veranlassen, dass die Angehörigen sofort informiert werden. „Aber das kann ich doch machen, Chief." „Nein Sergant. Dazu braucht man Erfahrung und Feingefühl. Das müssen sie erst noch lernen. Also, wenn Sie das erledigt haben sorgen Sie für den Abtransport in die Gerichtsmedizin. Glauben

Sie, dass Sie das können?" „Aber ja, Chefin." Gut, ich gehe jetzt in die Juwelenkammer. Danke, Doc." Damit vergrub sie die Hände in den Taschen ihres Parkers und ging langsam in Richtung Ebene sieben. Ihr war jedes Mal zum Kotzen, wenn es einen Kollegen traf. Hier waren es gleich vier, noch so jung und unerfahren. Hingestreckt von vier Kugeln. Das machte den Fall persönlich. Etwas, vor dem sich jeder Ermittler hüten sollte.

Ein gelbes Absperrband verweigerte Unbefugten den Zugang zum Hof der Ebene sieben. „Für Unbefugte ist hier Schluss, verdammte Pressetante." Ein sehr junger Konstabler, für den das hier der erste Einsatz war, stand breitbeinig und mit grimmigem Gesicht in der Mitte der Auffahrt und stellte sich Kathy in den Weg. „Hey, Kleine, hier ist Schluss mit lustig. Zisch ab, wenn Du nicht Bekanntschaft mit meinem Knüppel machen willst." Es war klar, dass er damit nicht den Gummiknüppel meinte, den er in seinen Händen auf und ab wippen ließ. Das breite Grinsen in seinem Gesicht gefror, als er Kathys Dienstmarke sah. Sofort nahm er Haltung an und begann zu stammeln. „Entschuldigen Sie, Sir, äh, Mam, meine ich. Ich wollte, ich meine, ich dachte ähm, Sorry Mam." Damit erstarrte er vollends zur Salzsäule, nicht ohne das Absperrband hoch zu reißen. Kathy grinste. Sie war hart im Nehmen und es passierte ihr oft, dass männliche Kollegen meinten, mit ihrem Macho-Gehabe Eindruck bei ihr erzielen zu können.

„So so, sie dachten also? Danke, Konstabler." Damit ging sie an ihm vorbei. „Konstabler? Sie dürfen wieder atmen."

Vor und in der Juwelenkammer herrschte emsiges Treiben. Einen Transporter, der mit Schutt beladen war, hatten die Kollegen bereits zur Seite geschoben. Die Blitze der Fotografen erhellten die gespenstisch wirkende Szenerie. Der riesige Glaskasten, der in der Mitte der Kammer stand, war leer, und an jedem Ende befand sich ein großes Loch. In einer Ecke eines Raumes qualmte irgendeine chemische Substanz vor sich hin und war gerade dabei ein Loch in den Boden der Kammer zu fressen. Kathy hockte sich interessiert davor. „Wenn das die Queen wüsste." „Vorsicht, Chefin. Gehen sie nicht so dicht ran. Wir wissen noch nicht, was das für ein Zeug ist." Der ihr diesen Rat gab, war Tom. Er hatte hier die Leitung der Kriminaltechniker. „Wann kannst Du mir was sagen?" „Nun, ich schätze in zwei Stunden, meine Liebe." „Du hast eine Stunde, mein Schatz." Damit stand sie auf und gab ihm einen flüchtigen Kuss auf die Wange. In diesem Moment knackte es in ihrem Funkgerät. Sergant Bryan meldete sich. Er schien sehr aufgeregt und seine Stimme schien sich zu überschlagen. „Äh, verzeihen Sie, Chefin, aber Sie sollten mal herkommen und sich das hier ansehen. Das ist eine Sensation. Ich werde niemanden heran lassen bis Sie hier eingetroffen sind. Sie können sich auf mich verlassen." Damit endete seine Meldung. Kathy drückte ihre Sprechtaste: „Wenn Sie mir jetzt noch sagen, wohin ich kommen soll, wäre ich Ihnen dankbar". Nach einem kurzen Moment der Stille meldete sich Bryan wieder: „Entschuldigen Sie, Chefin. Hierher. Zu dem Container." Tom, ihr Chrf-Techniker, sah sie lächelnd an. „Der Junge macht mich wahnsinnig." „Wir waren alle mal jung. Sei gnädig mit ihm." „Ich werde mich bemühen. Bis nachher, mein Lieber." Damit eilte Kathy zu ihrem jungen Kollegen. Der Konstabler, der am Absperrband immer noch in Haltung stand, sprang sofort zur Seite, wie er Kathy kommen sah.

Die Kollegen hatten mehrere Scheinwerfer um den Container aufgestellt. „Hierher, Chefin." Bryan stand am Eingang und hielt mit Mühe die anderen Polizisten von der Arbeit ab. „Nein, ihr könnt hier noch nicht rein. Erst, wenn die Chefin ihr o.k. gegeben hat." Mit einem Lächeln im Gesicht bahnte sich Kathy einen Weg durch die Kollegen. „Also, dann zeigen sie mal." Mit je einer Taschenlampe bewaffnet betraten Kathy und ihr Assistent den Container. Im Schein der Lampen entdeckten sie die geöffnete Klappe am Boden mit der Sicherheitskupplung. die mit dem Laptop auf dem Tisch verbunden war. Neben dem Rechner stand immer noch das

104

kleine blinkende Kästchen mit der Antenne. Und auf dem Monitor konnte Kathy ihre Kollegen bei der Arbeit sehen. Sie griff zu ihrem Funkgerät: „Sorry Tom, aber ich brauche dich hier unten im Container. Ja, jetzt sofort". Ein merkwürdiger Geruch erfüllte den Raum. Bryan versuchte im Schein seiner Lampe die Quelle zu entdecken. „Igitt, Chefin, sehen Sie mal hier." Am Rande der Tür hatte er einige Fleischbrocken gefunden, die Marc für die Fütterung der Vögel vorgesehen hatte. „Hier Chefin, sicher die Überreste eines Menschen." Kathy genügte ein Blick um zu erkennen, dass es sich um Teile eines Kaninchens handelte. Inzwischen war der bestellte Kriminaltechniker eingetroffen. Kathy deutete auf die Boden-klappe. „Hier, Tom, ich will wissen, was das ist und was es kann. Und dann befreien Sie bitte unseren Superpolizisten von seinen Fleischresten. Mich musst Du jetzt entschuldigen, ich muss ins Hauptquartier. Aber Du weist ja, wie Du mich jeder Zeit erreichen kannst." Damit wendete sie sich ihrem jungen Kollegen zu. „Ich fahre jetzt rein. Sie bleiben hier. Ich halte mit ihnen Kontakt." Damit ließ sie den verdutzten Bryan mit ihrem Funk-gerät in der Hand stehen, setzte sich ins Auto und fuhr in die Zentrale der Polizei von Edinburgh.

Der Bruder von Horst Meier

Meier war nach seiner erfolgreichen Flucht aus den unterirdischen Kanälen Edinburghs, gegen 01.30 Uhr am Steg der kleinen Pension „Pennys Garden" angekommen. Hier hatte er vor knapp einer Woche ein kleines Zimmer bezogen. Da die Pension in der Regel von Anglern benutzt wurde, gehörte die Nutzung des Motorbootes zum Service für die Gäste. Im Augenblick waren nur zwei Zimmer der Pension vermietet und so brauchte sich Meier das Boot mit niemandem zu teilen.

„Und, hast Du das Schwein erwischt?" Der Alte, der am Ende des Steges auf Meier gewartet hatte, stand völlig im Dunkeln. „Komm lieber und hilf

105

mir." Meier warf dem Mann das Bugseil des Bootes zu, während er sich am Heck zu schaffen machte. „Also, was ist nun? Hast Du ihn erwischt?" Meier sprang vom Boot und ging über den schwankenden Steg in die Richtung der Pension. Kurz vor dem Ende des Stegs standen sich beide Männer gegenüber. „Ich habe es Dir schon hundert Mal gesagt, ich will ihn leiden sehen." „Was heißt das?" „Nun, ich habe heute den ersten seines Teams erledigt." In diesem Moment fiel das fahle Licht der Stegbeleuchtung auf die beiden Männer. „Ich auch, Bruder." Beide gaben sich fest die Hand. „Komm, lass uns ins Haus gehen. Ich brauche jetzt einen Drink." „Ich auch." Damit schritten beide in die Richtung der Pension. Kurz vor der Tür trafen sie auf Mrs. Muller, die Vermieterin der Pension. „Na, mein Herr, etwas gefangen?" Meier grinste seinen Bruder an. „Das kann man wohl sagen, Mrs. Muller." „Na, dann wünsche ich Ihnen noch eine gute Nacht. Ihnen beiden natürlich. Vielleicht gelingt es mir noch mal irgendwann, Sie auseinander zu halten." Danke, Mrs. Muller, Ihnen auch eine gute Nacht.

Franz Meier, der Zwillingsbruder von Horst Meier, klopfte ihr lachend auf die Schulter. „Ihnen auch eine gute Nacht." Damit verschwand die Alte in Richtung ihres Zimmers. Die Zimmer der Gäste dagegen befanden sich im ersten Stockwerk der Pension. Hier, unter dem Dach, hatte jeder der Meier-Brüder ein kleines Zimmer bezogen. Kaum auf seinem Zimmer, warf Horst seine Sachen auf das Bett. Er lockerte die Krawatte und kontrollierte als erstes seine Waffe. Das Magazin seiner „Beretta FS" war fast leer geschossen. Mit geübten Handgriffen wechselte er es gegen ein volles aus, sicherte sie und steckte sie in seinen Schulterholster, der über dem Stuhl nahe seinem Bett hing. Die Zwischentür öffnete sich und sein Bruder stand mit zwei gefüllten Whiskeygläsern in der Tür. „Hier, für Dich." Horst nahm seinem Bruder das Glas aus der Hand. Im flackernden Licht des Kamins standen sich beide gegenüber. Keiner sprach ein Wort. Dann stießen beide an und tranken die Gläser in einem Zug aus. „Auf Hans

Müller." „Möge er ewig in der Hölle schmoren." „Komm, setz Dich. Also, du warst in Londayl?" Franz lächelte. „Dein Anruf kam gerade recht. Es war ganz einfach. Die Biester landeten, wie Du es vorher gesagt hast. Der Dorftrottel war gerade dabei, den ersten Beutel zu leeren, da hing er auch schon am Seil. Hier, der ist für Dich." Damit griff er in seine Tasche und legte einen tief grün schimmernden riesigen Smaragd auf den Tisch. Horst nahm den Stein in seine Hand. „Nicht schlecht. Was denkst Du, ist der wert?" Franz, der früher mal als Diamantenhändler in Belgien gearbeitet hatte, überlegte kurz. „Ich denke, so an die 9000 Pfund. Nur kauft den kein Händler. Der Stein ist registriert. Doch glaube ich, dass der Stein der Versicherung so um die 5000 Pfund wert sein sollte. Leider bin ich nicht mehr dazu gekommen, die Viecher zu erschießen. Kaum hing der Typ an Haken, wurden die Biester unruhig und begannen mit ihren riesigen Flügeln zu schlagen. Dabei schlugen sie mir meine Waffe aus der Hand. Bis ich sie wieder in der Hand hielt flogen die Vögel auch schon auf und davon." „Du bist ein Trottel." Doch Franz beschwichtigte seinen Bruder. „Keine Angst. Hier ist der Ortungsschirm." Damit holte er eine Art Laptop aus seinem Zimmer. Nach dem Öffnen des Deckels erschien eine elektronische Karte. „Hier, der Punkt, der sich da langsam bewegt, das müssen die Vögel sein." Horst starrte angestrengt auf den Bildschirm. „Wie Du sehen kannst, fliegen sie in Richtung Perth." „O.k., Müller wird seine Vögel suchen. Und da, wo sie sind, werden wir ihn finden. Ich fahre in gut zwei Stunden. Du kümmerst dich hier um alles. Vor allem will ich wissen, wo dieser blöde „Krönungsstein" ist." Franz klappte das Ortungsradar zu. „Lass das Ding hier stehen, ich werde das noch brauchen. Wenn alles erledigt ist, treffen wir uns wie geplant in Inverness. Im Übrigen war ich ganz schön erstaunt, als ich die Vögel sah. Du hattest zwar etwas von gossen Tieren erzählt, doch was da gelandet ist hat mich doch sehr überrascht. Und jetzt lass mich allein, ich will mich noch einen Moment hinlegen." Damit verschwand Franz in die Richtung seines Zimmers. Beim Verlassen schien er zu lachen. Es war ein leises und böses Lachen. Horst bekam wie immer eine Gänsehaut, wenn er dieses Lachen hörte. „Hör auf damit. Du weißt, dass ich das nicht ausstehen kann."

13. September 01.20 Uhr – Polizeizentrale von Edinburgh

Die Edinburgher Polizeizentrale glich seit knapp einer Stunde einem aufgescheuchten Bienenschwarm. Ununterbrochen fuhren Polizeiwagen mit Blaulicht und Sirene vor das alte viktorianische Gebäude und brachten wichtig aussehende Beamte, die bei ihrem Eintreffen wie gehetzt aus dem Auto in das Haus stürmten. Alle Fenster in Schottlands legendärstem Polizeigebäude waren hell erleuchtet. Auf den Fluren trafen die eintreffenden Beamten auf die Kollegen, die bereits mit irgendwelchen Anweisungen in der Hand wieder in Richtung Ausgang stürmten.

Detektiv Superintendent Morgan sparte sich den Aufzug, vor dem ohnehin eine Gruppe von aufgeregt diskutierenden Beamten stand. Im Treppenhaus nahm er wie immer zwei Stufen auf einmal. Oben angekommen, rannte er den schmalen Flur entlang. Ihn hatte die Meldung während eines Empfanges erreicht, den die schottische „Trus Gesellschaft" aus Anlass der „3. Edinburgher Castle Nights" gegeben hatte. Irgendwie hatte er das ungute Gefühl, dass dieses Treffen auf irgendeine Weise mit dem Fall verbunden war. Endlich hatte er das Büro seines Chefs erreicht. Die anderen Herren Superintendenten saßen bereits auf ihren Plätzen und studierten ungläubig die vor ihnen liegende Sondermeldung. Nach dem flüchtigen Überfliegen der Nachricht wusste er, dass sich sein Bauch nicht geirrt hatte. Mit einem lauten Knall landete die flache Hand von Chief Superintendent Simmons auf dem Tisch. „Meine Herren. Vor gut einer Stunde wurde das 'Herz Schottlands' gestohlen! Und ich hoffe, Ihnen ist klar, welche Bedeutung dieser Raub für jeden von uns hat. In spätestens fünf Stunden werden hunderte von Journalisten wie die Schmeißfliegen über uns herfallen, aber was sage ich? Über mich herfallen und Antworten fordern! Also, meine Herren, geben Sie mir Antworten. Was soll ich denen sagen?"

Jeder, der sechs vor ihm sitzenden Beamten starrte ihn mit ungläubigen Augen an. „Nun, Morgan, was sagen Sie dazu? Lester, Sie als Chef der Special Police Agency müssen doch eine Meinung haben? Und was ist mit Ihnen, Brown? Ihre Super-Abteilung ist ausschließlich für den Schutz von Edinburgh Castle da. Was sagen Sie dazu? Haben Sie eine Meinung? Hat hier irgendjemand eine Meinung?" Nervös und ratlos zuckten die angesprochenen Chef's mit ihren Schultern. Chief Brown versuchte sich irgendwie zu rechtfertigen. Schließlich war seine Abteilung, gegen den ausdrücklichen Willen von Chief Simmons, zum Schutz der Burg abgestellt worden. „Also, Sir, ich kann mir das nicht erklären, Sir. Ich meine, ich wollte, äh, Sir, ich weiß nicht." „Halten Sie die Klappe, Brown. Taylor, kommen Sie. Bitte, erhellen Sie uns." „Ich kann mir das auch nicht erklären, Sir." Chief Taylor schaute hilflos zu seinem Kollegen. Bei Chief Morgan schien ein kleines Lächeln über das Gesicht zu huschen. So waren doch vor allem aus seiner Abteilung diverse Mitarbeiter zum Schutz von Edinburgh Castle abgezogen worden.

„Erheitere ich Sie, Tom?" „Oh nein, Sir. Nur, was soll ich dazu sagen? Meine besten Mitarbeiter arbeiten jetzt für Chief Brown." Brown, der als jüngster Superintendent ohnehin einen schweren Stand in der Runde der Polizeichefs hatte, wurde jetzt langsam sauer. „Dann waren es wohl doch nicht Ihre besten Männer, Tom, oder?" „Nun, solange Sie für mich gearbeitet haben, hatte es niemand auf die Kronjuwelen abgesehen.", „Aber, aber, meine Herren. Das ist wohl nicht die Zeit, über interne Angelegenheiten zu debattieren. Hat noch jemand aus der Runde etwas Klärendes beizutragen? Nein, das habe ich mir gedacht. Also, meine Herren Superintendenten sitzen vor mir, zucken nur mit den Schultern und können sich das alles nicht erklären. Was ist das für eine verdammte Scheiße?"

Erneut knallt die Rechte des Chiefs auf die polierte Mahagonieplatte. Simmons hatte sich so in Rage geredet, dass er puterrot im Gesicht vor seinem Sessel stand. „Ihr Herz, Sir, Sie dürfen sich nicht so aufregen." Mrs. Trebbel, die Sekretärin des Chiefs, machte sich ernsthaft Sorgen um ihren Chef. „Hier sind ihre Tabletten, Sir." „Lassen Sie mich mit ihren idiotischen Tabletten in Ruhe! Ich will mich nicht beruhigen, hören Sie? Meine Herren. Ich erwarte jeden Moment einen Anruf aus dem Ministerium. Und an den Anruf aus dem Buckingham Palast, nun daran wage ich gar nicht zu denken. Können Sie mir sagen, was ich Ihrer Majestät erzählen soll? Oh, entschuldigen Sie, Ihre Majestät, aber irgendwelche dahergelaufenen Strauchdiebe haben leider die schottischen Kronjuwelen und den Krönungsstein gestohlen. Da kann ich auch gleich jetzt in Pension gehen." „Die Queen und Prinz Philipp sind seit gestern in Glamor Castle, Sir", unterbrach ihn Mrs. Trebble. „Auch das noch! Die Queen in Schottland." Simmons griff sich an die Brust und lehnte sich tief in seinem Sessel zurück. „Schnell Karen, ich brauche meine Tabletten." Die sechs Chefs der Edinburgher Polizei saßen starr und mit leerem Gesicht vor ihrem Chef. So hatten sie ihn noch nie gesehen. „Wir können uns das auch nicht erklären, Sir," stammelte Superintendent Brown. „Alles ging so wahnsinnig schnell und ich kann ..." „Wahnsinnig? Wahnsinnig ist das richtige Wort, meine Herren. Alleine dieser Krönungsstein wiegt über 300 Pfund. Erklären Sie mir, Brown, wie stiehlt man einen 300 Pfund schweren Stein, eine Krone und ein Zepter von unschätzbarem Wert und marschiert damit in aller Ruhe von der Burg?" Nervös nestelt der Superintendent an seiner Mütze. „Ich glaube nicht, Sir, dass es sich um dahergelaufene Strauchdiebe handelt, Sir." „So, das glauben Sie also nicht, Detektiv Superintendent Taylor. Was glauben Sie dann? Was soll ich Ihrer Majestät sagen, Tom?" In diesem Moment klingelt das Telefon. Alle im Raum erstarrten. Mrs Trebbel schaute auf die blinkende Anzeige. „Das Ministerium, Sir", flüsterte sie. „Danke, Karen, das sehe ich selbst." Simmons atmet tief

110

durch. Dann griff er zum Hörer und sprang auf. Eine sich überschlagende Stimme am anderen Ende der Leitung brachte ihn zum stehen. „Ja, Sir. Jawohl, Sir. Sie haben Recht, Sir. Natürlich, Sir." Nach einer Minute legte er auf und sank in seinen Ohrensessel aus dem 17. Jahrhundert. Eine alles erdrückende Stille lag im Raum. Sechs paar Augen waren auf den Chief gerichtet. „Das, meine Herren, war der Innenminister persönlich. Er erwartet mich in seinem Büro. Karen, schnell meinen Wagen. Sie, Chief Brown und sie Chief Taylor, werden mich begleiten. Und die anderen Herren, finden sie die Juwelen und vor allem diesen gottverdammten Stein. Tom, lassen Sie mich nicht im Stich. Ich zähle auf Sie. Ich habe Kathy schon auf die Burg beordert. Sie wird sich mit Ihnen in Verbindung setzen." Gerade, als Chief Simmons mit dem Superintendenten Brown und Taylor aus dem Zimmer stürzen will, steht Sergant Jones in der Tür. „Hier, Sir, hier ist eine wichtige Meldung für Sie, Sir. Einem betrunkenen Dudelsackspieler sind über der Burg große Vögel aufgefallen, Sir. Er nimmt an, dass es sich um Riesen-Papageien oder Adler handelt, Sir." Chief Simmons stand jetzt ganz dicht vor seinem Detektiv Sergant. „Wohl 'ne Meise unterm Pony." „Aber Sir!" „Noch ein Wort über Vögel, Jones, und Sie regeln ab sechs Uhr den Verkehr auf der „Queens Road. Haben Sie mich verstanden?" Ohne eine Antwort abzuwarten, stürmen der Chief und seine Begleiter aus dem Büro. „Und was soll ich nun mit der Meldung machen, Sir?" stotterte Jones seinem Chef hinterher. „Schließen Sie ihren Mund und stehen Sie bequem, Jones." Chief Morgan, der schon auf dem Weg in sein Büro war, drehte er sich noch mal um. „Wie war das? Adler oder Riesen-Papageien?" „Ja, Sir. Hier ist die Meldung, Sir." „O.k. Jones, ich werde es mir merken. Kommen Sie nachher in mein Büro, Sergant." Damit verschwand Morgan in seinem Büro, das dem des Chefs am nächsten lag. Ein Privileg, das manchmal keins war. Hilflos stand Sergant Jones in Chief Simmons Tür. „Was soll ich jetzt mit der Meldung machen?" Wortlos nahm ihm Mrs Trebbel das Protokoll aus der Hand und schob

111

ihn aus der Tür. „Gehen Sie, Jones. Gehen Sie. Ich werde mich um ihre Vögel kümmern. Obwohl ich Sie ganz gern mal wieder in Uniform sehen würde.

02.00 Uhr Büro von Detectiv Superintendent Tom Morgan

Inzwischen waren weitere Mitarbeiter der Spezialabteilung aus ihren Betten geholt und mit Blaulicht ins Büro gebracht worden. „Hallo, Tom!", grüßte Morgans Stellvertreter seinen Boss.

„Irgendwelche Scherzbolde haben die Krönungsklamotte von der Burg geklaut? Na bravo. Was sagt Chief Brown dazu? Und was geht uns das an?" „Setz dich, Mike, es ist ernst." „Nun komm, mein Alter. Sicher ein dummer Jungenstreich von irgendwelchen besoffenen Studenten. Pass auf. Bestimmt bekommen wir gleich einen Anruf, wo wir die Klamotte abholen können."

Die Tür zu Morgans Büro fliegt auf und ein junger Konstabler in Uniform bringt einen Stapel von Fotografien, die Morgen an die große Magnettafel heftet. „Dr. Fether kommt gleich, Sir." „Danke, Konstabler, und halten sie sich zu meiner Verfügung." „Jawohl, Sir." Drei der Bilder schob er Mike über den Tisch zu. „Setzt euch, Jungs, wir haben wenig Zeit." Mike, der bis dahin an einen Scherz geglaubt hatte, starrte ungläubig, aber fasziniert auf die Bilder. „Du weist, was das ist?" Tom deutet mit dem Finger auf mehrere Gegenstände, die auf dem Boden der sechsten Burgebene lagen. „Das sind AK 700, Maschinenpistolen der nächsten Generation. Ich denke, die Dinger können nicht produziert werden. Der alte „Q" hat mir erst vor fünf Tagen ein Dossier geschickt, dass diese Waffe wohl ein ewiger Mythos bleiben wird. Die Tschechen sind nie über die Testphase hinaus gekommen. Selbst die Jungs vom MI6 konnten keines der Prototypen besorgen." „Nun, wie Du siehst, ist es irgendjemanden doch gelungen, die Dinger herzustellen." „Was ist das?" Mike nahm sich die Lupe vom Toms Schreib-

112

tisch und starrt auf das Bild. „Ist das Rauch, der von den Waffen aufsteigt? Wurde damit etwa scharf geschossen?" „Ja und nein. Ja, es wurde damit geschossen, und was da qualmt ist Schwefelsäure. Die Oberflächen der Waffen waren damit überzogen." Mike sah seinen Chef sehr fragend an. Inzwischen saßen vier seiner besten Mitarbeiter um den kleinen Beratungstisch. „O.k., Jungs, fangen wir an. Bill ist in Urlaub in Deutschland. Seine Maschine landet gegen 09.00 Uhr in Glasgow, und bitte, fragt mich nicht, warum in Glasgow? Also, was wissen wir? Vor gut zwei Stunden hat ein Spezialkommando innerhalb von wenigen Minuten die Juwelen-Kammer von Edinburgh-Castle leergeräumt. Es fehlen der Becher mit den Edelsteinen, die Krone, das Zepter, der Krönungsring, die Armreifen von Prinzessinn Anne, das Schwert und, jetzt kommt's dicke, der Krönungsstein, der „Stone of Scune." Wir wissen ferner, dass es sich um mindestens vier Täter gehandelt haben muss. Auf den Bildern der Überwachungskameras von Burgebene sechs sind kurz mehrere schemenhafte Gestalten zu erkennen. Das Nächste, was die Jungs in der Wache sahen, war das Abendprogramm des Vortages. Das, meine Herren, ist alles was wir bis jetzt wissen." Atemlose Stille herrschte im Büro. Man hätte die berühmte Stecknadel zu Boden fallen hören können. Dann sprachen plötzlich alle durcheinander. „Wie denn das? Was ist mit den Jungs vom Regiment? Haben die gepennt? Wie sind die überhaupt da hoch gekommen? Das muss doch irgendjemand gemerkt haben." „Genau das ist ja das Problem. Alle Türen und Fenster waren fest verschlossen. Die Jungs von den SCOTS wie auch Brown's Spezialtruppe saßen in ihren Räumen fest. Wie die Ratten in der Falle. Als sich die Ersten nach knapp zehn Minuten befreien konnten, war alles gelaufen. Der Glaskasten, der die Kronjuwelen schützen sollte, war an zwei Enden geöffnet, die Juwelen und der Stein verschwunden. Auf dem Burghof lagen sechs qualmende AK 700 und die Gangster waren verschwunden." „Gab es Tote oder Verletzte?" „ Nun, im Burggraben haben wir einen schwarz vermummten Toten gefunden.

Gehört anscheinend zu den Tätern. Ist wohl erschossen worden. Vier Wachleute wurden tot am Tor sechs gefunden. Mehrere der Wachen lagen betäubt am Boden von Ebene sieben. Dazu kommen Verätzungen bei einigen Jungs vom Spezialkommando. Sie hatten nach den am Boden liegenden Waffen gegriffen. Deren Oberfläche war jedoch mit einer ätzenden Flüssigkeit überzogen, die ihnen sofort die Hände verätzte." Ein kurzes klopfen an der Tür und Dr. Fether stand im Raum. Der Chemiker war der beste Spezialist für chemische Prozesse aus dem Team von „Q". „Entschuldigen Sie bitte, Sir, aber es ging nicht schneller. Kommen wir gleich zur Sache. Hier mein vorläufiger Bericht, soweit es mir in der Kürze der Zeit möglich war." In diesem Moment stand Betty, die Sekretärin in der Tür. „Entschuldigen Sie bitte, Doktor, aber da kam gerade eine wichtige Nachricht rein. Das Schwert aus der Beute wurde nur knapp hundert Meter von der Burg entfernt auf dem Pflaster der „Mirrowstreet" gefunden." Damit verschwand sie wieder. „Bitte Doktor, machen Sie weiter." „Also, ich habe nicht für jeden ein Exemplar, wofür ich mich schon mal entschuldige." Morgan war bereits beim Studium des von Formeln und chemischen Exkursen gespickten Berichts. Mike, der auch mit dem Studium des Berichtes von Dr. Fether beschäftigt war, warf plötzlich entnervt das Papier auf den Tisch. „Das Fachchinesisch versteht doch kein normaler Mensch." Mit einem dezenten Räuspern meldete sich Dr. Fether zu Wort. Doch Tom fuhr dazwischen. „Entschuldigen Sie, Doc, aber erklären Sie uns bitte, wie vier Schmalspurganoven die Kronjuwelen Schottlands und den „Krönungsstein", einen immerhin 152 Kilogramm schweren und potthässlichen Sandstein, von einem des am besten bewachten Castle Schottlands stehlen konnten. Und das Ganze in wenigen Minuten, ohne Spuren zu hinterlassen. Und entschuldigen Sie bitte Mikes freundlichen Kommentar, ob ihres Berichtes."

„Schon gut, Sir. Nun, ich bezweifle, dass es sich bei den Dieben um Schmalspurganoven gehandelt hat. Zumindest einer von ihnen muss ein brillanter

Chemiker sein." Dr. Fether wartete die Wirkung seiner Worte ab. „Na, das war ja klar. Entschuldigen Sie, Doktor", knurrte Mike. „Desweiteren deuten die aufgefundenen Waffen sowie das spurlose Verschwinden der Ganoven auf eine lange und intensive Vorbereitung sowie fast unbegrenzte Geldmittel hin." „Dann geht es denen besser als uns", warf Mike dazwischen. „Halt die Klappe, weiter, Doc." Tom Morgan schien irgendetwas im Kopf herum zu gehen. Fether machte Anstalten, nun den Clou seines Berichtes darzulegen.

„Haben Sie schon einmal etwas von binären Stoffen gehört? Nun, wie ich in Ihren Gesichtern lesen kann, wohl nicht. Dabei handelt es sich um Materialien, die in Verbindung mit Sauerstoff ihren Molekularzustand ändern. Und das sekundengenau." „Sie meinen die qualmenden Waffen, Doktor?" Mikes Aufmerksamkeit war wieder geweckt. „Unter anderem, Sir. Nach meiner Auffassung waren die Waffen mit einer Art Gel bestrichen worden das danach vor dem Einfluss von Sauerstoff geschützt wurde." „Was heißt das?" Dr. Fether war nun der uneingeschränkte Held im Raum. „Indem man die Waffen mit einer Art Plastikfolie ummantelt, aus der die Luft gesaugt wurde." „So, wie in einem Gefrierbeutel?", platzte Mike heraus. Dr. Fether war enttäuscht über soviel wissenschaftliche Ignoranz. „Nun, so ähnlich, Sir." „Also brauchten die Jungs am Ende ihrer Show nur die Plastikhüllen von ihren Waffen zu ziehen und das Gel verwandelte sich binnen wenIger Sekunden in ätzende Schwefelsäure." Mike sah sich triumphierend im Raum um. „Und die Säure vernichtet jede Art von Spuren. Geniale Idee." Tom starrte seinen Stellvertreter an. „Doch hatten die Idee leider die bösen Jungs." „Sagen Sie, Doktor, was würde passieren, wenn, nun sagen wir, durch irgend etwas Scharfes oder Spitzes ein kleiner Riss in der Plastikisolierung entstünde? Dann würde doch die Reaktion sofort in der zuvor bestimmten Zeit stattfinden?" „Sicher, Sir." Ein Sergant brachte eine Mappe herein. „Der erste Bericht, Sir." „Danke, geben Sie her. Hier, meine Herren, die Exemplare sind für Sie. Entschuldigen Sie bitte, Doc." Sofort vertieften sich alle anwesenden Beamten in das Protokoll." Dr. Fether war beleidigt. „Ich warte, Sir", antwortete er spitz. Nach einem kurzen Moment legte Mike das Protokoll auf den Tisch. „Sagen Sie, Doc, kann dieses binäre Zeug auch anders reagieren?" Damit war nun

Dr. Fethers Interesse geweckt. „Aber natürlich, Sir. So könnte es sich zum Beispiel völlig verflüchtigen, oder?" Mike unterbrach ihn. „Oder steinhart werden? Und dabei Holzflächen zusammenkleben?" Tom sah jetzt interessiert auf. „Was meinst Du, Mike?" „Nun Tom, du erinnerst dich doch daran, dass alle Türen unserer Jungs und die vom Regiment verschlossen waren. Was, wenn nun so ein klebriges Zeug an den Türen angebracht wurde und durch die Täter kurz mit Luft in Verbindung gesetzt wurde? Und wenn dieses Zeug dann in Sekundenschnelle steinhart werden würde, dann wäre diese Tür zu. Und niemand käme den Hof." Tom griff zum Hörer. „Schnell, Betty, ich will wissen, ob auf der Burg zurzeit gearbeitet wird. Irgendetwas repariert, ausgetauscht oder erneuert wird. Ja, ich warte." Mike wendete sich wieder Dr. Fether zu. „Ist so ein Szenario möglich?" „Aber gewiss, Sir. Wenn das Zeug im Vorfeld angebracht wurde, dann brauchten die Täter nur mit einer Nadel oder einem Nagel die Plastikfolie durchstechen und binnen Sekunden wäre das Zeug steinhart." „Ja, danke Betty, und ich will das noch schriftlich. Meine Herren, seit drei Wochen erneuert die Firma 'Barrow & Decker' alle Dichtungen der Türen und Fenster auf der Burg. Macht sie sozusagen winterfest. John, ich will sofort alles über diese Firma wissen. Und wenn ich sage alles, dann meine ich alles. Von der Firmengründung bis vor sechs Stunden." Sergant John verschwand. „Meine Herren, ich glaube, wir sind ein großes Stück vorangekommen. Wir wissen jetzt, wie es den Tätern gelungen ist, unsere Jungs und das „Royal Regiment of Scotland" binnen Sekunden auszuschalten. Doktor, ich verwette meine Pension darauf, dass das Zeug, mit dem die Täter den Glaskasten in der Kronjuwelen-Kammer geöffnet haben,

116

auch so ein binärer Scheiß ist. Ich erwarte ihren Bericht in zwei Stunden auf meinem Tisch. „Ja wohl, Sir." Dr. Fether machte auf dem Absatz kehrt und verschwand aus dem Büro. Auf dem Flur hörte man das schnelle quietschen von Gummisohlen. „Ich glaube, unser Doktor rennt." Mike grinste über das ganze Gesicht. Tom wurde wütend. „Hör auf zu lachen. Bis jetzt haben wir lediglich seine Ergebnisse. Und die haben uns sehr geholfen." Die Tür ging auf und Betty kam mit einer großen Kanne Tee und einem Stapel Tassen herein. „Hier, Sir, zur Stärkung. Im Übrigen wartet Superintendent Kathy draußen." „Danke Betty, schicken Sie sie herein. Ach so, meine Liebe, es geht die Nacht durch. Und danke für den Tee." „Entschuldige Mike, aber..." In diesem Moment betrat Kathy das Büro. „Ich hoffe, Du hast auch eine Tasse für mich. Da oben bläst ein verdammt kalter Wind." „Aber selbstverständlich, meine Liebe. Hier, bitte, bedien Dich. Damit schob er das Teetablett in die Mitte des Tisches. Bettys Tee war im ganzen Präsidium berühmt und Tom achtete sehr darauf, dass ihm niemand diese Büroperle abjagte. „Also, was hast Du Neues?" Kathy schien etwas durchgefroren und so genehmigte sie sich zunächst einen Schluck von Betty's bestem Tee. Dann griff sie in die Tasche und warf ein kleines Stück Dichtungsmasse auf den Tisch. „Hier, ein Souvenir von der Burg." Tom griff nach dem Stück." Bis gestern sahen die Souvenirs von der Burg noch ganz anders aus." „Also, Tom, wir haben weder Finger- noch Fußabdrücke gefunden. Wir wissen nicht, wie es dem Tätern gelang unsere Jungs in kürzester Zeit einzuschließen, noch wie sie mit der Beute von der Burg verschwunden sind. Wir wissen nicht wie viele, schätzen aber, dass es mindestens sechs Täter waren. An den AK 700 werden wir keine DNA oder ähnliche Spuren finden. Wenn wir Glück haben, bleibt von den Dingern noch genug übrig, um sie zu untersuchen. Entschuldige Mike, ich weiß, du hättest gern eine davon." Tom war enttäuscht. „Und was bitte, wissen wir?"

„Nun, wir nehmen an, dass die Täter zum Öffnen des schuß- und brandsicheren Glaskastens der Juwelenkammer eine Art Säure benutzt haben. Denn es sind weder Schlag-, Brand- noch andere Spuren zu finden." „Binäre Säure", warf Mike dazwischen. Kathy war etwas irritiert. „Was meinst Du?" „Nun, laut Dr. Fether waren die Täter chemische Genies und haben binäre Stoffe eingesetzt." „Das mit den Genies habe ich heute schon Mal gehört. Von einem der 'Rats', der mir das Stück da gegeben hat." Damit deutete sie auf das gelbe Stück Plastik, das Tom in den Händen hielt. „Ein weiteres Stück ist bereits bei den Laborratten." „Vorsicht, meine Liebe. Die mögen das gar nicht, so betitelt zu werden. Auch nicht von Dir." „Nach allem, was wir wissen, hat der ganze Überfall maximal sechs bis acht Minuten gedauert. Tom, da waren absolute Profis am Werk. Und das verblüffendste von allem, wie sind die danach verschwunden? Denn sobald der Glaskasten in der Kammer geöffnet wird, schließen sich automatisch alle Zwischen-Tore der Burgebenen eins bis drei. Die restlichen Tore danach. Das dauert so knapp sechs Minuten. Niemand kommt dann rein oder raus. Und die Tore waren zu. Es hat selbst uns Mühe gekostet, sie wieder zu öffnen. Also Tom, wie sind die Kerle nach der Show verschwunden?" Kathy goss sich noch etwas Tee nach und zündete eine ihrer stinkenden Zigaretten an. „Nun, was das Einschließen unserer Jungs betrifft, da sind wir der Lösung schon ein gutes Stück näher gekommen. Dieses Zeug da", damit deutet Tom auf das Stück Dichtungsmasse, „reagiert unter Zuführung von Sauerstoff von geschmeidig weich in steinhart. Und das in knapp einer Sekunde. Damit waren alle Türen und Fenster binnen Sekunden verschlossen." Kathy nickt ihren Kollegen bewundernd zu. „Wie hat sich denn der Neue gemacht. „Vorsicht, Mike, ich bin bewaffnet. Ach so, Tom, die Toten wurden in die Gerichtsmedizin gebracht. Eine der Leichen haben wir am Fuß der Burg gefunden. Nach ersten Untersuchungen ist, besser war er einer der Täter. Seine Fingerabdrücke werden schon überprüft. Er hatte einen merkwürdigen Anzug an. Der war schwarz und die Arme waren wie Flügel mit dem Oberkörper verbunden." „Ein

Wingsuit", unterbrach Mike. Die Dinger nennt man „Wingsuit" oder auch Flügelanzug. Sie verbessern die Flugeigenschaften von Fallschirmspringern enorm. Doch entschuldige bitte." „O.k. Seine Hände steckten in Handschuhen, an deren Fingerkuppen kleine Dorne angebracht waren. Auf dem Kopf trug er eine Sturmhaube. Er wurde höchstwahrscheinlich von hinten erschossen. Die betäubten Wachen von Ebene sieben kamen ins Westend-Krankenhaus, gesicherte Abteilung. Die Ärzte melden sich, wenn wir sie befragen können." „Das war alles?" „In einem Container, der auf Ebene sechs steht, haben wir einen Laptop und ein merkwürdig blinkendes Kästchen sowie ein paar rohe Fleischbrocken gefunden." „Vielleicht wollte einer der Jungs grillen." „Danke Mike, die Jungs von der Technik melden sich, sobald sie mehr wissen." Plötzlich hatte Tom eine Idee. „Äh, Betty, können Sie mal bei Karen anrufen und Sie soll Detektiv Sergant Jones mit dem bewussten Protokoll zu mir schicken.

Ja bitte, tun Sie mir den Gefallen." Tom legt auf. „Sie kann Karen nicht leiden." „Ach so, noch etwas Neues für dich. Das Schwert aus der Kammer wurde gefunden. Irgendjemand muss es auf der Flucht verloren haben. Es lag in der „Mirrowstreet" auf dem Boden." „Einfach so?" „Einfach so. Nobody is perfect. Und während wir kurz warten eine Frage an alle; Was wisst ihr über Adler oder Riesen-Papageien?" „Was soll die Frage?" Kathy lachte kurz auf. „Bist du unter die Hobbyzüchter gegangen?" In diesem Moment klingelte das Telefon. Die aufleuchtende Lampe verhieß nichts Gutes. „Das Innenministerium. Jetzt geht der Spaß erst richtig los." Tom griff zum Hörer. „Hier ist Superintendent Tom Morgan. Ja, Sir, ja, Sir, ich verstehe, Sir, ja, ist hier, Sir – Kathy, es ist der Chef. Er will Dich sprechen." Damit reichte er den Hörer an Kathy weiter. „Ja, Sir, ich verstehe. O.k., Sir, alles klar." Kathy legte den Hörer auf. „Tom, lass mich bitte sofort mit der Luftüberwachung verbinden." Tom griff erneut zum Hörer. „Betty, die Luftüberwachung von Edinburgh Castle." „Was ist los?" „Gleich, Tom." Das Telefon klingelt und Kathy greift zum Hörer. „Ja Betty, stellen sie durch. Hier ist Superintendent Kathy Mc Gore. Ziehen Sie sofort die Hubschrauber von der Burg ab. Ab sofort finden Lufteinsätze über Edinburgh Castle nur mit meiner ausdrücklichen Genehmigung statt. Das ist ein Befehl aus dem Innenministerium und wenn Sie Lust auf eine Jobveränderung haben, dann rufen Sie doch beim Innenminister direkt an. Danke." Damit legte sie auf. Alle Anwesenden im Raum sahen erstaunt auf Kathy. „Meine Herren, ich informiere Sie hiermit, dass ab sofort die gesamte Untersuchung in meinen Händen liegt. Es darf nichts nach außen dringen. Die Burg wird morgen Mittag wieder ihre Pforten öffnen. Die Juwelenkammer wird in wenigen Stunden mit Repliken ausgestattet. Es hat nie einen Raub gegeben." Nach den letzten Worten herrschte Ruhe im Raum. Nervös drückte Kathy ihre Zigarette aus. „Tom, ich brauche deine Hilfe. Der Innenminister hat mir 72 Stunden gegeben, um die Steine zu beschaffen und die Ganoven dingfest zu machen. Die Queen weilt für drei Tage in 'Glamor Castle' und sie darf von dem Diebstahl nichts erfahren. Im Moment werden in allen Abteilungen die Kollegen vergattert. Das gilt auch für alle hier im Raum. Ich habe dieselben Befugnisse, wie Chief Simmons. Also, wie machen wir jetzt weiter." In diesem Moment klopft es an der Tür. Ein Sergant reicht zwei Meldungen herein. Tom gibt sie an Kathy weiter. „Hier, das ist dann wohl für Dich." Kathy überfliegt die Meldungen und pfeift leise durch die Zähne. „Na, wenigsten etwas. Hier, der tote Gangster ist identifiziert. Sein Name ist Fritz Werner. Und er stammt aus, haltet euch fest, Frankfurt am Main. Interpol hatte seine Fingerabdrücke gespeichert. Er ist ein unbeschriebenes Blatt, aber erst vor kurzen aus den Staaten wieder in Deutschland eingereist. Er hat dort Elektronik studiert. Sag mal, kennst Du das „Regent-Hotel?" Mike räuspert sich kurz. „Ich kenne das Hotel. Liegt in der Nähe der Brücken." „O.k., Du schnappst dir ein paar Leute und fährst da hin. Er soll dort abgestiegen sein. Entschuldige Tom, aber ich darf doch?" Tom war etwas verwirrt, doch hatte er immer gut mit Kathy zusammengearbeitet. „Aber bitte,

bitte, bediene Dich nur." „Mike, warum bist Du immer noch nicht unterwegs?" „Entschuldige Kathy, aber da finden wir jetzt nur den Nachtportier." „Gut. Dann fahrt zu 08.00 Uhr hin. Du berichtest weiter an Tom. Überhaupt würde ich Dich bitten, mit mir an dem Fall zu arbeiten." Tom grinst:„Du meinst an einem Fall, der gar kein Fall ist, meine Liebe." „Genau. Hier ist im Übrigen das Protokoll über die Vögel. Ich lese mal vor. Ein betrunkener Dudelsackspieler hat gegen Mitternacht vier riesige Vögel zur Burg und wenig später dann zehn Riesenvögel von der Burg weg fliegen gesehen. Er glaubt, dass es sich um Adler oder Riesenpapageien handelt. Was hältst du davon?" „Nun, Kathy, ich hab da so eine Idee." „Heraus damit, ich kann jede Hilfe gebrauchen." In diesem Moment klingelte das Telefon. „Kathy greift zum Hörer. „Ja Betty, stellen Sie durch." Die Meldung, die sie erhielt, schien ihr zu gefallen. „O.k. Sir, ich würde sie bitten, direkt hierher ins Polizei-Hauptquartier zu kommen. Fragen sie nach Superintendent Tom Morgan." Damit legt sie auf. „In wenigen Minuten kommt ein Pfarrer hierher. Er hat eine dringende Aussage zu machen, sagt er. Tom, wir werden den Pfarrer gemeinsam befragen. Für den Rest der Truppe. Ich brauche dringend eine Überprüfung aller Passagierlisten der Flieger und der Fähren und zwar der letzten zehn Tage. Sucht nach einem Fritz Werner. Ein Foto bekommt ihr in den nächsten Minuten. Desweiteren möchte ich alles über diesen Jungen wissen. Wohnort in Deutschland, Familie usw. Ihr wisst Bescheid. Im „Royal Botanic Garden" sind gegen Mitternacht irgendwelche Lichter beobachtet worden. Die Sicherheitsleute des Schlosses haben etwas wahrgenommen. „Und warum hat keiner reagiert?" „Nun, es gab keine Gefahr für das Schloss." „Geht dem nach. Meine Herren, das war es fürs Erste. Und sie wissen, 'es ist nichts passiert'." „Entspann Dich, Chefin", lachte Mike ihr zu. Dann verschwand auch er aus Toms Büro. Die Uhr auf dem Schreibtisch zeigte 05.00 Uhr.

Pater O'Brian

„Bitte setzen Sie sich, Sir. Mein Name ist Kathy McGore und das ist Superintendent Tom Morgan." O'Brian war etwas verwundert, dass er um diese Zeit von solch hochrangigen Beamten empfangen wurde. „Möchten Sie einen Kaffee oder Tee?" „Nein Danke." „Also Sir, Sie haben am Telefon etwas von riesigen Vögeln erwähnt, die in die Richtung der Burg geflogen sind?" „Nun Mam, es war kurz vor Mitternacht. Ich bin Vikar in der St. George Kirche am Ende der Altstadt." „Wenn ich eine Zwischenfrage stellen darf?", Tom räusperte sich fast entschuldigend, „Was haben Sie um diese Zeit noch in der Kirche gemacht?" „Nun, wie gesagt, ich bin Vikar und ich habe in genau neun Stunden eine Trauung. Als stellvertretender Pfarrer gehört es unter anderem zu meinen Pflichten die neuen Altarkerzen aufzustellen und die wurden erst gestern, spät am Abend, geliefert." „Gut, und was geschah dann?" Kathy wurde langsam ungeduldig. „Also, es war kurz vor Mitternacht und ich wollte gerade die neuen Dachfenster schließen, da hörte ich so ein merkwürdiges Rauschen über meiner Kirche. Das Geräusch kam aus Osten und dann plötzlich sah ich sie." „Wen?" Tom und Kathy hielten es vor Ungeduld kaum noch aus. „Könnte ich jetzt eventuell doch einen Kaffee haben?" Kathy platzte fast. „Jetzt nicht. Was haben Sie gesehen?" Tom versuchte die Stimmung etwas zu entkrampfen. „Besorgen wir unserem Pater doch einen Kaffee." Damit griff er zum Hörer. „Gut, Mr. O'Brian, Sie bekommen jetzt ihren Kaffee. Also, was haben Sie gesehen?" „Vögel. Ich habe Vögel gesehen." Kathy war sichtlich enttäuscht. „Und das ist ungewöhnlich?" „Nun, ich denke, dass Vögel mit einer Flügelspannweite von über zwei oder sogar drei Metern sehr ungewöhnlich sind. Zu mindests für Edinburgh. Es waren im Übrigen vier." Ein Sergant trat ins Zimmer und brachte einen Becher voll duftendem Kaffee. „Der ist für den Pater." Der Sergant schob den Becher dem Geistlichen zu und war gerade dabei den Raum zu verlassen. „Könnte ich bitte vier

122

Stücken Zucker bekommen?" Kathy war jetzt auf Hundert. „Verschwinden Sie, Sergant." Dann eilte sie in das Nachbarbüro und holte ein Päckchen voller Zucker. „Bitte!" Pater O'Brian entnahm vier Stückchen Zucker und ließ sie in den Kaffee gleiten. Dann rührte er langsam und besinnlich um. Dabei strahlte er die beiden vor ihm sitzenden Beamten unschuldig lächelnd an. Keiner sagte ein Wort. Tom und Kathy starrten wie hypnotisiert auf die Tasse, während O'Brian weiter freundlich lächelte. „Also Sir, wie ging es weiter?" Kathy bemühte sich, ihre Ungeduld zu unterdrücken. Nun, ich stieg also kurz vor Mitternacht auf den Turm, um die neuen Fenster zu schließen. Wir haben vor kurzem, das müssen sie wissen, neue Fenster bekommen." „Bitte, Pater. Bitte, was ist dann passiert?" Nun, ich hatte schon das nördliche und das westliche Fenster verriegelt, da hörte ich plötzlich dieses merkwürdige Rauschen, das in einen rhythmischen Flügelschlag überging. Ich hatte in meiner Jugend mal Tauben." „Weiter Pater, bitte." „Ich blickte also in den Nachthimmel und da sah ich sie!" Pater O'Brian nahm zum Entsetzen von Kathy die Tasse in die Hand und genehmigte sich einen Schluck Kaffee. „Solange er noch heiß ist. Also, wo war ich stehen geblieben? Ach so, bei den Adlern?" „Adler?" Tom war hellwach. „Sie meinen, Sie haben Adler gesehen?" „Ich nehme es zumindest an. Es waren vier riesige Greifvögel, die aus Osten kommend in Richtung der Burg flogen. Ich bin sicher, dass es Adler waren." „Und das war alles, Pater?" „Nicht ganz, junge Frau. Nach ca. 15 Minuten flogen die Vögel erneut über den Turm meiner Kirche. Doch dieses Mal in die entgegengesetzte Richtung. Das heißt, von der Burg kommend in Richtung Osten." Pater O'Brian griff in die Tasche seines Mantels und zog verschmitzt lächelnd eine kleine Taschenflasche heraus. Er entkorkte sie und goss sich einen kräftigen Schluck besten schottischen Whiskey in seinen Becher. „Wollen Sie auch? Tom und Kathy schüttelten ihre Köpfe. „Sagen Sie, Pater, haben Sie bei ihrer Arbeit auch schon mal, des öfteren..?" Damit deutete Tom auf die Taschenflasche. „Ach Sie meinen, dass ich betrunken war, wie ich die Vögel gesehen hatte? Oh nein, Sir. Aber es kommt noch besser. Ich war nun neugierig geworden, was da auf der Burg wohl vor sich ging. Ich habe in westlicher Richtung einen guten Blick nach Edinburgh Castle. Ich öffnete also das Westfenster und so ca. fünf Minuten nach Mitternacht sah ich einige Männer, oder Frauen, an Fallschirmen von der Burg wegfliegen." „In welche Richtung?" Kathy war jetzt sehr aufgeregt. „Nun, in die Richtung des Schlossparks." „Wie viele waren es?" „Ich schätze, so fünf bis sechs. Ich konnte sie nicht so genau erkennen. Es war ja dunkel." „Und, haben Sie noch etwas gesehen, Sir?" „Wenn ich so überlege, dann nein. Es dauerte dann nochmal so zehn Minuten, dann waren da plötzlich überall Lichter zu sehen und zwei Hubschrauber kreisten über der Burg. Die waren vielleicht laut. Sagen Sie, ist da oben irgendetwas passiert?" Kathy überlegte einen Moment. „Äh, nein Sir. Das war eine Aktion im Rahmen der Festtage in Edinburgh." Auch Tom bemühte sich eine Ausrede zu finden, die halbwegs wahr klingen könnte. „Das war eine Probe. Die ganze Vorführung findet am Wochenende statt." „Genau", lachte O'Brian, „und genau deshalb empfangen mich zwei hochrangige Beamte, und das zu dieser unchristlichen Zeit. Verzeihen Sie mir bitte diese Metapher." „Ich versichere Ihnen, Sir, dass alles in bester Ordnung ist. Trotzdem möchten wir uns bei Ihnen bedanken." „Ja, für ihre Aufmerksamkeit, Sir. Wir freuen uns immer, wenn Männer wie Sie, also ich meine, Männer der Kirche …" Kathy sah hilfesuchend zu Tom. „Nun, was meine Kollegin sagen will, dass wir uns freuen, dass die Kirche so aufmerksam auf unsere schöne Stadt schaut. Auch, wenn es in der Nacht ist. Ich lasse Sie jetzt nach Hause bringen, Pater." Damit griff Tom zum Telefon. „Bitte, einen Wagen für den Pfarrer." Die Tür ging auf und ein Sergant trat ein. „Sergant, Sie sorgen dafür, dass unser Herr Pfarrer gesund und wohlbehalten nach Hause kommt." „Jawohl, Sir." Pater O'Brian erhob sich, nicht ohne noch einen kräftigen Schluck aus dem Becher zu nehmen. „Wohl an. Ich wünsche Ihnen noch eine gute Nacht und eine gesegnete Zeit. „Gute

124

Nacht, Herr Pfarrer. Ach so, und was sie heute Nacht gesehen haben, darüber zu keinem ein Wort. Sie wissen ja." „Es war eine Probe. Gute Nacht." Tom schob den Pfarrer freundlich, aber bestimmt aus der Tür und schloss sie hinter ihm. „Nun, was hältst Du von unserem Herrn Pfarrer? Du hast lange keine Verhöre mehr geführt, meine Liebe." „Ich glaube Tom, dass wir ein großes Stück weiter sind und uns seine Beobachtungen einige Fragen beantwortet haben." „Genau. Wir wissen jetzt, wie die Typen von der Burg verschwinden konnten." „Mit Fallschirmen." „Genau. Und wir wissen, dass es fünf bis sechs Ganoven waren." „Nicht zu vergessen den, der im Burggraben gelandet ist." „Doch, was hat es mit diesen Adlern auf sich?"

Kathy überlegte kurz und machte sich dabei ein paar Notizen in ihrem kleinen pinken Büchlein, das sie immer bei sich trug.

„Was wäre passiert, wenn wir die fliegenden Jungs gefasst und wir kein Stück der Beute bei ihnen gefunden hätten?" „Wir hätten sie nach Zahlung einer Ordnungsstrafe wegen groben Unfugs wieder freigelassen." „Genau!", rief Kathy. Und wenn nun die Vögel mit der Beute davon geflogen sind?" „Das wäre genial. Große Vögel, die einiges transportieren können, werden abgerichtet. Und Adler können bestimmt einiges tragen." „Bis auf den Sandstein." Kathy war jetzt entspannter und holte für sich und Tom einen großen Becher Tee. „Hier, mit besten Grüßen von Betty und garantiert ohne Whiskey." Beide tranken, während sie überlegten, genussvoll den Tee. Nach einem kurzen Moment der Stille nahm sich Tom einen Stenoblock. „Also, was müssen wir jetzt klären? Erstens, wo ist der Stein geblieben? Zweitens, wohin sind die Vögel mit ihrer Beute geflogen und wohin sind die Typen verschwunden?" Kathy sah Tom ruhig ins Gesicht.

„Wie weit, schätzt Du, kann man mit so einem Schirm fliegen?" „Keine Ahnung." In diesem Moment trat Sergant Jones ins Zimmer. Er wusste nicht, wem er Meldung erstatten sollte. Und so blieb er am Eingang des

125

Verhörraumes einfach stehen. „Sir, äh, Mam, die Gerichtsmedizin hat angerufen. Sie sind mit den ersten Untersuchungen durch und erwarten Sie. Dann hat Dr. Fether für Sie angerufen. Auch er erwartet ihren Besuch. Dann ist hier noch eine Meldung über ein Feuer in Londayl." „Was ist da abgebrannt?" „Laut Aussage der Feuerwehr eine alte Scheune und ein verfallenes Bauernhaus. Nach dem Löschen wurde eine verkohlte Leiche und mehrere merkwürdige Käfige gefunden." Bei dem Wort „Käfige" sprang Tom auf. „Holen Sie sofort meinen Wagen, Jones. Ich bin in fünf Minuten am Eingang." Der Sergant nickte kurz und verschwand. „Du weißt, was das bedeutet?" „Klar, Frage zwei ist gelöst. Das Versteck unserer Vögel ist, besser war in Londayl. Und die Ganoven sind dabei, ihre Spuren zu verwischen. Ich werde fahren, Tom. Es wäre mir lieber, wenn Du hier in der Zentrale die Fäden in den Händen hältst. Hier nützt Du mir mehr. Ist das o.k. für Dich?" Tom nickte. „Alles klar. Fahr los und viel Glück." Kathy war schon im Flur, doch kam sie noch Mal zurück. „Wünsch uns beiden Glück, Tom." Tom nickte ihr freundlich zu. „Nun hau schon ab. Ich kümmere mich hier inzwischen um Fether und die Gerichtsmedizin. Ich halte dich auf dem Laufenden. Jones ist ein guter Mann." „Danke, Tom." Damit verschwand sie. Wie hätte er auch wissen sollen, dass sie sich erst nach Abschluss des Falles wieder sehen sollten.

Tom griff zum Hörer. „Bitte Betty, machen Sie mir noch einen Tee." „Adler über Edinburgh, auf was für Ideen diese Typen kommen." Tom steckte sich das digitale Aufnahmegerät ein und verließ den Verhörraum. Auf dem Flur traf er Fether, der aufgeregt auf ihn zu stürmte. „Das, das ist genial, Sir, einfach genial." Na dann kommen Sie mal rein. Bevor Sie jedoch beginnen, nehmen Sie sich einen Tee. Ich muss kurz telefonieren." Damit ließ er den verdutzten Fether in seinem Büro allein und setzte sich kurz zu Betty, die eifrig an einem Protokoll tippte. „Na Sir, wie schlimm ist es dieses Mal?" Tom lachte. „Sie wissen doch, dass Sie mich das nie fragen dürfen. Bitte verbinden Sie mich mit Sergant Bryan." „Kathys Treppenterrier?" „Ich

126

brauche eine kurze Pause." Damit öffnete er die Tür zum Balkon. Von hier hatte man einen herrlichen weiten Blick über die Altstadt. Alle Mitarbeiter im Haus beneideten sie um diesen Ausblick.

Noch lag Edinburgh in völliger Dunkelheit vor ihm. Vom Horizont her schien jedoch der Morgen heran zu dämmern. Die ersten LKW's belebten die engen Straßen. Die angestrahlte Silhouette der Nationalgalerie wirkte wie die Kulisse aus einem Historienfilm. „Was das wohl kostet?" Ein Reisebus schaukelt die ersten Touristen die Princess Street entlang. Es würde wieder ein schöner Tag werden, auch wenn im Moment leichter Regen einsetzt.

„Hier, Sir, Sergant Bryan. Scheint ein sehr aufgeregtes Kerlchen zu sein." Damit reichte sie den Hörer weiter. „Hallo, Sergant, hier spricht Superintendent Tom Morgan. Was geht gerade auf der Burg vor?" Bryan schien überrascht, dass sich Morgan und nicht seine Chefin meldete. „Ich weiß nicht, Sir, ob ich Ihnen...?" Tom fing an zu lachen. „Hören Sie, Bryan, ab sofort unterstehen Sie meinem Team. Haben Sie mich verstanden?" „Ja wohl, Sir." Letzteres klang, als wenn er gerade stramm stehen würde. „Nun, Sir, ich habe gerade veranlasst, dass der Transporter von Ebene sieben ins Hauptquartier geschleppt wird. Das kleine Kästchen, das wir im Container gefunden haben, entpuppte sich als Störsender. Mit ihm wurde der Funkverkehr mit der Luftüberwachung unterbrochen. Apropos Luftüberwachung, die Hubschrauber sind vor 30 Minuten von hier verschwunden, Sir. Ich weiß nicht, ob das gut ist. Und jetzt, Sir, gerade sehe ich, wie unsere Jungs in ihre Autos steigen und auch die Burg verlassen." Man konnte Bryans Enttäuschung förmlich spüren. „Sir, Was geht hier vor, Sir? Hier verschwinden plötzlich alle." „Hören Sie, Bryan. Bleiben Sie ganz ruhig. Das hat alles seine Richtigkeit. In wenigen Minuten werden die Ersatzjuwelen geliefert. Ich möchte, dass Sie dabei sind, wenn die Kammer neu bestückt wird. Auch danach möchte ich, dass Sie die Ebenen sechs und sieben beobachten. Wenn Ihnen etwas ungewöhnlich vorkommt, rufen Sie mich an. Hören Sie, Bryan, Sie sind jetzt unser wichtigster Mann auf der Burg. Wenn Sie duschen wollen, dann gehen Sie zu Chief Brannon. Er ist der Chef unserer Jungs auf der Burg. Bestellen Sie ihm einen schönen Gruß von mir. Ach so, Bryan. Ab sofort reden Sie mit niemandem über das, was heute Nacht passiert ist. Haben Sie mich verstanden? Mit niemandem. Das ist ein direkter Befehl von ganz oben." „Etwa von der Queen, Sir?" „Wenn Sie so wollen, Bryan. Also, viel Glück." Damit legt er auf. „Sie haben recht, Betty, scheint ein echt aufgewecktes Kerlchen zu sein." Damit schlenderte er in sein Büro, in dem schon Dr. Fether ungeduldig auf ihn wartete.

„Na, Doc, was gibt es Neues?" Dr. Fether schob ihm seinen vorläufigen Bericht über den Tisch. „Und wo sind die anderen, Sir?" Tom war schon beim studieren des Berichtes. „Wen meinen Sie?" Dr. Fether sieht sich etwas hilflos in dem ansonsten leeren Büro um. „Ach so, Sie meinen die Kollegen von vorhin? Sind alle unterwegs. Doch lassen Sie mich in Ruhe ihren Bericht lesen." „Äh, Sir, wenn ich dürfte? Also, als erstes zu der Dichtungsmasse. Das gelbe Zeug ist tatsächlich ein binärer Werkstoff. In Verbindung mit Sauerstoff beträgt die Verfestigung, also die Umwandlung des molekularen Zustandes, exakt 0,9 Sekunden. Zum zweiten wurden die Scheiben in der Juwelenkammer mit einem Flüssiggel bestrichen, das erst kurz vorher vermischt wurde. Also, das Zeug wurde durchgeschüttelt und dann mit einem Roller oder etwas ähnlichem aufgetragen." „Danke, ich kann es mir vorstellen." „Nach dem Öffnen der Flasche hatten die Täter genau vier Sekunden Zeit, bevor die Flasche damit begann sich selbst aufzulösen. Danach gab es für das Zeug kein Halten mehr. Das frisst sich durch jeden Werkstoff, den ich kenne. Kommen wir zu den Waffen. Die wurden tatsächlich mit einem Gel bestrichen, das in seiner Grundsubstanz dem Zeug aus der Juwelenkammer ähnelt. Nach der Zugabe von Sauerstoff entstand in kürzester Zeit eine 98prozentige Schwefelsäure." Stolz blickt Dr. Fether auf den Superintendenten. „Das ist alles, Doc?"

128

Fether war irritiert. „Wie meinen Sie das, Sir? „Das alles wissen wir schon seit über drei Stunden. Haben Sie nicht irgendwas Neues für mich?" Fether überlegte kurz. „Das Zeug kommt aus Deutschland." „Woher wissen Sie das?" Jetzt merkte der Doktor, dass er wieder Oberwasser bekam. „Die chemische Zusammensetzung dieses besonderen Gels erfordert ein Verfahren, das an der Universität von Heidelberg von Professor Dr. Werner erfunden und 2007 patentiert wurde. Die Herstellung von binären Stoffen ist nicht neu. Wir selbst arbeiten schon seit über zehn Jahren damit. Was aber Neu ist, ist die Präzision dieses Zeugs. Hier hat ein Genie etwas erfunden, dessen Reaktion auf den Bruchteil einer Sekunde festlegbar ist. Bedenken Sie nur die Möglichkeiten, die daraus resultieren." Tom nickte kurz. Ihm war ein Name im Kopf hängen geblieben. Prof. Dr. Werner von der Universität Heidelberg. Sollte dass ein bloßer Zufall sein? Das erste Opfer von der Burg hieß auch Werner. Kathy hatte ja jemanden darauf angesetzt den Hintergrund von dem Toten zu klären.

„Mit einigen dieser Möglichkeiten haben wir es wohl gerade zu tun, oder?" „Unsere Abteilung versucht schon seit einem Jahr die Genehmigung zur Herstellung dieses Teufelszeugs zu erhalten, doch Sie kennen ja unseren Haushalt." „Noch etwas, Doc?" Dr. Fether schüttelte zunächst den Kopf, doch dann schien ihm noch etwas einzufallen. „Ach so, von dort stammen auch die Waffen. Und auch da gibt es eine Besonderheit. Die Dinger schießen mit Luftdruck. Nun, das ist nicht neu aber hier steckt eine Art Kartusche im Griffstück. Selbiges findet man auch hinter dem Lauf. Nur befinden sich darin winzige Kugeln. Diese können entweder töten oder betäuben. Mit der Munition von der Burg konnte man nur betäuben. Beide Kartuschen können problemlos getauscht werden. Der Vorteil dieses Prinzips besteht darin, dass man keinen lauten Knall mehr hört sondern nur noch ein sanftes Zischen. Einfach genial. Sie brauchen also keinen Schalldämpfer mehr. Aber sagen Sie das nicht ihrem Stellver-

treter. Alle hier im Haus wissen, wie vernarrt er in die Dinger ist."
„Danke, Doktor. Sie haben uns, wie immer, sehr geholfen." Fether verließ
das Büro mit einem Lächeln auf dem Gesicht. Ein kurzes Klopfen und
Betty stand in der Tür. „Also Sir, in der Gerichtsmedizin wartet man auf
Sie. Dann soll ich Ihnen von Chief Inspektor Charles sagen, dass die
gewünschten Einreiselisten erst ab Mittag verfügbar sind. Mike hat ange-
rufen. Er fährt jetzt mit ein paar Jungs ins Regent-Hotel. Brauchen die
eigentlich einen Durchsuchungsbeschluss?" Tom lachte kurz auf. „Mike?
Aber Betty, Sie kennen ihn doch. Den hält nichts auf." „Alte Schule, was?
Das wäre erst mal alles für den Moment." „Ich danke Ihnen, Betty. Ich
sehe mir nur noch mal die Akten durch, dann verschwinde ich in die
Gerichtsmedizin. Wenn Kathy anruft, dann," „stelle ich Sie zu Ihnen durch,
Sir. Ich weiß. Nur eine Frage, Tom. Ist es dieses Mal ernst?" „Ich nehme es
an, Betty. Aber natürlich werden wir auch dieses Mal gewinnen. Denn wir
sind schließlich die Guten." „Das war ernst gemeint, Sir." „Von mir auch,
Betty. Bitte verbinden Sie mich mit der Burg." „Mit Chief Brannon, Sir?"
„Oh, nein Betty. Ich möchte unseren jungen Kollegen sprechen." „Alles
klar, Chef." Mit einem Lächeln verließ Betty das Büro. Kurz danach klingelte Toms Telefon. „Hallo, Sergant Bryan. Wann kommt der Transporter
bei uns an?" Auf der anderen Seite der Leitung überschlug sich die Stimme
des jungen Polizisten förmlich. „Alles klar, Bryan, ich erwarte ihren Anruf.
Danke, Morgan, Ende." Damit legte er auf. Noch in der Tür rief er seiner
Sekretärin zu, auch die Gespräche von Bryan auf sein Handy umzuleiten.
Tom eilte durch die Flure, nahm die Treppe und beim Hinausgehen stellte
er fest, dass es merklich still im Präsidium geworden war. Noch vor Stunden glich das hier einem aufgescheuchten Bienenstock und jetzt herrschte
nur die normale Betriebsamkeit eines schottischen Polizeireviers. Draußen atmete er tief durch. Bis zur Gerichtsmedizin war es knapp eine
halbe Meile. Natürlich hätte er einen Wagen nehmen können, doch
beschloss er zu Fuß zu gehen. Dabei konnte er am besten nachdenken.

130

Inzwischen herrschte reger Morgenverkehr auf den Straßen seiner Stadt. Er bezeichnete sie gern als seine Stadt, da er sich gleich nach seiner Versetzung in Edinburgh verliebt hatte. Das war vor sechs Jahren, und heute konnte er sich nicht mehr vorstellen, jemals woanders gearbeitet zu haben. Er liebte es, am frühen Morgen durch die schmalen engen Straßen zu gehen und die Menschen zu beobachten, die eilig ihrer Arbeit zustrebten. Oder den ersten Touristenkolonnen auszuweichen, die mit ihren kleinen Kameras emsig bemüht waren, jeden Stein dieser Stadt zu fotografieren. Auch jetzt füllten die ersten Reisegruppen die „Queens Street". Das Klingeln seines Handys riss in jäh aus seinen Träumereien. Betty rief an. „Sir, das, was ich Ihnen jetzt sage, wird Ihnen nicht gefallen. Die Jungs von der Straße haben einen leeren Abschleppwagen kurz hinter der Burg entdeckt. Die Türen standen offen und alle Blinker waren an. Der Fahrer lag betäubt im Fond. Der abgeschleppte Transporter ist verschwunden." Tom überlegte kurz. „Betty, haben wir die Autonummer des Transporters? Schreiben Sie ihn sofort zur Fahndung aus. Ach so, und die Kollegen sollen vorsichtig sein. Die Täter sind garantiert bewaffnet. Danke, Betty. Morgan, Ende." Auch das noch, dachte sich Tom. Warum nur klaute jemand einen mit Schutt beladenen Transporter? Doch er hatte da so eine Ahnung und die betraf 152 Kilogramm Sandstein.

„Londayl"

Als der Wagen mit Kathy und Jones „Londayl" erreichte, war das Feuer bereits gelöscht und nur eine riesige schwarze Qualmwolke zeugte noch davon, dass es hier vor kurzem gebrannt hatte. „Da vorne müssen wir nach links, Jones." Der nickte kurz und bremste den Wagen ab. „Die Zufahrt ist in schlechtem Zustand, Mam. Ich kenne mich hier ein bisschen aus. Als ich bei der Polizei anfing, fand hier mein erstes Verbrechen statt." „Mord, Jones?" „Nicht ganz, es war ein Schafdiebstahl. Der Ort ist gut gewählt. Wenn mich meine Erinnerung nicht täuscht, dann ist das hier der einzige Zugang zum Hof. In den anderen Richtungen gibt es nur Sumpf und weiter hinten beginnen die Moore von „Londayl". Da kommt niemand durch, der nicht aus der Gegend stammt." „Sind Sie da sicher, Jones?" „Da sind wir." Der Wagen hielt neben dem Fahrzeug der Feuerwehr, etwa vierzig Meter von der verbrannten Scheune entfernt. Ein paar Feuerwehrleute waren noch damit beschäftigt, die letzten Glutnester zu löschen. Das alte Bauernhaus war komplett eingestürzt. Etwas abseits stand ein Krankenwagen. Kathy und Jones stiegen aus und gingen auf die Scheune zu. „Da ist nichts mehr zu machen", rief ein Feuerwehrmann. „Haben Sie hier die Leitung?", fragte Kathy und hielt dem Feuerwehrmann ihren Dienstausweis unter die Nase. Der war sichtlich erstaunt, eine so hohe Beamtin der Edinburgher Polizei hier draußen zu sehen. „Ich sorge dafür, dass es hier nicht gleich wieder losgeht." „Können wir uns ein bisschen umsehen, Sir?" „Aber bitte. Ich muss meinen Kollegen helfen. Wenn Sie noch Fragen haben, Sie wissen ja, wo Sie mich finden." Kathy und Jones gingen zunächst zum Krankenwagen. Der Fahrer saß rauchend in der offenen Tür und schien auf irgendetwas zu warten. „Ist jemand verletzt?" „Jeht Sie nüscht an", murmelte der Fahrer. „Das sehe ich etwas anders." Damit klatschte sie ihren Dienstausweis auf die Frontscheibe. Der müde Blick des Fahrers erstarrte, als er den Ausweis einer Sonderermittlerin der Polizei sah. Vor Schreck fiel im die Zigarette aus dem Mund. „Ach, du Kacke." „Vorsicht heiß. Wir wollen doch nicht, dass es hier nochmal brennt, oder?" Kathy lächelte den jungen Mann unschuldig an. „Jones, sehen Sie nach, wer da im Wagen liegt." Jones nickte, ging zum hinteren Ende des Wagens und riss die Tür auf. Kurz danach kam er wieder zurück. „Sie sind etwas blass, Sergant." „Nun, Mam, ist kein schöner Anblick." Der Fahrer, der bis dato geschwiegen hatte, räusperte sich vernehmlich. „Nun Sir, äh, Mam. Wir haben den verkohlten Mann da in der Scheune gefunden." „Woher wissen Sie, dass es ein Mann war, wenn er verkohlt ist?" „Das hat der Doc aus dem Dorf festgestellt. Wir warten jetzt auf den Wagen des Bestatters, der da gerade kommt." Am Ende der Zufahrtsstraße bog ein schwarzer Mercedes Kombi ein und schaukelte sich langsam in die Richtung des Krankenwagens. „So so, der Doc aus dem Dorf. Was dagegen, wenn ich mal selbst einen Blick drauf werfe?" Der Fahrer des Krankenwagens zuckte nur mit den Schultern. Damit stieg Kathy in den Wagen. Sie öffnete den schwarzen Leichensack, der auf der Trage lag. Ein beißender Geruch, der stark an verbranntes Fleisch erinnerte, erfüllte in Sekunden den engen Raum.

Jones hatte Recht. Das war kein schöner Anblick. Doch Kathy riss sich zusammen und untersuchte die verkohlten Reste, die noch vor kurzem ein lebendiger Mensch waren. Plötzlich pfiff sie leise durch die Zähne. Sie zog den Reißverschluss des Leichensacks wieder zu und sprang aus dem Transporter. Hinter dem Krankenwagen stand inzwischen der Wagen des Bestatters. Ein Chinese, in einem offensichtlich zu großen schwarzen Anzug stand schweigend und abwartend neben der geöffneten Heckklappe. „Ich muss Sie enttäuschen, Sir. Aber der da drinnen hat ein neues Fahrziel." Damit wendete sie sich dem Fahrer zu. „Sie bringen den Leichnam in die Gerichtsmedizin der Edinburgher Polizei. Jones, rufen Sie Dr. Summer an und bestellen Sie einen schönen Gruß von mir. Ich will das Ergebnis bis spätestens Mittag auf meinem Handy haben." Jones nickte und setzte sich sofort an den Bordcomputer des Polizeiwagens. Kathys Neugier war geweckt. „Oh, wir sind im 21. Jahrhundert. E-Mail im Auto. Ich bin erstaunt, Jones." Inzwischen war der Chinese mit seinem Leichenwagen wieder verschwunden. „Ich fahr dann mal los, Sir! Äh, Mam meine ich." Damit gab der Fahrer des Krankenwagens Gas und verschwand in Richtung der Stadt. „Darf ich fragen, was Sie entdeckt haben?" „Aber sicher, der Mann wurde zuvor stranguliert. Ich habe Reste eines Hanfseils entdeckt, das um seinen Hals geschlungen war. Haben Sie Dr. Summer erreicht?" „Alles erledigt, Chief. Da kommt schon wieder ein Wagen."

Jones deutete in die Richtung der Zufahrtsstraße, über die ein kleiner dunkelroter LKW in ihre Richtung rumpelte. Kaum hatte der Wagen gehalten, sprang ein fröhlich drein blickender Chinese heraus, der dem Fahrer des Leichenwagens erstaunlich ähnelte. „Hallo, Frau. Ich haben Auftrag, Schrott abzuholen." Damit hielt er ihr ein Stück Papier unter die Nase, das ihn als Schrotthändler auswies. „He Du, komm her mit deiner Karre." Einer der Feuerwehrleute stand an der Ruine der Scheune und winkte den Chinesen zu sich heran. Kathy war empört. „Äh, Moment mal. Das Ganze hier ist ein Tatort. Und bevor die Untersuchungen nicht abgeschlossen sind, wird hier überhaupt nichts abgeholt. Haben wir uns verstanden?" Kopfschüttelnd verschwand der Feuerwehrmann in der Ruine. „Und Sie verschwinden jetzt auch von hier." Doch der Chinese dachte gar nicht daran. „Ich sollen Schrott holen. Ich haben hier Genehmigung. Du hier lesen." Kathy hatte die Schnauze voll. Sie griff zum Handy und rief bei Betty in der Zentrale an. „Hallo, Betty. Geben Sie mir bitte Tom." Es dauerte einen Moment, dann hörte sie Toms vertraute Stimme. „Tom, pass auf. Schicke sofort die Kriminaltechnik nach „Londayl". Jones sendet dir gleich die Koordinaten. O.k., ich danke Dir." „ So, und Sie verschwinden jetzt von hier, wenn Sie nicht wollen, dass ich Sie verhafte." Diese Sprache verstand der Fahrer des Lastwagens. Er sprang in sein Fahrerhaus, startete den Motor, wendete und machte sich aus dem Staub. Jetzt ging Kathy gemeinsam mit Jones zur Ruine. Fünf Feuerwehrleute waren immer noch mit dem löschen kleinerer Brandnester beschäftigt. In der Mitte der Ruine standen vier große Käfige auf Metall-Postamenten. Das Ganze sah gespenstisch aus. Mehrere Metallkisten standen in der Nähe der Käfige. Jetzt wusste Kathy, dass sie richtig war. Ein gellender Pfiff von ihr und sie hatte die ungeteilte Aufmerksamkeit aller Anwesenden. „Sie, kommen Sie her. Ich bin Spezialermittlerin Kathy McGore. Hier ist mein Ausweis. Sie packen jetzt zusammen und verschwinden von hier. In zwei Stunden schicken Sie ihren Bericht an Superintendent Tom Morgan. Haben wir uns verstanden?" Die beiden Feuerwehrleute schulterten ihre Langhaken und trotteten aus der Ruine. „Und jetzt zu Ihnen." Damit wendete sie sich an den Truppführer. „Über die Sache mit dem Schrotthändler werden wir uns später unterhalten. Ich will wissen, wen Sie wann angerufen haben. Sergant Jones, Sie nehmen seine Aussage auf. Ich werde mich inzwischen hier ein bisschen umsehen." „Kommen Sie mit, Sir." Jones und der Feuerwehrmann gingen zum Wagen, um die Aussage aufzunehmen. „Und Jones, bitte schicken Sie das Ganze gleich an Betty weiter, danke."

Das Feuer hatte ganze Arbeit geleistet. Von der Dachkonstruktion hatten lediglich zwei der über 30 Dachbalken überlebt. Das Tor und die sechs Fensterrahmen existierten praktisch nicht mehr. Der Boden der Scheune war ein Gemisch aus Löschwasser, Strohresten und loser Erde. Die Käfige, die ausgeglüht auf ihren Postamenten standen, machten einen imposanten Eindruck. Mit sechs mal sechs Fuß am Boden und einer Höhe von sieben Fuß erhielt man einen ungefähren Eindruck von der imposanten Größe seiner Insassen. Verschiedene Stahlseile waren über die gesamte Länge der Scheune in einer Höhe von knapp vier Metern gespannt. Von dort hingen kleinere Seile, an Ringen befestigt, herunter. Kathy war sich sicher, dass hier die Adler trainiert wurden. In den Metallkisten, die rund um die Postamente verteilt standen, befanden sich Reste von verbranntem Fleisch. Eine größere verschlossene Kiste dagegen erweckte die besondere Aufmerksamkeit von Kathy. Ein robust wirkendes Vorhängeschloss hinderte sie nur einen kurzen Moment bei ihren Ermittlungen. Ein gezielter Schuss aus ihrer Dienstwaffe und das Schloss der Kiste war offen. Es dauerte nur Sekunden und Sergant Jones stand mit gezogener Waffe neben ihr. „Alles in Ordnung, Jones. Stecken Sie das Ding wieder ein. Sind Sie mit der Aussage fertig?" „Fertig und gesendet, Mam. Wie sie es gewünscht haben. Chief Morgan hat angerufen. Ich soll Ihnen bestellen, dass die Jungs von der Technik in einer knappen Stunde hier sind." „Bitte, Jones, sagen Sie nicht immer Mam zu mir. Sagen Sie einfach Chief. Ich bin doch keine Großmutter." „O.k., Mam, äh, Chief." Jones grinste. „Das war Absicht, Chief." Kathy öffnete vorsichtig den Deckel der Kiste. Im Inneren befanden sich diverse Stoffbeutel und Metallkugeln. Kathy lächelte, als sie die ersten Beutel in ihren Händen hielt. „Wissen Sie, was dass hier ist?" „Keine Ahnung, Chefin." „Das sind Trainingsbeutel für Vögel. Und die Kugeln da sind die Gewichte." Jones nahm einige der Beutel in die Hand. „Der hier hat ein ganz schönes Gewicht. Ich schätze mal, so an die sechs Pfund." „Eher mehr, Jones. Ich schätze sie auf acht Pfund." „Verzeihen Sie, Chief, aber was für Vögel können solche Gewichte tragen?" „Adler, Jones. Wir haben eine Aussage, wonach Adler zur Burg geflogen sind. Doch wenn ich mir diese Beutel hier so ansehe, dann bin ich mir da nicht mehr so sicher, ob das nicht doch etwas Größeres war. Doch, was ist das?" Am Boden, unter den Beuteln und Gewichten, lag eine kleine Ledermappe, die der Hitze und dem Löschwasser augenscheinlich standgehalten hatte. Kathy zog sich Gummihandschuhe über und öffnete vorsichtig die Mappe. Im Inneren befanden sich diverse Tabellen über Futtermittel, Frequenzen und eine Landkarte von Schottland, auf der verschiedene Markierungen eingezeichnet waren. Alle diese Orte befanden sich in nördlicher Richtung, in den Highlands. Und alle führten nach „Inverness.

Eine extra gefaltete Karte zeigte den Flußverlauf des „Ness" von seiner Quelle bis „Urquant-Castle "Diese verfallene Burganlage lag direkt am Ufer des „Loch Ness" und war Zielpunkt aller Touristenschiffe. Jeder Besucher der sich auf die Spuren von „Nessi", dem sagenumwobenen Seemonster begab, landete irgendwann hier. Das Castle hatte einen, zwar etwas versteckten, doch wunderbar gelegenen Zugang zur A12. Hier wurden die Touristen in ihre Reisebusse umgeladen, wenn sie die obligatorische Flussfahrt hinter sich hatten. Etwas unterhalb des Bus-Parkplatzes befand sich ein großes SB-Restaurant mit vielen Souvenirläden, von dessen Terrasse man einen wunderbaren Blick über das Castle und den „Loch Ness" hatte. Eine grüne Linie führte, auf der Karte, nach Inverness.

Die Stadt war rot umrandet und anscheinend das Ziel der Gangster. „Inverness", hoch oben im Norden Schottlands gelegen, eignete sie sich durch ihren seinen direkten Zugang zur Nordsee als hervorragender Fluchtpunkt. Kathy zog ihr Handy und ließ sich mit Tom verbinden. „Hallo Tom. Nach dem, was ich hier gefunden habe, planen die Typen entweder eine Flucht über das Wasser, und zwar ab „Inverness oder sie wollen den Schatz im „Loch Ness" versenken." Tom lachte. „Habt ihr etwa getrunken?" „Nein, ich warte noch auf die Jungs von der Technik und dann komme ich erst mal rein. Bis bald." Damit legte sie auf.

Jones untersuchte indessen weitere Bereiche der Ruine. „Hier ist nichts, Chief." Kathys Interesse wurde inzwischen von einem ausgeglühten Blechkanister geweckt. „Hier, Jones, stecken Sie das ein." Damit gab sie dem Sergant die kleine Ledermappe. „Mit dem Blechkanister wurde unter Garantie der Brand gelegt." Draußen war das Abfahren des Feuerwehrwagens zu hören. Leichter Regen setzte ein. „Auch das noch. Regen in einer Ruine. Der Klassiker bei der Tatortermittlung." Plötzlich bedeute ihr Jones, leise zu sein. Langsam zog er seine Dienstwaffe und richtete sie in die Richtung des hinteren Bereiches. „Was ist los", flüsterte Kathy. „Da ist jemand, Chefin. Haben Sie nichts gehört?" Beide lauschten angestrengt in die Richtung der Scheunenrückwand. „Ich höre nichts, Jones." „Aber Chief, ich bin mir sicher, da hinten etwas gehört zu haben." „Also gut Jones, sehen Sie nach. Aber seien Sie vorsichtig."

Leise und mit der Waffe im Anschlag schlich sich Jones in die Richtung des hinteren Ausgangs. Kathy untersuchte inzwischen weiter die gefundene Mappe. Jones hatte den Ausgang erreicht und verschwand hinter der Rückwand. Lähmende Stille erfüllte plötzlich den großen Raum. Bis auf den Regen herrschte absolute Ruhe. Bei Kathy regte sich ihr Bauchgefühl, das sie selten im Stich ließ. „Jones? Hey, Sergant, was ist mit Ihnen? Jones!" Doch nichts war zu hören. Kathy zog ihre Waffe und ging langsam zum Hinterausgang der Ruine. Kaum hatte sie den Ausgang erreicht, fand sie den Sergant. Jones lag hingestreckt auf dem Boden, mit dem Gesicht in einer Pfütze. Sofort rannte Kathy zu ihrem Kollegen und drehte ihn auf den Rücken. „Hey Sie, Jones. Was machen Sie denn da?" Jones kam langsam wieder zu sich. Er fing an zu husten und spuckte den Schlamm aus, der sich in seinem Mund gesammelt hatte. „Was ist passiert?" „Ich habe keine Ahnung, Chief. Kaum war ich aus der Scheune, bekam ich auch schon eins übergezogen und es wurde dunkel." „Konnten Sie jemanden erkennen?" „Keine Chance, Chief." „Na, nun kommen Sie erst mal hoch und dann schaffen wir Sie zum Wagen. Wenn die Jungs von der Technik da sind, dann fahre ich Sie zu einem Arzt." „Ich brauche keinen Arzt. Ein Becher Kaffee wäre jetzt gut." Kathy half Jones auf die Beine. „Auf ihre Waffe hatte der Kerl es jedenfalls nicht abgesehen." „Na, Gott sei Dank." Jones war gerade im Begriff seine Waffe in sein Halfter zu stecken, da splitterte dicht neben seinem Kopf ein halbverkohlter Balken. „Runter, Jones. Da schießt jemand auf uns." Der zweite Schuss traf ein Stück der Scheunenwand hinter Kathy. Beide lagen jetzt flach auf dem Boden. „Haben Sie gesehen, woher der Schuss kam?" „Nein. Aber ich tippe mal, auf das Gebüsch da hinten." „O.k., Jones, Sie bleiben hier und ich schleiche mich über die Seite an. Geben Sie mir Feuerschutz." „Nicht, Chefin. Da bei den Büschen beginnt der Sumpf und der ist tückisch. Glauben Sie mir, ich weiß, wovon ich spreche." Zwei weitere Schüsse schlugen dicht neben den Köpfen von Kathy und Jones ein.

„Der Typ schießt sich ein. Wenn der so weiter ballert, dann hat er uns gleich. Bei 'drei' schießen wir in die Richtung der Büsche. Eins, zwei..." Kathy riss ihre Waffe hoch und feuerte das Magazin leer. Auch Jones schoss wie wild in die Richtung der Büsche. Drei gezielte Einschläge neben Kathy waren die Antwort. Die hatte inzwischen ihr Magazin gewechselt. Während Jones noch nach einem vollen fingerte. Endlich hatte auch er seine Waffe wieder schussbereit. „Bei drei ..." Beide gingen auf die Knie und feuerten nun gezielt fast dreißig Schuss in die Richtung der

138

Büsche. Plötzlich war lautes Rascheln in aus der Richtung zu hören. Dann herrschte Stille. „Was war das? Haben wir ihn getroffen?" „Keine Ahnung." „Superintendent McGore! Mam! Wo sind Sie?" Lautes Rufen war aus der Scheune zu hören. „Gott sei Dank, das sind unsere Jungs von der Technik." Kathy und Jones sprangen auf, wechselten die Magazine ihrer Waffen und klopften sich den Dreck von den Sachen. „Kommen Sie. lassen Sie uns hier verschwinden. Ich mag es gar nicht, wem auch immer als Zielscheibe zu dienen." In der Scheune waren bereits die ersten Techniker dabei Scheinwerfer aufzustellen, um den Tatort auszuleuchten.

Als Kathy mit Jones in der Scheune auftauchte, eilte Frank, der Chef der Techniker, zu ihr. „Zweimal am Tag das Vergnügen Ihrer Gesellschaft zu haben, ist ja wie ein Geschenk." „Du ahnst gar nicht, wie sehr ich mich über Deine Anwesenheit freue, mein Alter. Pass auf. Die Käfige und das ganze Zeug hier nehmt ihr mit. Hier oben an dem Balken wurde jemand erhängt. Und seht nach, ob ihr was bei dem eingefallenen Haus nebenan findet. Ach so, ich fordere für euch noch eine Wache zum Schutz an. Jones, veranlassen Sie das!" „Eine Wache? Was soll das?" „Nun, Frank, man kann nie wissen. Seid auf jeden Fall vorsichtig. Und dein Bericht..." „Ich weiß, so schnell wie möglich." „Schicke ihn bitte an Tom Morgan. Ich bekomme ihn dann sofort." Jones trat an Kathy heran und flüsterte ihr etwas ins Ohr. „O.k., Jones. Zwei uniformierte Kollegen werden hier gleich auftauchen. Kümmert euch nicht um sie, ich werde sie einweisen. Alles klar?" „Alles klar, Chefin." Damit wendete sich Chief Frank seinem Team zu. Erste Blitze von Fotoapparaten erhellten bereits den Raum. „Kommen Sie, Jones. Hier stören wir nur." Kathy steckte sich eine Zigarette an und lehnte sich an die Motorhaube ihres Wagens. „Alles in Ordnung, Chefin?" Sergant Jones sah, dass seine Chefin merkwürdig ruhig war. So kannte sie keiner. „Es ist lange nicht auf mich geschossen worden. Er muss von hier sein." „Wieso?" „Na, er kannte sich jedenfalls in den Sümpfen gut aus." „Soll ich Hunde anfordern?" „Lassen Sie das. Der ist längs über alle Berge.

139

Ich wundere mich nur, dass der Kerl auf Polizisten schießt. Das zeugt von absoluter Skrupellosigkeit." Ein Wagen mit Blaulicht näherte sich dem Tatort. Zwei Beamte sprangen aus dem Wagen. „Wir sollen uns bei Ihnen melden, Chief." „O.k., Jungs. Sie bewachen meine Techniker da drinnen und das in voller Montur. Das heißt: Weste, Helm und MPI. Passt vor allem auf den Bereich hinter der Scheune auf. Und Vorsicht, Jungs, wir sind gerade beschossen worden. Da hinten ist Sumpfland. Also keine eigenmächtigen Verfolgungsjagten. Ihr habt Schussfreigabe zum Selbst- und Kollegenschutz. Also kein Risiko." Noch während sich die Beamten fertig machten, fuhren Kathy und Jones in Richtung Zentrale zurück. „Und Sie brauchen wirklich keinen Arzt?" „Eine heiße Dusche und ein paar saubere Klamotten und ich bin wieder fit." Kurz hinter „Londayl" trat Kathy plötzlich abrupt auf die Bremse,

so dass Jones heftig mit dem Kopf an die Scheibe schlug. „Was ist los, Chefin?" „Da, sehen Sie doch. Der Transporter. Kommt der Ihnen nicht bekannt vor?" Etwas abseits vom Straßenrand stand ein dunkelroter Kleinlaster auf einem Feldweg. „Das ist doch," „Der Laster, der gerade versucht hatte, die Käfige von der Scheune abzuholen. Warten Sie hier, ich sehe mich mal um." Noch ehe Jones etwas sagen konnte, war Kathy bereits mit gezogener Waffe aus dem Wagen gesprungen und lief geduckt zu dem LKW. Kurze Zeit später kam sie zurück. „Wie ich es mir dachte. Leer. Ich wette mit Ihnen, der Chinese gehört auch zu der Bande." „Welcher Chinese?" „Na, der vom Laster. Und der davor, der mit dem Leichenwagen, sicher auch. So langsam kommt die Geschichte in Fahrt. Ich glaube, wir sind den Tätern dicht auf den Fersen." Kathy gab Gas und fuhr in die Richtung der Stadt.

140

Die Gerichtsmedizin

Tom Morgan kam aus der Gerichtsmedizin mit einer brennenden Zigarette im Mundwinkel. Das war insofern ungewöhnlich, da er schon vor über zehn Jahren mit dem Rauchen aufgehört hatte. Doch immer, wenn ihn sein Weg hierher führte, hatte er das unbändige Gefühl eine rauchen zu müssen. Der Wachmann am Eingang wusste das und versorgte den Superintendenten in solchen Situationen immer mit dem Nötigsten. „Na, Sir, kein schöner Anblick, oder?" „Oh nein, Sergant. Besonders, wenn es die eigenen Jungs betrifft."
Der Professor hatte zwar die Obduktionen der fünf Leichen noch nicht abgeschlossen, doch konnte er zweifellos feststellen, dass alle mit derselben Waffe erschossen wurden. Es gab nur einen Unterschied. Die Kollegen wurden von vorne erschossen. Das Mitglied der Bande dagegen von hinten. Wobei noch unklar war, ob er an dem Schuss oder dem Sturz von den Zinnen verstarb. Ein schneller Abgleich der Munition, mit der die betäubten Wachen beschossen wurden, ergab, dass es sich um völlig unterschiedliche Waffen, ja Waffensysteme gehandelt haben muss. Demzufolge waren mindestens zwei Schützen an der Schießerei auf der Burg beteiligt.

Das „Regent" Hotel

Es war kurz nach 9.00 Uhr, als Mike mit Blaulicht und Martinshorn direkt vor dem „Regent" hielt. Er liebte den großen Auftritt und wusste, dass Hotelchefs es gar nicht mögen, wenn die Polizei im Haus ist. „Lassen Sie das Blaulicht an! Das ist besser als ein Durchsuchungsbefehl", rief Mike dem Fahrer zu. Dann stürmte er in Begleitung von drei uniformierten Beamten in die Lobby, die um diese Zeit fast völlig leer war. Bill, der gerade mit seinem Dienst begonnen hatte, fiel fast in Ohnmacht, als er die Polizisten sah. „Guten Morgen. Ich bin Superintendent Mike Brush.

Kennen Sie diesen Mann?" Und schon lag ein Bild des toten Fritz Werner auf dem Tisch des Empfanges. Bill starrte auf das Bild. Er hatte den jungen Mann sofort erkannt. „Also, was ist nun? Kennen Sie ihn oder nicht? In welchem Zimmer ist er abgestiegen?" Bill starrte auf das Foto und versuchte Zeit zu gewinnen. Tausend Dinge schwirrten ihm im Kopf herum. Jetzt nur nichts Falsches sagen, dachte er sich. Seine Angst galt dabei nicht so sehr der Polizei. Eher machte er sich um den Unbekannten Sorgen. „Ist der tot, Sir?"

Er war noch am Grübeln, was er den Beamten erzählen konnte, da klingelte das Telefon. Ein kurzer Blick und Bill erkannte die Nummer auf dem Display. Es war der Unbekannte. Jetzt war guter Rat teuer. Mike begann damit, den jungen Concierge ein bisschen unter Druck zu setzen. „Hören Sie, meine Kollegen und ich haben nicht den ganzen Tag Zeit." Mike war nach außen hin die Ruhe selbst. Er wusste, der junge Mann vom Empfang würde ihm gleich alles erzählen, was er wissen wollte. „Wir können die Befragung natürlich auch im Präsidium fortsetzen, wenn Sie das möchten. Meine Kollegen bleiben dann so lange hier und sorgen dafür, dass niemand das Hotel betritt oder verlässt. Also?" Das Telefon kleingelte weiter und das Klingeln schien sich wie Nadelstiche in Bills Kopf zu bohren. „Gehen Sie ruhig ran." Vorsichtig griff der zum Hörer. "Regent Hotel Edinburgh. Was kann ich für Sie tun?" Der Anrufer wirkte völlig gelassen. „Haben Sie die Polizei im Haus?" „Jawohl Sir, wir haben noch freie Zimmer." „O.k., sagen Sie denen ruhig alles, was Sie über Müllers Truppe wissen." Ein Knacken in der Leitung bedeutete Bill, das der andere aufgelegt hatte. „Also?" Bill sah Mike an. „Vielleicht können wir da drüben mit einander reden?" Bill deutete auf eine Sitzgruppe, die etwas versteckt in der Lobby stand. „Und vielleicht könnten ihre Kollegen auch…?" Mike grinste. „O.k., bringen Sie uns Kaffee und wir plaudern." Auf ein Zeichen von ihm verschwanden die Beamten nach draußen. Bill griff kurz zum Hörer und es erschien eine junge Kollegin am Empfang. Er flüsterte ihr etwas zu, dann ging er zu der

Sitzgruppe. Mike hatte es sich bereits in einem der großen Sessel gemütlich gemacht. „Der Kaffee kommt gleich. Also, was wollen Sie wissen, Sir?" „Noch mal, wer ist das?" „Ich weiß es nicht, Sir." Mike wurde nervös. „Wir wissen, dass er hier abgestiegen ist. Also?" „Das ist richtig, Sir. Es waren insgesamt sieben Herren. Und alle kamen aus Deutschland. Sie haben am 10. September hier eingecheckt. Doch nur einer, anscheinend ihr Führer, hat sich eingetragen. Die anderen wollten das nachholen." „Führer ist gut. O.k., dann sagen Sie mir den Namen dieses Anführers. Und bitte, sagen Sie nicht Adolf." „Hier ist das Anmeldeformular." Damit reichte Bill das Formular an Mike weiter." „Das muss ich beschlagnahmen. Und die anderen, können Sie die beschreiben?" Während Bill die Truppe beschrieb, frühstückten die restlichen Beamten gemütlich im Hotelrestaurant. Dem inzwischen eingetroffenen Hotelchef erschien diese Lösung besser, als dass die Polizisten die Gäste am Eingang verschreckten. Und so servierte er persönlich dem Chef der Truppe den Kaffee. Mike bedankte sich höflich. „Sagen Sie, Sir, kennen Sie diesen Herrn?" Damit zeigte er dem Chef des Hotels das Bild von dem Toten." Nein, Sir, der Herr ist mir nicht bekannt. Ich kann mir auch nicht vorstellen, dass der in unserem Haus logiert hat. Wir haben nur erstklassige Gäste." Mike grinste. „Lassen Sie das Getue. Ihr Mitarbeiter hat mir bereits bestätigt, dass er hier seit zwei Tagen logiert. Gemeinsam mit ein paar anderen Ganoven aus Deutschland." Der Hotelchef wurde bleich. „Bill, Sie werden dem Herrn von der Polizei hier alles erzählen, was er wissen will. Danach kommen Sie in mein Büro." Damit machte er auf dem Absatz kehrt und verschwand in den hinteren Teil des Hotels. „Ich hätte jetzt noch gern die Zimmernummern. Bis auf Weiteres bleiben die Zimmer gesperrt. Und das solange, bis die Jungs von der Kriminaltechnik drin waren." Damit griff er zum Handy und telefonierte mit der Kriminaltechnik." Bill wurde immer nervöser. „Aber Sir, ich wollte die Zimmer heute neu vermieten. Ich weiß nicht, ob der Chef.." „Sie haben ihn doch gehört. Ist Ihnen an den Herren noch irgendetwas aufgefallen. Haben sie sich ungewöhnlich verhalten? Hatten sie Besuch? Oder wurde ihnen etwas zugeschickt?" Bill dachte erschrocken an die sieben Pakete aus „Inverness". Mike bemerkte, dass er da wohl einen Nerv getroffen hatte. „Nun, was ist? Wurde etwas für die Herren abgegeben?" Da Bill nicht wusste, ob noch Teile der Pakete auf den Zimmern lagen, beschloss er, dass es wohl besser wäre, dem Inspektor von den Paketen zu erzählen. „Nun, Sir,

am 9. September wurden sieben Pakete per Boten aus „Inverness" hierher geliefert. Auf den Paketen standen die Zimmernummern, auf die sie gebracht werden sollten." „Ist das üblich bei Ihnen?" „Das kommt schon mal vor, Sir. Wir hinterlegen die Sendungen normaler Weise dann in unserem Postraum." „Gut, doch woher wusste da jemand von außen, in welchen Zimmern die Herren absteigen würden? Haben Sie jemandem davon erzählt?" Entrüstet bestritt Bill die Weitergabe von Hotelinformationen an einen Unbefugten. Doch dem erfahrenen Mike klangen diese Behauptungen nicht sehr ehrlich. „Vielleicht hat sich ja jemand in unser Reservierungsprogramm gehackt?" Mike grinste ihn an. „Sicher, junger Mann. Also, ich bin hier fertig. Für's erste! Ich lasse Ihnen einen Beamten hier. In ca. einer Stunde sind unsere Techniker hier. Sie sichern mir persönlich zu, dass die Jungs ungehinderten Zugang zu den Zimmern erhalten. Und pfeifen Sie ihre Putzfrauen zurück." Damit erhob sich Mike. „Ach so, über das Hacken ihres Computersystems unterhalten wir uns noch mal. Hier ist meine Karte. Wenn Ihnen etwas einfällt, rufen Sie mich an." Damit eilte er in das Restaurant und verschwand kurz darauf mit zwei seiner Beamten. Der Dritte stand, mit einem belegten Brötchen in der Hand, neben dem Empfangstresen.

Kaum waren die Beamten aus der Halle verschwunden, griff Bill zum Hörer. Er wählte die Nummer des Unbekannten. Das Gespräch wurde auf ein Handy umgeleitet. „Was ist los?" „Die Polizei war hier. Ich habe ihnen alles gesagt, was sie wissen wollten. Natürlich kein Wort über Sie."

144

„Das ist auch besser so. Haben Sie die Telefonnummer des leitenden Beamten zur Hand?" Bill zog die Karte vom Inspektor aus seiner Tasche. „Ich habe hier eine Handynummer." Das reichte dem Anrufer völlig, denn Bill diktierte ihm die Nummer. „Im Übrigen kommen jetzt die Techniker der Polizei." „Wenn Sie sich weiterhin an unsere Abmachungen halten, dann hören wir uns nie wieder. Sollten Sie jedoch reden, dann kümmern wir uns um Sie. Haben Sie mich verstanden?" „Ja, Sir." Es knackte in der Leitung und das Gespräch war beendet. Bill griff erneut zum Hörer und ließ sich mit der Chefin vom Housekeeping verbinden. „Folgende Zimmer werden nicht gereinigt. Hören Sie, Margreth, das ist keine Bitte. Haben Sie mich verstanden? Rufen Sie ihre Damen zurück. Wie, die ersten Zimmer sind schon gereinigt? Gut, da kann man dann nichts machen. Danke." Damit legte er auf. Er wusste, dass er jetzt noch einen unangenehmen Gang zu erledigen hatte. Er musste zum Chef.

Mike war seit gut zehn Minuten auf dem Rückweg in die Zentrale. Da meldete sich plötzlich sein Handy. Irgendjemand sendete ihm mehrere MMS-Bilddateien. Interessiert öffnete Mike den Bildspeicher seines Handys und da waren sie. Sieben Fotos von sieben Männern. Eines davon zeigte den Toten. Dazu stand unter dem ersten Foto: „Hier eine kleine Hilfestellung von einem aufmerksamen Bürger. Das nächste Bild zeigte den Anführer der Bande, Herrn Hans Müller aus Deutschland." Mike wählte die Nummer der Zentrale und ließ sich mit Betty verbinden. „Hallo, meine Liebe. Wo ist der Chef? Nicht da, mmh, und die Chefin? Ja, Du weißt schon, wen ich meine. Auch nicht da. Pass auf. Ich sende Dir jetzt ein paar Bilder. Lass die doch bitte von den Spezialisten durch die Gesichtserkennung von Interpol laufen. Ja, das sollen unsere Täter sein. Ich bin gleich zurück, meine Liebe."
Er schickte die Bilder an Bettys Computer und lehnte sich dann zufrieden zurück. „Mike, das hast Du gut gemacht", lobte er sich selber. „Und meine

Herren. Waren Sie mit dem Frühstück zufrieden?" Der Beamte auf dem Beifahrersitz grinste zufrieden zurück und deutete auf das Brötchen in seiner Hand. „Her damit." Mike entriss dem verdutzten Beamten dass Brötchen und begann es in Ruhe zu verspeisen.

Zur gleichen Zeit raste ein gestohlener Kleinlaster mit gefälschten Nummernschildern über die Autobahn in Richtung Norden. Am Steuer saß ein fröhlich grinsender Chinese.

Unter der Abdeckplane, unter einem Berg von Schutt, lag Schottlands kostbarster Schatz. Ein unauffälliger Sandstein.

Der „Stone of Scune."

Der Tod der Harpyie

Der Transporter war schon seit Stunden unterwegs. Eddy, Paul und Tom waren eingeschlafen und schnarchten wie ein Sägewerk. Müller starrte durch den Regen angestrengt auf die Straße. Marc verfolgte auf dem Monitor seines Handys den Weg der Vögel. Doch nun hatte der Punkt sich seit einigen Minuten nicht mehr bewegt. „Äh, Sir, ich glaube die Vögel sind gelandet." Sofort hielt Müller den Wagen am Straßenrand. Eddy und Paul wurden durch das plötzliche Bremsen gegen die Vordersitze schleudert. „So een Mist. Sie ham ma aus meen schönsten Traum gerissen. Ick hab Hunger." Auch Paul rieb sich den Kopf. „Wat is? Irgend wat passiert?" Müller interessierte sich in dessen nur für den Landepunkt der Vögel. „Also, wo sind die Viecher?" „Hier, Sir. Sehen Sie. Ein kleiner Ort. Er heißt „North Abgly" und liegt in westlicher Richtung von uns." Müller tippte den Namen „Abgly" in das Navigationsgerät des Transporters. „Das sind höchsten 20 Meilen von hier." Sofort gab er Gas und bog an der nächsten Kreuzung nach links ab. „Sie behalten die Vögel im Auge." „Ja wohl, Sir." Vorbei ging es an langgestreckten kahlen Berghängen, endlos scheinende Wäldern und kleinen Seen. Ab und an tauchte am Horizont eines der

146

obligatorischen Castles auf, ohne das Schottland nicht Schottland war. Zum großen Teil waren die Anlagen zerstört und seit Generationen unbewohnt. Doch viele Dörfer nutzten sie heute als Touristenattraktion. Und was der bauliche Verfall nicht mehr hergab, wurde durch manch erfundene Geistergeschichte" aufgepeppt. Nach ca. 20 Minuten tauchte am Straßenrand ein Hinweisschild auf, „North Abgly". Zwei Meilen und ein Hase zierten das verwaschene Schild. Nach zwei weiteren Meilen waren die ersten Häuser zu sehen. Gemüsefelder dominierten jetzt den Blick des Betrachters. Vereinzelt konnte man Bauern bei der Ernte sehen. Gebückt standen sie in einer Reihe und machten sich an dem Gemüse zu schaffen. „Das ist ja wie im Mittelalter. Bei uns machen dass Maschinen", kommentierte Müller abfällig. Eine Windmühle, die auf einem kleinen Berg stand, drehte sich heftig im Wind. Endlich fuhr das Team in „Abgly" ein. Vorbei an liebevoll rekonstruierten Häusern raste der Transporter dem Zentrum zu. Ein Supermarkt, ein Pub und die obligatorische Dorfkirche bildeten das touristische Zentrum der Kleinstadt. Müller fuhr auf einen Parkplatz. „Und wo sollen wir jetzt suchen?" Marc zuckte mit den Schultern. „Laut meiner Anzeige sind die Vögel hier ganz in der Nähe, Sir." „Geht es vielleicht etwas genauer?" Plötzlich meldete sich Tom von hinten aus dem Transporter." Sag mal, Marc, fressen die Vögel Kaninchen?" „Aber natürlich. Das sind für sie wahre Leckerbissen." „Worauf wollen Sie hinaus?", mischte sich Müller ein. „Na darauf, Sir." Toms Finger zeigte auf ein kleines Schild, das den Weg zur „Abgly-Kaninchen-Farm" wies. „Na, das ist doch was. Sehr aufmerksam von Ihnen." Müller gab Gas und der Transporter fuhr in die angegebene Richtung. Kurz hinter dem Ortsausgangsschild erschienen am Horizont mehrere flache und lang gestreckte Hallen. „Abglys-Rabbit-Farm" stand auf einem der Hinweisschilder. Ein kleiner Holzschlagbaum versperrte Fahrzeugen den Weg. Müller hielt genau darauf zu. Das trockene Holz splitterte, als es von dem Transporter getroffen wurde. Mit quietschenden Bremsen hielt der Wagen endlich vor der ersten Halle. Bis auf Mike sprangen alle aus dem Wagen. „Wir verteilen uns. Eddy und Paul gehen in die linke Halle, ich und Tom in die rechte. Marc, Sie suchen da drüben. Sie, Mike, bewachen den Wagen. Und passt auf, die Tiere sind hungrig." Eddy knurrte der Magen. „Rate mal, wer noch."

Müller hatte sich inzwischen im hinteren Teil des Wagens an einer der Kisten zu schaffen gemacht. „Hier, meine Herren. Ihre Waffen" Jeder der Jungs erhielt eine AK 700. „Wozu die Waffen, Sir?" „Na, raten Sie mal, Marc. Im Übrigen sind die Dinger mit Betäubungsmunition geladen." Da meldete sich Paul zu Wort. „Das hier ist doch völliger Quatsch. Glaubt ihr, die Viecher haben die Türen zu den Hallen geöffnet und sind da rein marschiert?" Wütendes Hundegebell unterbrach die Diskussion. Müller und die anderen liefen in die Richtung, aus der das Gebell kam. Hinter der letzten Halle war ein feiner Maschendrahtzaun um eine große Wiese gezogen. Hier begann ein Streichelzoo für Kinder. Lämmer, Kaninchen und junge Ziegen tummelten sich hier normalerweise frei herum. Doch heute standen die dicht aneinander gedrängt und jämmerlich rufend unter dem Dach des Wetterstandes. Irgendetwas oder irgendwer musste sie verängstigt haben. „Das ist ja hier wie ein Buffet für die Vögel." Zwei Schäferhunde zerrten wütend an ihren Ketten und bellten sich die Seele aus dem Leib. Am Ende des Streichelzoos standen riesige Laubbäume. Plötzlich war ein gellender und unheimlicher Schrei zu hören. Sofort verstummten die Hunde und verschwanden in winselnd in ihren Hütten. „Habt ihr das gehört?" Tom und den anderen gefror das Blut in den Adern. „War ja wohl nicht zu überhören." Selbst Eddy und Paul sahen sich erschrocken an. „Wo sind sie?", flüsterte Müller. Marc deutete auf die Baumkronen. Müller zog seine Waffe. „Los, wir umstellen sie. Sie, Eddy, gehen nach links. Paul sichert die Mitte und Sie, Tom, schleichen sich von rechts an. Ich bleibe hier und gebe Ihnen Feuerschutz." „Der hat doch 'ne Macke", flüsterte Eddy seinem Freund zu. „Halts Maul. Da oben sitzen ein paar Millionen Pfund in Form von Gold und Diamanten. Hast Du das schon vergessen?" Eddy schüttelte den Kopf. „Na also." Damit zogen beide ihre Waffen und schlichen in die Richtung der Bäume. Marc, der immer noch neben Müller stand, wollte um jeden Preis verhindern, dass auf die Tiere geschossen wird. „Bitte Sir, ich habe meine Pfeife dabei. Lassen Sie es mich wenigstens versuchen." Müller überlegte und erinnerte sich kurz an die kleine Vorführung in der Berliner Voliere „Gut, Sie haben einen Versuch," Damit bedeutete er den anderen, sich in Deckung zu begeben. Marc stand jetzt als einziger aufrecht vor den riesigen Bäumen, wohl wissend, dass er aus dem Dickicht aufmerksam beobachtet wurde. Er suchte in seiner Tasche nach seiner Pfeife. Ein weiterer gellender Schrei durchbrach die Stille. Marc setzte die Pfeife an den Mund und blies hinein. Ein merkwürdiger Ton erfüllte die Luft. Marc setzte die Pfeife ab und lauschte der Stille. Müller wollte gerade aufspringen, da hörte er ein ihm bekanntes Rauschen.

Er sah in die Richtung der Wipfel und da waren sie. Vier gewaltige Vögel umkreisten die Bäume und segelten schließlich mit ihren mächtigen Schwingen in Richtung Boden. Die an den Fängen angebrachten Beutel waren deutlich zu erkennen. Müller fiel ein Stein vom Herzen. Knapp zwanzig Meter neben Marc ließen sich die Harpyien mit blutigen Schnäbeln und den Resten von Beute in den Fängen nieder. Der Adler flog noch eine weitere Runde und landete dann unmittelbar neben Marc.

Es war ein unheimliches Bild, das sich dem Betrachter da bot. Gerade zu Apokalyptisch stand ein junger Mann zwischen gewaltigen Raubvögeln, die gerade dabei waren irgendwelche Tiere zu zerreißen.

Die blutigen Köpfe beobachteten aufmerksam die Umgebung.
„Müller, kommen Sie jetzt langsam heraus", flüsterte Marc. „Machen Sie aber um Himmels Willen keine hastigen Bewegungen." Müller, den an sich

nichts in Angst versetzen konnte, war unwohl bei dem Gedanken sich diesen Ungeheuern zu nähern. Doch der Anblick der vollen Transportbeutel ließ die Gier über die Angst siegen und so stand er langsam auf. Sofort begann eine der Harpyien unruhig ihren gellenden Warnschrei aus zu stoßen. „Bleiben Sie stehen, Sir." Das ließ sich Müller nicht zweimal sagen. Auch den anderen stockte der Atem. „Wie soll das jetzt weitergehen?", flüsterte Müller. „Wir müssen abwarten, bis sie gefressen haben. Dann sehe ich weiter." Müller ging wieder langsam in Deckung. Er sah hinüber zu Eddy und Paul, die beide hinter dem kleinen Holzschuppen saßen. Eddy hatte sich eine Zigarette angesteckt. Müller machte ihm wütend Zeichen, die Zigarette sofort zu löschen. Zu seiner rechten hockte Tom mit gezogener Waffe hinter einem dichten Gehölz. Müller wollte, dass er dichter an die Gruppe heran schlich, doch schien der wie hypnotisiert auf das Bild zu starren, das sich da vor ihm auftat. Müller war wütend. Doch was sollte er machen? Da sah er in der Ferne ein Auto in den Weg zur Farm einbiegen. Der Wagen hielt an der zerstörten Schranke. Müller konnte sehen, dass Männer aus dem Wagen stiegen und die Reste der Stange beseitigten. „Auch das noch." Jetzt musste gehandelt werden. Und er wusste auch wie. Müller stand langsam auf und hob seine Waffe. Sofort unterbrachen die Harpyien ihr blutiges Mal. Sie schienen die Gefahr zu spüren. Marc drehte sich langsam in die Richtung seines Chefs. Sein gellendes „Nein!" ging in den Schüssen seiner AK 700 unter. Einer der riesigen Vögel wurde sofort tödlich getroffen. Ein zweiter konnte sich noch kurz in die Luft erheben. Zwei weitere Schüsse aus Toms Waffe beendeten jedoch seine Flucht und er stürzte zu Boden. Die dritte Harpyie dagegen breitete ihre riesigen Flügel aus und war im Begriff, sich mit lauten Schreien auf Müller zu stürzen. Es war ein bizarres Bild. Müller rannte voller Angst in die Richtung der Hallen, verfolgt von einem riesigen Raubvogel, der in knapp zwei Metern Höhe hinter ihm her jagte. „Schießen Sie, schießen Sie, so schießen Sie doch endlich!", schrie Müller den anderen zu. Eddy und Paul ver-

150

folgten mit offenen Mündern das Schauspiel. Plötzlich stieg die Harpyie steil in die Höhe. „Vorsicht Sir, sie greift an", schrie Marc dem um sein Leben rennenden Müller zu. Der hatte inzwischen die erste Halle erreicht. Doch hier war die Tür verschlossen. Entsetzt rannte Müller weiter in Richtung der nächsten Halle. Mit einem gellenden Schrei stürzte sich die Harpyie auf Müller. In letzter Sekunde erreichte der die zweite Halle, deren Tür zum Glück offen war.

Er konnte den Lufthauch in seinem Rücken spüren, als die Harpyie knapp hinter ihm zu Boden stürzte. Wütend darüber, dass ihre Beute verschwunden war, flog sie mit lauten Schreien sofort wieder in die Höhe und umkreiste die Halle. Endlich hatte sie genug und verschwand zusammen mit dem Adler in nördlicher Richtung.

Eddy und Paul kamen vorsichtig hinter ihrem Versteck hervor. Vor ihnen auf der Wiese lagen die beiden einst so mächtigen Vögel hingestreckt in ihrem eigenen Blut. Marc hockte neben einer der

Harpyien. „Von Müller habe ich nichts anderes erwartet, aber dass Du so gemein sein kannst und die hier einfach erschossen hast, werde ich Dir nie verzeihen." Tom hockte sich neben Marc. „Du scheinst zu vergessen, dass unsere Waffen mit Betäubungsmunition geladen sind. Ich schätze mal in 30 Minuten wird der hier wieder putzmunter sein. Tom sah zum anderen Vogel, an dem sich gerade Eddy und Paul zu schaffen machten. „He, was macht Ihr da?" „Was glaubst Du?" Beide hatten den Beutel geöffnet und vor ihnen lagen blutverschmiert zahlreiche Edelsteine, goldene Armbänder und diverse Ringe aus dem Schatz. Nach einem kurzen Moment der Faszination begann Eddy sich einige Ringe und drei der größten Edelsteine in die Taschen zu stopfen. Paul sah ihn erschrocken an. „Spinnst du? Wenn das der Alte mitbekommt, dann ist die Hölle los." „Pah, der kann mia gestohlen bleiben. Ick habe et satt, mia rumtoßen zu lassen." „Fallen lassen! Sofort! Erschrocken drehte sich Paul herum. Müller stand mit gezogener Waffe direkt hinter Eddy. „Ich habe gesagt fallen lassen." Eddy

151

ließ einige der Edelsteine zurück in den Beutel gleiten. Dabei schien er zu überlegen, wie er Müller erledigen konnte. „He, Chef. Jut, dat der Vogel Sie nich jekriecht hat." „Halten Sie die Klappe und stehen Sie auf. Aber langsam" Eddy, der immer noch am Boden hockte, wusste, dass er jetzt seine letzte Chance hatte, glimpflich aus der Sache zu kommen. Er spannte seine Muskeln, sprang auf und warf sich dabei in die Richtung, in der er Müller vermutete. Doch der war zu sehr kampferfahren, als dass er mit so einem Ausfall nicht gerechnet hatte. Drei Schüsse trafen Eddy in der Brust. Er war tot bevor sein Körper auf dem Boden aufschlug. Marc, Tom und Paul standen wie zur Salzsäule erstarrt und blickten entsetzt auf ihren toten Kumpel. Paul war der Erste, der seine Sprache wieder fand. „Sie haben ihn erschossen, Sir. Einfach so." „Genau, und ich werde das auch mit Ihnen tun, wenn Sie nicht sofort die Juwelen aus seinen Taschen nehmen. Sie, Tom", dabei richtete er seine Waffe in die Richtung von Tom, „ greifen sich den anderen Beutel. Nun was ist mit Ihnen, Paul? Ich zähle bis drei und dann ist auch für Sie hier Endstation." Paul wusste, dass das keine leere Drohung war. Er sah Müller ins Gesicht und unbändiger Hass und Wut stiegen in ihm auf. „Dafür werden Sie bezahlen. Das schwöre ich." Dann durchsuchte er Eddys Taschen und förderte diverse Ringe und Armreifen hervor. „Ist das alles?" „Ja, Sir!" „Gut, dann packen Sie alles in den Beutel und dann ab damit zum Wagen." Paul griff sich den Beutel und lief in die Richtung des Transporters. Gefolgt von Marc, der den anderen Beutel in Händen hielt und Tom, der immer noch auf die Leiche starrte. „Wir können ihn doch nicht einfach hier liegen lassen, Sir" „Wollen Sie ihn etwa beerdigen? Vorwärts, zum Wagen." Damit stieß Müller Tom seine Waffe in den Rücken.

Kurz bevor sich Müller der Truppe anschloss, drehte er sich nochmal zu den Vögeln und schoss beiden Tieren in den Kopf. So hatte er es früher auch immer gemacht. „Nur zur Sicherheit." Am Transporter angekommen, riss Tom die Hecktür auf und schaute in den Lauf einer Pistole, die

Mike auf ihn gerichtet hielt. „Halt, Mike, nicht schießen. Ich bin es." Erleichtert senkte Mike die Waffe. „Gott sei Dank. Ich habe Schreie gehört und da habe ich gedacht..." Müller öffnete eine Seitenklappe in der Wandverkleidung. Drei längliche Metallkisten kamen zum Vorschein. „Schütten Sie die Inhalte der Beutel in jeweils eine der Kisten. Marc und Paul taten wie es Müller verlangt hatte. Mike starrte auf die vielen Edelsteine, Ringe und Armreifen. Im zweiten Beutel befand sich u.a. die schmale Krone aus dem 15. Jahrhundert. Ein unscheinbares, aber umso wertvolleres Schmuckstück. „Hey, Tom, ihr habt die Beute. Das ist echt super. Aber warum ist da Blut dran?" „Einer der Vögel ist mit dem letzten Beutel entkommen. „Genau, meine Herren. Und den werden wir uns jetzt holen. Doch bevor Sie einsteigen, legen Sie ihre Waffen in die dritte Kiste. Und machen Sie keine Dummheiten." Mike verstand nicht, warum plötzlich so ein Aufheben um die Pistolen gemacht wurde. Er war froh, das Ding endlich los zu werden. Und so warf er als Erster seine Waffe in die Kiste. „Was ist los mit euch? Nun, Tom, schmeiß das Ding da rein." Tom und die anderen hatten ihre Waffen noch in der Hand und schienen zu zögern. „Er hat Eddy erschossen." Damit warf Tom seine Pistole in die Kiste. „Und was ist mit Ihnen?" Jetzt sah Mike, dass Müller die ganze Zeit seine Waffe im Anschlag hielt. „Wie, erschossen?" Paul sah jetzt in Mikes Gesicht. „Einfach so. Hörst du? Eddy war ein Arschloch. Aber jetzt ist er ein totes Arschloch." Damit warfen er und auch Marc ihre Pistolen in die Kiste. „Schließen Sie die Kisten." Damit warf Müller Mike drei Schlösser zu. Wie in Trance verschloss der die Kisten und versteckte sie sorgsam wieder hinter der Verkleidung. Jetzt steckte auch Müller seine Waffe in seinen Holster. Das tat er so langsam, dass auch dem letzten bewusst war, dass er im Notfall blitzschnell wieder zur Waffe greifen würde. „So, meine Herren, wir folgen jetzt dem letzten Teil unserer Beute. Machen Sie sich um Eddy keinen Kopf. Der war ohnehin nur Ballast. Und Sie wissen, was man mit Ballast macht? Sie, Paul, setzen sich ans Steuer. Und Sie, Marc, finden unsere Vögel wieder. Schweigend stiegen alle auf ihre zugewiesenen Plätze. „Eine Frage noch, Sir." „Was wollen Sie, Mike?" „Sind wir anderen auch nur Ballast?" Müller grinste. „Unter Umständen." Dann sah er auf Mike's Bein. „Aber nein, mein Junge. Nur sollten Sie schnell wieder gesund werden." Damit wendete er sich Marc zu, der eifrig bemüht war das Signal der verschwundenen Vögel wieder zu finden. „Ich hab sie, Sir. Sie sind nach Norden unterwegs." „Also in die Richtung der Highlands. Gut Paul, fahren Sie und keine weiteren Sperenzien, wenn ich bitten dürfte." Damit startete Paul den Wagen, und nach einem letzten Blick in die Richtung ihres toten Kameraden fuhr der Transporter auf die Hauptstraße.

Das Auto mit den Männern, die sich der Farm genähert hatten, war inzwischen verschwunden. Die Reste der zerstörten Schranke waren zur Seite geräumt und das Hinweisschild zur Farm wieder aufgestellt. Kaum war Müller mit den Männern verschwunden, tauchte am Horizont das Auto mit den drei Betreibern der Farm auf. Sie waren, nachdem sie die Zerstörung ihres Schlagbaumes sowie das Geschehen auf der Wiese des Streichelzoos durch ihre Ferngläser beobachtet hatten, zunächst verschwunden. Jetzt, da sie aus der Ferne die Abfahrt der Fremden beobachtet hatten, wollten sie dem Treiben auf den Grund gehen. Vorsorglich hatten sie die Polizei informiert. Doch bis der für „Abgly" zuständige Beamte eintraf, konnte es schon noch eine Weile dauern. Vorsichtig stellten sie ihren Wagen an der dritten Halle ab und gingen in die Richtung der Freiwiese. Das, was sie da sahen, ließ ihnen das Blut in den Adern gefrieren. Schnell holten sie aus dem Wagen eine Plane, mit der sie zumindest Eddys Leiche abdecken konnten. Die Kadaver der riesigen Vögel sahen auch jetzt sehr bedrohlich aus. Einige Meter neben den toten Harpyien lagen die zerfetzten Reste zweier kleiner Lämmer und die eines Riesenkaninchen auf der Wiese. Von Ferne war das Martinshorn des Polizisten aus „Aveldoor" zu hören. Der Wagen bog auf das Gelände der Farm und blieb neben dem Auto der Betreiber stehen. Ein etwas untersetzter und der

154

Pension sehr naher Sergant, wuchtete sich aus dem Wagen, stopfte sich die Reste eines riesigen Donuts in den Mund. Dann setzte er sich die Dienstmütze auf die schweißnassen Haare und stiefelte in die Richtung der Wiese. „Also Männer, was ist los? Warum muss der alte Frank sein Frühstück unterbrechen und zu Euch Kanikelschlächtern kommen?" „Deshalb, Frank." Damit zeigte einer der Männer mit dem Finger in die Richtung der Wiese. Sergant Frank sah kurz auf das blutige Gemetzel, das dort augenscheinlich stattgefunden hatte und erbrach sich Sekunden später. Dann rannte er so schnell ihn seine Beine tragen konnten zum Funkgerät seines Wagens und brüllte etwas von Mordfall und unheimlichen Vögeln in den Apparat. „Hast Du wieder getrunken?", konnte man deutlich aus dem Lautsprecher des Wagens hören. Doch Frank stammelte erneut, dass hier auf einer Wiese eine Leiche und riesige erschossene Vögel lagen. Nach einem kurzen Moment der Stille kam die Bestätigung aus der Zentrale und die Anweisung für ihn, sofort das Gelände abzusperren, etwaige Zeugen festzuhalten und darauf zu achten, dass keine Spuren zerstört wurden. Frank legte auf und wischte sich den Schweiß von der Stirn. „Und das kurz vor seiner Pension. Womit hatte er das nur verdient?" Doch Befehl ist Befehl. „Ihr verschwindet jetzt sofort von der Wiese. Das ist jetzt mein Tatort." Keiner der Männer hatte Lust verspürt, sich dem Toten oder den Kadavern zu nähern. „Wir gehen in die Hallen.
Auf uns wartet dort genug Arbeit. Wenn Du uns suchst, dann weißt Du, wo Du uns finden kannst." Damit verschwanden die drei in den Hallen, wo fast 5000 Kaninchen auf ihr Futter warteten. Nach einer knappen Stunde bog plötzlich ein schwarzer Geländewagen auf die Zufahrtsstraße. Da bis jetzt noch kein weiterer Beamter eingetroffen war, stellte sich Sergant Frank dem Wagen demonstrativ in den Weg. Unmittelbar vor Frank kam der schwere Wagen zum Stehen. Das Fenster öffnete sich und ein freundlich lächelnder älterer Herr beugte sich heraus. „Ist hier was passiert, Sir?" Frank war jetzt ganz in seinem Element. „Das darf ich Ihnen

nicht sagen, Sir. Nur soviel, hier ist ein schweres Verbrechen verübt worden. Ein Mord. Und jetzt muss ich Sie auffordern sofort von hier zu verschwinden." Der ältere Herr lächelte süffisant. „Wie Sie meinen, Herr Polizist." Damit wendete der den Wagen auf dem Weg und fuhr in die Richtung der Hauptstraße zurück. Am zerstörten Schlagbaum hielt er an und stieg mit seinem Fernglas bewaffnet, aus. Von hier aus hatte er einen guten Blick über das Gelände und die angrenzende Wiese. Und so konnte er deutlich die toten Vögel und den abgedeckten Leichnam sehen. „Hey, lassen Sie das." Sergant Frank hob drohend die Hände. „Halts Maul, Fettsack". Meier grinste und stieg wieder in seinen Wagen. Er hatte gesehen, was er sehen wollte. Im Wagen klappte den Empfängermonitor auf und konnte erkennen, dass sich das Signal der verbliebenen Vögel in Richtung Norden bewegte. Er griff zu seinem Handy und wählte die Nummer seines Bruders. „Hallo? Pass auf, ich bin hier in „Abgly". Ich glaube, Müller beginnt seine Reihen zu säubern. Außerdem liegen hier ein paar Vögel tot auf der Wiese. Ich fahre weiter in Richtung Norden. Du weißt. was Du zu tun hast! Ich will keine Spuren, hörst Du? Keine!" Damit legte er auf und bog in die Hauptstraße ab.

Kaum war er eine knappe Meile unterwegs, da begegnete ihm ein Konvoi von Polizeifahrzeugen, die sich der Farm mit Blaulicht und großer Geschwindigkeit näherten. Meier wusste, dass er seinem alten Freund Müller dicht auf den Fersen war.

Der Dienstwagen von Kathy stand seit einer knappen halben Stunde vor einem kleinen unscheinbaren Reihenhaus am Rand der Neustadt. Hier wohnte Sergant Jones zusammen mit einer Katze und zwei Schildkröten. Da der Sergant sich weigerte zum Arzt gebracht zu werden, hatte Kathy zugestimmt, dass er sich kurz duschen und eine saubere Uniform besorgen konnte. Währenddessen saß sie rauchend im Wagen und lauschte dem Polizeifunk. „Eigentlich sind wir bis jetzt ganz gut vorangekommen", resümierte sie gedanklich. Ihre große Hoffnung ruhte auf Mike, der im

156

„Regent" recherchierte. Eine Meldung im Funk ließ sie kurz aufhorchen. „In der Grafschaft von „North Abgly" wurde ein Mann erschossen auf der Wiese einer Kaninchenfarm gefunden." Die Rache der Rabbits dachte sie noch, da wurde die Meldung ergänzt. „Neben dem Toten wurden zwei riesige tote Greifvögel gefunden." „Das sind unsere Vögel, schoss es ihr durch den Kopf. Sie drückte energisch auf die Hupe des Wagens. Über Funk ließ sie sich mit Morgan verbinden. „Hallo Tom, über den Polizeifunk kam gerade, dass in „Abgly" ein Toter und die Kadaver von zwei riesigen Vögeln gefunden wurden. Ich fresse einen Besen, wenn das nichts mit unserem Fall zu tun hat. Ich fahre sofort dahin. Bitte setze dich mit den Kollegen vor Ort in Verbindung. Die sollen alles so lassen, wie sie es vorgefunden haben." Noch einmal drückte sie auf die Hupe des Autos. „Alles verstanden, Tom?" „Alles klar, ich werde die Kollegen vor Ort anweisen auf Dich zu warten. Viel Glück für euch. Ach so, ich schicke dir gleich noch ein paar Fotos 'rüber. Ein Unbekannter hat sie Mike per MMS gesendet. Es sollen unsere gesuchten Täter sein. Auf jeden Fall ist unser Toter von der Burg dabei. Wir versuchen schnellstens, die Identitäten zu klären. Sobald wir mehr wissen, melde ich mich bei Dir. Das ist im Moment alles. Danke, Morgan. Ende." In diesem Moment stürzte Jones aus dem Haus und sprang in den Wagen. „Verzeihen Sie, Chief, ich habe nur noch Bob gefüttert. Bob ist meine Katze." „Ja ja, ist alles sehr schön. Wir haben ein neues Fahrziel. Es geht nach „Abgly". Und das Ganze zügig." Jones gab den Ort in das Navigationsgerät ein und kurz darauf erschien die Fahrstrecke als Rot blinkendes Band auf dem Bildschirm. Der Wagen machte einen Satz, als der Sergant mit durchdrehenden Reifen und lauter Sirene losraste. „Sorry, Mam." „Na, dann zeigen Sie mal, was Sie können."

Polizeipräsidium Edinburgh

Tom saß in seinem Büro und war mit dem Studium des vorläufigen Berichtes der Gerichtsmedizin beschäftigt. Plötzlich flog die Tür auf und Mike stürmte herein. „Das wirst Du nicht glauben, Tom." „Früher hast Du wenigstens noch angeklopft, mein Lieber. Also, was werde ich nicht glauben?" Mike schob ihm ein Blatt über den Tisch. „Da, lies selbst." Bei der Meldung handelt es sich um den vorläufigen Bericht der Identifikationsabteilung. „Zweifelsfrei wurden identifiziert: Hans Müller, Ex-Legionär; Fritz Werner, Student aus Frankfurt a. Main; Eddy Borchardt und Paul Kowalski, mehrfach verurteilte Einbrecher." Plötzlich wurde Tom stutzig. Der Vermerk hinter den letzten beiden irritierte ihn. „Verstorben im April diesen Jahres." „Und, ist doch ein Knaller. Nicht nur, dass irgendwelche daher gelaufene Ganoven aus Deutschland sich bei uns bedienen, was ohnehin schon eine Frechheit ist, so sind sie auch noch so unanständig und vor Monaten verstorben. Dieser Hans Müller ist anscheinend der Anführer der Truppe. Bei der Datenabfrage über seine Person überschlug sich der Computer fast. Der Typ wird in sechs Ländern per internationalem Haftbefehl gesucht. An dem Rest der Truppe sind die Jungs von der Gesichtserkennung noch dran." „Das wird schwierig für die Kontrollen der Einreisedaten." „Das glaube ich nicht, Tom. Wir müssen uns eben auf Müller und diesen Werner konzentrieren." Tom verließ kurz sein Büro. Mike überflog in der Zeit den Bericht der Gerichtsmedizin. Plötzlich flog die Bürotür auf und der Chief stand im Zimmer. Mike nahm Haltung an. „Wo ist Morgan?" „Im Augenblick nicht da, Sir." „Das sehe ich, Sie Rindvieh. Sagen Sie ihm, ich will ihn in spätestens zehn Minuten in meinem Büro sehen." Damit stürmte der Chief aus Toms Büro. „Jawohl, Sir!", konnte ihm Mike gerade noch zurufen, da kam auch schon Tom zurück. „War das der Alte?" „Du sollst in zehn Minuten in seinem Büro erscheinen." „Der will sicher 'nen Zwischenbericht. Während ich den Alten beruhige, bestellst Du Sergant Bryan von der Burg hierher. Ich will, dass er in 20 Minuten hier ist. Dann mailst Du das hier an Kathy. Inklusive der Fotos von Deinem unbekannten Freund. Was ist im Übrigen bei der Zimmerdurchsuchung heraus gekommen?" „Die Jungs sind noch vor Ort. Drei der sieben Zimmer waren schon gereinigt. Trotzdem haben unsere Leute noch genug Fingerabdrücke und Faserspuren gefunden."

„Der Hotelchef sollte mal ein Wörtchen mit seinen Zimmerdamen reden." „In vier Zimmern fanden sie obendrein Packpapier unter den Betten. Der Absender sitzt in „Inverness". Ich habe schon die Jungs da oben angerufen. Die überprüfen das." „O.k., Mike, ich werde dafür sorgen, dass der Blutdruck des Alten nicht in's Uferlose steigt. Ich bin in 20 Minuten zurück Wenn nicht, dann bist Du hier Chef. Und mach den Jungs von der Gesichtserkennung Druck." Damit verschwand Tom in Richtung des Chief-Büros. Mike greift zum Telefon und lässt sich mit der Burg verbinden. Sergant Bryan schien zunächst etwas verwirrt. Doch Mike fackelte nicht lange und befahl den jungen Sergant ins Hauptquartier. Dann ließ er sich mit Kathy verbinden. „Na, meine Liebe, wo bist Du gerade? Was willst du in „Abgly? Das ist am A der Welt." Kathy freute sich, Mikes Stimme zu hören. „Was hast Du im Hotel erreicht?" Mike berichtete ihr von seinem erfolgreichen Hotelbesuch, den Fotos des Unbekannten und den ersten Ergebnissen der Identifikation. „Schick mir alles so schnell wie möglich 'rüber." „Mach ich. Und wie geht es Deinem neuen Kollegen?" „Nun, man hat versucht, ihm den Schädel einzuschlagen und ihn zu erschießen. Aber es geht ihm gut." Mike fing an zu lachen. „Na, ich hab schon immer gewusst. Als Mann lebt man in Deiner Nähe gefährlich. Ich wünsche Euch viel Glück." Damit legte er auf. Das
Telefon auf Toms Schreibtisch klingelte. Da Mike nicht abnahm, öffnete Betty vorsichtig die Tür. „Ist für Dich, Mike." „Danke, Betty." Am anderen Ende war ein Sergant, der mit der Überprüfung der Einreisedaten beschäftigt war. „Also Sir, am zehnten September sind ein Hans Müller

und Fritz Werner, aus Amsterdam kommend, in Glasgow gelandet. An Bord befanden sich weitere 34 Deutsche, sieben Amerikaner und die polnische Fußball-Nationalmannschaft." „Erinnern Sie mich nur nicht an das Debakel. Die Polen schlugen unsere Jungs 3:0 in der Verlängerung. Ein schwarzer Tag für Schottland. Doch egal, schicken Sie mir die Ergebnisse 'rüber. Ja, meinetwegen in Morgans Büro." Damit knallte er den Hörer auf das Telefon. „Als wenn ich kein eigenes Büro hätte." Sein Blick fiel auf die Akte von Fether. Mike blätterte in dem vorläufigen Abschlussbericht. Plötzlich stutzte er. „Also doch!" Die Waffe existiert und übertrifft alle Vorstellungen. Eine Luftbetriebene tödliche Waffe der neuesten Generation. Sofort lässt er sich mit der Technik verbinden. „Hört zu, wenn ihr mit den Waffen von der Burg fertig seid, schickt ihr mir eine in mein Büro. Ja, das ist mit Tom Morgan abgestimmt." Damit legt er auf und studiert weiter Fethers Bericht. Plötzlich sind laute Stimmen aus Bettys Büro zu hören. „Nein, Sie können da nicht einfach 'reinplatzen. Der Chef ist nicht da. Bitte warten Sie draußen." „Aber ich bin Sergant Bryan, und ich soll mich hier in nunmehr zwei Minuten bei Superintendent Morgan melden." „Das kann ja alles möglich sein, aber Detectiv Morgan ist bei Sir Simmons, ah, da sind sie ja. Das ist Sergant Bryan." „Kommen Sie, Sergant." Tom ging in sein Büro, in dem Mike immer noch in das Studium von Fethers Bericht vertieft ist. „Darf ich vorstellen. Das ist Superintendent Mike Brush und hier haben wir Kathys Geheimwaffe, Sergant Bryan." „Bitte Sir?" „Machen wir es kurz. Lassen Sie sich von Betty ihren Schreibtisch zeigen. Ich will, dass Sie ab sofort den gesamten Polizeifunk Schottlands abhören und nach Meldungen suchen, die mit unserem Fall zu tun haben könnten. Insbesondere ungeklärte Todesfälle, das Auftauchen von Riesenvögeln, merkwürdig erscheinende Unfälle und so weiter. Sammeln, sortieren und mir oder Detectiv Brush vorlegen. Alles verstanden? Sie gehören damit zur Elite der Polizei Schottlands. Warten Sie, ich sage Betty noch Bescheid." Er öffnete die Tür und informierte seine Sekretärin, die

160

natürlich „not amused" war, einen Frischling in ihr Büro zu bekommen. „Ist ja nicht für lange Zeit, meine Liebe. Und wenn er stört, dann sagen Sie es mir." „Er stört, Sir." „Kommen Sie, Sergant." Damit schob er Bryan in Bettys Zimmer und schloss die Tür. „Was soll das?"; fragte Mike. „Ganz einfach, ich glaube, dass unsere Gangster auf ihrer Flucht in Richtung Norden noch ein paar Überraschungen für uns parat haben. Apropos." Er greift zum Hörer. „Betty, verbinden Sie mich mit der Polizei in „Abgly". Das habe ich ja völlig vergessen. Wenn Kathy das spitz kriegt, dann ist hier die Hölle los. Ja Betty, ich warte." „Ich war da mal in Urlaub. Schreckliches Kaff. Außer Kaninchen gibt es da nichts." „Oh doch, mein Lieber. Dort wurden zwei unserer gesuchten Vögel und einer der Gangster tot auf der Wiese eines Streichelzoos gefunden. Kathy ist mit Jones bereits auf dem Weg dahin." In diesem Moment wurde Tom vermittelt. Er erklärte dem Beamten am anderen Ende der Leitung in knappen Sätzen, um was es sich handelt. Doch der schien nicht bereit zu sein mit seinen Ermittlungen zu warten, bis eine Superpolizistin aus Edinburgh am Tatort eintrifft. „Hören Sie, ich kann Sie auch direkt mit Sir Simmons verbinden. Ich dachte, wir können das auf dem kurzen Dienstweg klären. Ja ja, ich kann Sie ja verstehen, doch handelt es sich hierbei gewissermaßen um höhere Interessen. Na also. Ich danke Ihnen für ihr Verständnis." Damit legte er auf. „Ei ei ei, es lebe die Dorfpolizei." „Lass das, Mike. Ich habe auch ein paar Jahre meiner Dienstzeit in so einem regionalen Revier gearbeitet. Und glaube mir, das war nicht die schlechteste Zeit. Doch zurück zu unserem Fall. Wie ich sehe, hast du Fethers Bericht gelesen. Und ich hoffe, nicht nur den Teil über die Waffen. Von denen Du Dir ja inzwischen eine bestellt hast." „Woher weist Du das schon wieder?" „Hat mir ein Vögelchen aus der Technik geflüstert." „Nur zu Studienzwecken." „Das will ich auch schwer hoffen. Komm ich lade Dich zum Essen ein." „Aber nicht in die Kantine." Beide verließen das Büro. „Wenn etwas ist, Betty, Sie wissen wie Sie mich erreichen können. Um 19.00 Uhr ist für Sie heute Feierabend. Und Sie, Bryan, wie kommen Sie voran?" „Der kann Sie nicht hören, Sir", rief Betty dazwischen. Der Sergant saß mit Kopfhörern angespannt vor dem Empfänger des Polizeifunks. Neben ihm türmten sich die schriftlichen Meldungen des Tages, zu denen sich ständig neue gesellten. „Nicht stören, Sir. So habe ich wenigstens meine Ruhe." Tom und Mike verließen lachend Bettys Büro.

Müller verfolgte das Signal der Vögel nun schon seit über drei Stunden. „Wat für 'ne Ausdauer diese Mistviecher haben", murmelte Paul, der bis auf einen kurzen Tankstop durchgefahren war. „Sagen Sie, Marc, wie ist das eigentlich? Wie lange fliegen die so am Stück?" „Nun, die Harpyien sind da den Adlern haushoch überlegen. Die können über hundert Meilen am Stück durchfliegen. Die Adler dagegen legen nach 20 – 30 Meilen eine kurze Rast ein." „Nun dann ist unser Adler wohl ein sehr sportliches Tier. Denn das Signal, ist ja wohl unser Adler. Und das bewegt sich weiter in Richtung „Dunston". An der nächsten Raststätte halten Sie. Ich muss telefonieren." „Jawohl, Sir." „Wie geht es unserem Patienten?" Tom, der neben Mike auf dem Boden des Transporters saß, zuckte zusammen. „Was sollte die Frage? Wollte Müller Mike überprüfen? War er der Ballast, den er bei der nächsten Gelegenheit entsorgen würde?" Mike merkte, dass sich sein Freund größere Sorgen um sein Bein machte wie er selber. „Es geht mir gut, Sir. Die Wunde blutet nicht mehr und ich habe wieder Gefühl in meinem Fuß. Es brennt nur ein wenig." „Das ist gut, Mike. Dann heilt es." Paul meldete sich. „Entschuldigung, Chef, aber da vorne is eene Raststätte." „Gut, dann halten Sie. Und während ich telefoniere, können Sie sich etwas die Beine vertreten. Marc, Sie bleiben im Wagen und beobachten die Vögel." Der Transporter bog auf den Parkplatz der kleinen Raststätte. Von außen machte sie einen gemütlichen Eindruck. Um diese Zeit war hier nicht viel los. Und so fiel die kleine Truppe niemandem auf dem weitläufigen Areal auf.

162

Müller stieg aus dem Wagen und begann abseits vom Wagen zu telefonieren. Paul schlenderte in die Richtung der Raststätte. Tom sah zu Mike. „Brauchst Du irgendetwas? Soll ich Dir was zu trinken holen?" „Nun, was zu essen wäre auch nicht schlecht." Tom nickte und sprang aus dem Wagen. „Bring mir bitte auch was mit. Ich darf ja hier nicht weg." Marc wühlte in seiner Tasche nach Kleingeld. „Lass stecken. Ich hab genug dabei." Tom rannte zur Raststätte und kaufte mehrere Flaschen Coke und verschiedene Sandwiches. Dann rannte er zurück zum Wagen. Er gab Marc einen Teil der Getränke und versorgte dann Mike. Schließlich saßen alle drei in der Seitentür und stopften Sandwiches in sich hinein. Keiner hatte Eddys Tod in den letzten Stunden erwähnt. Wozu auch? Es hätte jeden treffen können. Alle hatten gewusst, was Müller für einer war. Man musste eben auf der Hut sein und sich in Acht nehmen. Dann, so hofften alle, würde man die Sache hier überleben.

Inzwischen war auch Paul zurück. Man sah ihm an, dass er seinem Freund nachtrauerte. „Möchtest Du was essen?" „Danke, aber ick hab keen Hunger." Plötzlich stand Müller neben ihnen. „Wo sind die Vögel?" „Seit drei Minuten steht das Signal hier, in der Nähe von „Dunston." „Wie weit ist das von hier?" Paul sah auf die Karte. „So ca. 25 Meilen von hier." „O.k., meine Herren. Wir holen uns jetzt den Rest unserer Beute und dann suchen wir uns eine kleine Pension. Morgen wird ein anstrengender Tag. Es geht in die Highlands." „Wo ist eigentlich unser Ziel, Sir?" „Wenn ich Ihnen das jetzt sage, dann müsste ich Sie erschießen." Marc und die anderen erstarrten. Atemlose Stille herrschte im Wagen, bis Müller plötzlich laut anfing zu lachen. „Das war ein Scherz, meine Herren. Sie sollten mal ihre Gesichter sehen. Ich werde es Ihnen sagen. Es geht nach „Inverness" an die Atlantikküste. Doch jetzt fahren wir in Richtung „Dunston". Also, alles einsteigen meine Herren. Ach so, ich habe noch eine gute Information für Sie. Der Krönungsstein ist in Sicherheit und bereits auf dem Weg nach „Inverness." Keinem der Gruppe war zum Lachen zumute. Alle stiegen schweigend in den Transporter. Paul gab Gas und der Wagen verschwand in Richtung Ostküste.

Kathy und Jones in Abgly

Als Kathy in „Abgly" eintraf, waren die Kollegen vor Ort bereits mit der Tatortermittlung fertig. Sergant Frank stand an der Straße und hatte den Befehl die Sonderpolizistin zu empfangen. Wobei der Ausdruck „abzufangen" wohl ehrlicher war. Zwei Ermittler waren gerade dabei die letzten Aussagen der Mitarbeiter der Kaninchenfarm zu protokollieren, als Jones mit lautem Sirengeheul, Blaulicht und quietschenden Reifen in die Zufahrtsstraße zur Farm einbog. Der Sergant konnte sich nur mit einem kühnen Sprung in den Graben retten. „Das musste doch nicht sein, Jones. Das wird unserer Akzeptanz hier nicht sehr förderlich sein." „Entschuldigen Sie, Chief, ich hätte die Einfahrt beinahe übersehen. Und wenn da nicht der dicke Polizist gestanden hätte..." „Der im Übrigen wieder steht und uns ein paar Flüche hinterherschickt. Entschuldigen Sie sich bei ihm und zwar gleich. Und bitte, seien Sie nett zu ihm. Ich wechsle inzwischen ein paar Worte mit dem leitenden Beamten vor Ort." Tom stieg aus dem Wagen, den er direkt vor dem Wagen der Gerichtsmedizin geparkt hatte. Dann ging er mit offenen Armen in die Richtung, aus der ein wütender Polizei-Sergant auf ihn zu stapfte. Kathy wendete sich einer Gruppe Beamter zu, die ein wenig lachend am Ende der Halle standen. „Hallo, meine Herren. Mein Name ist McGore." „Sie sind die Sonderermittlerin aus Edinburgh. Herzlich willkommen an der Basis. Ich bin Chiefinspector Jack Balder und ich leite den Haufen hier. Entschuldigen Sie den kleinen Ausbruch von Humor, aber so schnell haben wir unseren guten Sergant Frank noch nie springen sehen. Wie können wir Ihnen helfen?" Kathy hatte jetzt ihr süßestes Lächeln aufgesetzt. „Bitte Entschuldigen Sie unser eingreifen in ihren Fall, aber ich muss annehmen, dass das, was hier passiert ist, mit

164

einem Fall in Zusammenhang steht, an dem wir seit heute Mitternacht arbeiten. Mehr darf ich Ihnen leider nicht sagen. Ich hätte gerne den Tatort gesehen und mit etwaigen Zeugen gesprochen." „Alles klar. Der Tote ist ein gewisser Jürgen Krone, 55 Jahre alt und kommt aus Koblenz. Hier, das ist sein Ausweis. Wir haben den Toten schon im Wagen der Gerichtsmedizin. Alles andere haben wir so gelassen, wie wir es vorgefunden haben." „Danke Inspektor. Hier, Jones, kopieren Sie den Ausweis. Dann gleichen Sie sein Foto mit unserer Bilderliste ab. Ich will wissen, ob das einer von unseren ist. Keine Angst Inspektor, Sie bekommen den Ausweis gleich zurück. Lassen Sie uns jetzt zum Tatort gehen." „Kopieren und abgleichen im Auto. Ihr lebt nicht schlecht. Dort entlang, bitte." Damit schritten beide in die Richtung der Wiese. Am Zaun blieb der Inspektor einen Moment stehen. „Es hat geregnet. Wollen Sie ein paar Gummistiefel, Mam?" Verblüfft sah er zu, wie Kathy über den Zaun kletterte und in die Richtung der abgedeckten Kadaver ging. „Ich bin mit vier Brüdern auf einem Bauernhof groß geworden. Kommen Sie, Inspektor. Zwei Beamte in Uniform standen neben den abgedeckten Vögeln. Auf ein Zeichen von Balder nahmen sie die Planen von den toten Vögeln. Selbst im Tod sahen sie noch gefährlich aus. Die riesigen Krallen blutverschmiert, der Kopf zerfetzt und mehrere Einschusslöcher im Körper zeugten davon, dass mehr als ein Schuss nötig war, um diese Tiere zu erledigen. An einem der Fänge war ein Lederband befestigt. „Haben ihre Männer irgendwelche Stoff- oder Lederbeutel gefunden?" „Nein, Chief. Außer dem Toten, der da drüben lag, haben wir nichts weiter entdeckt. Sagen Sie, Mam, was um alles in der Welt sind das für Tiere. Die sehen ja aus, wie direkt der Hölle entstiegen." „Nun, nach einer Aussage, die uns vorliegt, sollen dass Adler sein. Aber inzwischen bin ich mir da auch nicht mehr sicher." Einer der herumstehenden Beamten räusperte sich. „Haben Sie etwas Relevantes beizutragen, Sergant?" „Nun, Sir, das sind Harpyien." „Ich denke, die sind längst ausgestorben, Sergant?" „Oh nein, Mam. Die

165

leben in Süd- und Mittelamerika und jagen dort Affen." „Danke, Sergant, Sie haben uns sehr weiter geholfen. Jones, machen Sie ein paar Fotos. So, Inspektor. Jetzt möchte ich noch den Toten sehen und mit den Zeugen sprechen. Dann sind Sie mich auch schon wieder los." Jones reichte dem Inspektor den Ausweis zurück und begann den Tatort zu fotografieren. „Ach so, Chefin, hier sind die Bilder. Der Tote ist einer von der Truppe." „Danke, Jones." Kathy und der Inspektor gingen in die Richtung des Wagens der Gerichtsmedizin. „Einen Moment, Inspektor." Damit stieg Kathy in den Transporter. Nach einem Abgleich des Toten mit den übermittelten Fotos stieg sie zufrieden wieder aus. „Danke, Sie können ihn jetzt wegschaffen. Ich wäre Ihnen dankbar, wenn Sie eine Kopie ihres Berichts an das Hauptquartier in Edinburgh faxen könnten. Mich interessiert vor allem das Kaliber, mit dem der Typ da erschossen wurde. Hier ist meine Karte. Jetzt würde ich noch gerne mit den Zeugen reden." Jones war inzwischen mit dem Fotografieren des Tatorts fertig. Beide traten an die Gruppe der Farmarbeiter heran. Bitte, Sir, könnten Sie mir in kurzen Sätzen erzählen, was hier heute Vormittag passiert ist?" „Das haben wir doch schon alles ihren Kollegen," ich weiß, Sir, doch wären Sie so nett, es noch einmal zu tun?" Dabei setzte sie erneut ihr Lächeln auf, das sie so wunderbar beherrschte. Dem konnten die drei Betreiber nicht widerstehen. Und so schilderten sie Kathy, wie sie zur Farm kamen und den zertrümmerten Schlagbaum vorfanden. Dann, wie sie durch das Fernglas beobachten konnten, wie mehrere Personen über die Wiese in die Richtung der großen Bäume schlichen. Und schließlich, wie riesige Vögel aus den Baumwipfeln in Richtung Boden flogen. Kurze Zeit später wurde einer der Kerle von einem der Vögel gejagt und konnte ihm gerade noch entkommen. „Was ist mit den Vögeln passiert?", unterbrach ihn Jones. Die Zwei stiegen auf und verschwanden in Richtung Nordosten. „Und die Männer?" „Nun, die liefen zu den toten Tieren, die da auf der Wiese lagen. Dort gab es dann einen Wortwechsel

166

und dann erschoss der ältere von den Männern den Typen, der da jetzt tot im Wagen liegt. „Wie viele waren es?" Die Männer überlegten. „Es waren drei." „Sind sie sicher?" „Ja, Mam, es waren drei. Die gingen dann in die Richtung des Autos." „Das war alles?" „Nach dem wir gesehen hatten, was da passiert war, haben wir es vorgezogen, die Polizei zu informieren und erst mal zu verschwinden." „Moment, da war noch was. Zwei von ihnen trugen jeweils einen Beutel zum Wagen. Die müssen sie den Vögeln abgenommen haben. Das war alles." „Danke, meine Herren. Sie haben uns sehr geholfen. Bitte geben Sie hier dem Sergant noch eine Beschreibung des Fahrzeuges." Damit verabschiedete sich Kathy von den Männern und wendete sich wieder dem Inspektor zu. „Ich denke, das war alles, Sir." „Was ist eigentlich passiert, Mam?" „Sie wissen, dass ich Ihnen das nicht sagen darf." Der Inspektor grinste. Alles klar, Mam. Ich hoffe, wir konnten Ihnen behilflich sein. Ich wünsche Ihnen Erfolg. Unsere Ergebnisse schicken wir Ihnen so schnell wie möglich zu. Wer weiß, vielleicht sehen wir uns mal wieder." Kathy reichte ihm die Hand „Ich danke Ihnen, Sir. Kommen Sie Jones, wir müssen los." Beide stiegen in ihren Wagen und fuhren die schmale Zubringerstraße in Richtung der Hauptstraße, da stand plötzlich wieder Sergant Frank vor ihnen. „Bitte umfahren, Jones." Der grinste und wollte gerade ausweichen, doch der Sergant machte Ihnen Zeichen noch mal anzuhalten. Kathy öffnete ihr Fenster. „Sorry, Sergant, aber wir haben es eilig." „Entschuldigen Sie, Mam, aber mir ist noch etwas eingefallen. Ich weiß nicht, ob es wichtig ist?" Kathy wurde etwas ungehalten. „Wir müssen jetzt wirklich, Sergant." „Da war noch ein Mann in einem Landroover." Sofort war Kathys Interesse geweckt. „Wann?" „Nun, ich hatte bereits über Funk den Befehl zur Absperrung erhalten, da kam er die Zubringerstraße entlang. Ich habe ihn natürlich sofort gestoppt und aufgefordert hier zu verschwinden." „Was wollte er?" „Das kann ich Ihnen nicht sagen. Er interessierte sich dafür, ob hier etwas geschehen sei. „Wie sah der Mann aus?" „Mitte fünfzig, Graumeliert und er sprach mit

167

einem merkwürdigen Akzent." Kathy überlegte kurz. „Hier, schauen Sie sich die Bilder an." Damit zeigte sie ihm die übermittelten Fotos der Täter, doch der Sergant konnte niemanden davon identifizieren." „O.k., was war das für ein Auto?" „Ein 89er Roover Offroad. Farbe dunkelblau, fast schwarz. Das Nummernschild war verdreckt. Lediglich die Zahlen 7 – 56 waren zu erkennen." „Ein Leihwagen aus Edinburgh. Danke, Sergant, Sie haben uns sehr weiter geholfen. Fahren Sie, Jones." Der gab vorsichtig Gas und winkte dem Kollegen zum Abschied freundlich zu. „Was halten Sie davon, Chief?" „Halten Sie mal da vorne an. Wir wissen, dass einem der Täter auf der Burg in den Rücken geschossen wurde. Was, wenn es da noch jemanden gibt. Zum Beispiel diesen älteren Mann, den Sergant Frank gerade beschrieben hat. Irgendwie muss es ihm gelungen sein, sich an die Fährte von diesem Müller zu heften. Das bedeutet, Müller jagt die Vögel und der Fremde ist hinter Müller her. Jetzt müssen wir uns nur an dessen Fersen heften und wir kriegen die ganze Bande. Ich glaube auch, dass er es war, der uns mit Informationen versorgt. Siehe die Bilder." „Sicher jemand, der hinter dem Schatz her ist, Chief." „ Ich glaube auch, dass er es war, der in „Londayl" auf uns geschossen hat." Kathy griff zu ihrem Telefon. „Hallo Betty, ist Tom da?" Es dauert eine Weile, bis sie Toms vertraute Stimme hört. Sie berichtet ihm, was in „Abgly" gerade passiert war. „Pass auf, siehst du eine Möglichkeit, wie wir erfahren können, wohin die zwei Harpyien geflogen sind? Ja es sind keine Adler sondern Harpyien. Das erkläre ich Dir später." Tom teilte ihr mit, dass er Sergant Bryan an das Funkgerät des Polizeifunks verdonnert hatte, um jede ungewöhnliche Meldung landesweit herauszufiltern. „Das ist eine Superidee, mein Alter. Pass auf, wir fahren jetzt in nordöstliche Richtung. Dahin sollen die Vögel geflogen sein. Irgendwem müssen die doch auffallen. Wenn Ihr was habt, ruf mich bitte sofort an. Tschüss. Ach so, Du musst für mich noch etwas 'rausfinden. Das GPS-Signal eines Mietwagen. Einem 89er Landroover mit einem Edinburgher Leihwagen-Kennzeichen. Es handelt sich dabei höchstwahrscheinlich um unseren Mörder von der Burg. Jones gibt dir die restlichen Daten durch. Auch die von dem Transporter, mit dem unsere Ganoven unterwegs sind. Tschüss." Damit übergab sie das Telefon an Sergant Jones, der Tom die Fahrzeugdaten übermittelte. Endlich legte er auf. „Das war nicht schlecht, Chief. Der Superintendent schien echt beeindruckt." Jones grinste und gab vorsichtig Gas. „Das ist jetzt wie auf der 'Enterprise'. Wir fahren in unbekannte Weiten, gelenkt von einem Computer."

„Na los, ab in nordöstlicher Richtung, Captain Kirk. Finden wir die Vögel, finden wir die Ganoven."

Tom Morgans Büro

Tom und sein Stellvertreter hatten sich in sein Büro zurückgezogen um die Ergebnisse des Tages noch einmal zusammen zu fassen. „Also, was wissen wir?" „Sechs Ganoven aus Deutschland sind am 10. September bei uns eingereist. Plus einer, der schon vor Wochen hierher kam. Wir haben die Fotos von allen und die Identitäten von vieren. Da wären Hans Müller ein Ex-Söldner, Fritz Werner, ein Elektronikstudent, der bei dem Raub erschossen wird, Eddy Borchardt, inzwischen auch tot und Paul Kowalski. Ein vorbestrafter Einbrecher, der mit Eddy Ende April in einem deutschen Haftkrankenhaus verstorben ist." Mike grinste. „Jetzt brechen schon Tote in unsere Schlösser ein." „Natürlich mussten da ein paar andere Namen und Papiere her den ansonsten hätten unsere Jungs von der Einreise sie längst erwischt." „Hätten sie das wirklich?" „Lass das. Wir haben eines der modernsten Personen-Erkennungssysteme an den Flughäfen und Fähranlegestellen Europas. Doch weiter. Die sieben stehlen gestern Nacht die Kronjuwelen und den Krönungsstein aus der Schatzkammer von Edinburgh Castle. Dabei stirbt der erste der Truppe. Das bedeutet?" „Nun, wenn sie ihn nicht selber erschossen haben, ist da noch jemand am

Werk." „Warum sollten sie ihn selbst erschießen?" „Vielleicht um den eigenen Anteil zu erhöhen?" „Kathy sagt es handelt sich dabei um einen freundlich dreinschauenden Endfünfziger der in einem 89er „Landroover" hinter unseren Ganoven her ist." „Gut, tendieren wir, was den Mord betrifft zu dem Unbekannten. Dieser will, dass sich Müller und seine Freunde nicht lange an der Beute erfreuen können." „O.k., bei ihrer Flucht von der Burg verlieren sie einen Teil der Beute. Das Schwert." „Das war ein Versehen." „Ich würde eher von Blödheit sprechen. So, und kurz nach dem Raub geht dann irgendetwas tüchtig schief. Die Vögel, die mit der Beute von der Burg fliegen," „Das sind Harpyien, sagt Kathy," „O.k. die Harpyien verschwinden von ihrem Zielort „Londayl". Wir finden dort kurze Zeit später eine brennende Scheune und eine Leiche, dessen Identität bis jetzt nicht geklärt ist. Wahrscheinlich Irgendwer, der sich um die Vögel gekümmert hat." „Ich gehe mal davon aus, dass auch diese Tat unserem Unbekannten zugeordnet werden muss." „Warum?" „Nun, ansonsten hätten wir dort noch ein paar tote Vögel gefunden." „Du hast recht, doch weiter. In „Abgly", das liegt ungefähr hier," Tom war an die große Karte in seinem Zimmer getreten und hatte die Orte „Abgly" und „Londayl" jeweils mit einem roten Pin gekennzeichnet. „Also hier in „Abgly" stirbt der nächste Ganove sowie zwei der vier Vögel." „Und jetzt, davon müssen wir ausgehen, sind der Rest der Bande hinter den verbliebenden zwei Vögeln her." In diesem Moment klopft es und Sergant Bryan steht im Raum. „Entschuldigen sie Sir, aber hier ist eine Eilmeldung von der Burg. Unsere Jungs haben bei der weiteren Durchsuchung der einzelnen Ebenen einen Gang gefunden, der zu einem unterirdischen Kanal führt. Und dieser Gang muss vor kurzem benutzt worden sein." „Danke Bryan." Ach so Sergant, geben sie eine Meldung an alle Polizeistationen nördlich von

„Abgly" heraus. Die Kollegen sollen nach zwei großen Vögeln Ausschau halten. Bei Sichtung, sofort Meldung an mich." „Jawohl Sir. Hier ist gerade

170

noch eine Meldung hereingekommen, bei der ich nicht weiß, ob die für unseren Fall relevant ist?" „Was ist passiert?" „Zwei Angler, die ein Zimmer in einer Angelpension bestellt hatten, haben vor knapp zwei Stunden die Leiche einer gewissen Penny Muller aus dem Wasser gefischt. Sie war die Besitzerin der Pension „Pennys Garden". Die Todesursache ist noch ungeklärt. Wahrscheinlich aber ein Unfall. Sie trieb in der Nähe ihres Bootssteges, zwischen einem Motorboot und dessen Poller." Mike stand an der Karte und verfolgte irgendwelche Wege. „Wo, sagten Sie, liegt diese Pension?" „In der Nähe der großen Eisenbahnbrücke, am Forth." „Danke Sergant." Mike ging an Toms Karte und suchte die Pension. „Denkst Du, dass das etwas mit unserem Fall zu tun hat?" „Also, ich glaube hier räumt jemand auf. Sieh her. Hier mündet der unterirdische Fluchtkanal der Burg in das Kanalisationsnetz der Stadt. Ab dort wird nur noch Regenwasser in die Kanäle eingeleitet. Das bedeutet, man kann ab da, die Kanäle bequem mit einem Boot durchfahren. So, und von hier sind es nur knapp drei Meilen bis zur Pension. Kein Problem für ein schnelles Boot. Und über was verfügen Angelpensionen?" „Über Boote!" „Genau. Dasselbe habe ich letzten Sommer mit meinem Neffen gemacht. Solltest Du auch mal tun. Beruhigt ungemein die Nerven." Tom tippt sich nur kurz an die Stirn. „Angeln, Du hast wohl ne Meise. Es gibt wirklich Angelpensionen?" Tom greift kopfschüttelnd zum Hörer und läst sich mit dem Diensthabenden verbinden. „Der Fall der ertrunkenen Penny Muller gehört ab sofort zu unserer Ermittlungsgruppe. Ich will den vorläufigen Bericht der Kollegen in spätestens einer halben Stunde auf meinem Tisch haben." Damit legt er auf. Mike steht immer noch an der Karte und pfeift plötzlich durch die Zähne. „Das ist ja interessant. Der Fundort der ertrunkenen Pensionswirtin liegt ganz in der Nähe des „Regent" Hotel und nur wenige Meilen von der Ortschaft „Londayl" entfernt. Ich verwette meine Pension wenn das ein Zufall ist. Wir sollten ein paar Kollegen hinschicken um heraus zu bekommen, wer die letzten Gäste der Pension waren. Was ist eigentlich mit unserem geklauten Transporter?" „Noch nichts. Die Kollegen suchen noch nach ihm." Tom läßt sich den Diensthabenden geben. „Ich will, dass ein paar Jungs von uns die Angelpension auf links drehen. Ja sofort! Wir müssen wissen, wer die letzten Gäste waren. Danke Morgan, Ende." Damit legt er auf. „Apropos Auto, hier habe ich die Beschreibung und die Kennzeichen der zwei Fahrzeuge, die unmittelbar mit dem Raub in Verbindung stehen. Zum einen der Transporter, mit dem unsere deutschen Ganoven die Vögel jagen. Und hier von einem schwarzen Landroover, der anscheinend dem Transporter folgt. Betty versucht gerade die GPS-Daten der Autos von den Mietzentralen zu bekommen. Dank dem neuen Gesetzt, das den Einbau von GPS Geräten bei teuren Mietwagen zur Pflicht macht." „Hoffen wir nur, dass unsere deutschen Gangster das nicht wissen." In diesem Moment betrat Betty das Büro. „Hier Sir, der momentane Standort der gesuchten Wagen. Die Technik bringt Ihnen gleich einen Laptop, mit dem die genaue Verfolgung der Signale möglich ist." „Danke Betty. Wenn wir Sie nicht hätten?" Tom rief Kathy im Wagen an und teilte ihr den derzeitigen Standort der Gangster mit. Die Tatsache, dass sie gleich in der Lage war die Fahrt und damit die genaue Position der Gangster direkt zu verfolgen, begeisterte die Ermittlerin. „Sie sind auf dem Weg nach „Dunston."

Tod in „Dunston"

Es ist kurz vor 19.00 Uhr als Müller mit seiner Truppe „Dunston" erreicht. Das Signal hatte sich schon seit Stunden nicht mehr bewegt und so war die Hoffnung groß, die beiden Tiere und damit den letzten Teil der Beute hier irgendwo zu finden.
Die kleine Hafenstadt „Dunston" empfing seine Besucher mit dem typischen Charme einer schottischen Industrieperle an der schroffen Küste der Insel. Malerisch, zwischen grünen Hügeln, tiefen Wäldern und Sumpf-

172

landschaften gelegen hatte man von hier einen weiten Blick auf das Meer. Das unvermeidliche Castle lag zwei Meilen westlich vom Stadtkern und bestand seit nunmehr zwanzig Jahren aus einer verwahrlosten Ruinenanlage.

Anfang des 16.Jahrhundert erbaut, schützte es den Clan der „Dunston's" über viele Generationen. Hier kämpften einst die Vorfahren von Rob Roy und Co gegen die von See einfallenden Barbaren aus dem hohen Norden. Heute verhalf die Anlage der Stadt, die Kassen mit dem Geld der Touristen zu füllen. „Dunston" hatte knapp dreitausend Einwohner, die entweder in der alten Fischereifabrik, der Whiskey-Destille oder im Tourismusbereich arbeiteten. Mit der Landwirtschaft oder der Schafzucht hatte man verschiedene Versuche gewagt, doch waren die Erträge äußerst bescheiden geblieben. So kam die Stadtverwaltung vor zehn Jahren zu dem Entschluss, die schon stillgelegten Fischverarbeitungsbetriebe wieder zu reaktivieren. Die alten Gemäuer stammten zum großen Teil aus dem 19 Jahrhundert und der Zahn der Zeit hatte heftig an ihnen genagt. Doch mit viel Fleiß und überlieferten Rezepturen wurden Fischkonserven entwickelt, die inzwischen überall in Schottland und zum Teil auch in England erfolgreich verkauft wurden. Die Fischereiflotte von „Dunston" versorgte täglich die Fabrik und die Einwohner mit frischem Fisch und allem was das Meer so hergab. Auch Touristen konnten mit den Fischern aufs Meer fahren und so ihre eigenen Erfahrungen sammeln. Natürlich gegen gutes Geld. Damit zog der Wohlstand in „Dunston" ein. Als einzige Stadt Schottlands konnte sie bald Vollbeschäftigung vermelden und so sah man überall frisch renovierte Häuser, neue Straßen und gepflegte Grünanlagen. Nur mit einem Problem hatten die Bewohner der Stadt zu kämpfen. Wenn der Wind vom Meer landeinwärts wehte zog ein entsetzlicher Fischgestank über die ganze Stadt. Fieberhaft versuchten die Ratsherren das Problem zu lösen, doch war allen klar, das dazu immense Finanzmittel gebraucht würden, die zur Zeit jedoch nicht zur Verfügung standen.

Auch heute wehte wieder ein frischer Wind vom Meer und so lenkte Paul den Transporter langsam durch die engen und nach Fisch stinkenden Straßen der Stadt ohne zu bemerken, dass ihnen mit großem Abstand ein schwarzer Landroover und ein Polizeiwagen folgte. Nach Morgangs Anruf waren die Beamten von „Dunston" in Alarmbereitschaft versetzt worden und so hatte sie schnell den Transporter mit den gesuchten Ganoven entdeckt. Ein Zugriff war ihnen jedoch ausdrücklich untersagt worden. Die Meldungen gingen von der Zentrale direkt an Kathys Wagen der noch knapp dreißig Meilen von „Dunston" entfernt, sich durch den abendlichen Berufsverkehr quälte und gerade wieder im Stau steckte. Trotz Sirene und Blaulicht war ein schnelles Durchkommen einfach unmöglich. Das angeforderte Sonderkommando wartete bereits seit zehn Minuten etwas außerhalb der Stadt in ihren Fahrzeugen auf die Ankunft der Ermittlerin. Paul hatte beim fahren immer die Hoffnung, irgendwo wenigstens einen der beiden großen Vögel zu entdecken. Er war müde und wollte die Sache endlich zum Abschluss bringen. Was natürlich völliger Quatsch war. Laut dem georteten Signal konnten die Vögel überall und nirgends sein. Endlich hatte Müller den Transporter im Zentrum halten lassen. Tom und Paul bekamen den Auftrag sich in westlicher Richtung der Stadt umzuhören ob irgendwo Greifvögel aufgetaucht waren. Marc und Müller gingen gemeinsam in östliche Richtung. Mike blieb derweil als Wache beim Fahrzeug. Die Straßen in der Stadt waren trotz des unerträglichen Gestanks belebt. Viele strebten den Pubs und Restaurants zu. Auch das örtliche Kino konnte regen Besuch vermelden. Tom und Marc hatten es sich im Biergarten eines kleinen Pubs gemütlich gemacht und ließen sich ein kühles Bier schmecken. Keiner sagte ein Wort. Die Ermordung von Eddy war ein unausgesprochenes Thema zwischen den Beiden. Schließlich hielt es Tom nicht mehr aus. „Was meinst Du, wer der Nächste ist?" „Wat meenste," knurrte Paul zurück. „Na, der ins Gras beißt?" „Keene Ahnung. Is och ejal. Ick globe, wenn et nach den Alten jeht, dann verlässt niemand

174

von uns lebend die Insel. Und ick sage dir noch wat. Dat stand von Anfang an fest." „Aber der braucht uns doch?" Tom war das Herz in die Hose gerutscht. „Ach so? Wofür denn. Wenn der dat Gold von dem dritten Vieh hat, dann braucht der keinen mehr von uns." „Das kann ich mir nicht vorstellen." „So so, denk an meine Worte." Damit trank Paul aus, stand auf und verließ den Biergarten. Er hatte keine Lust, mit so einem Grünschnabel über den Ausgang dieses Coups zu philosophieren. Er brauchte Ruhe zum Überlegen. Irgendetwas musste ihm einfallen, wollte er nicht wie sein Kumpel Eddy irgendwo im Graben enden. Tom hatte hastig sein Bier hinunter gekippt und lief Paul hinterher. Der war plötzlich stehengeblieben und starrte auf die Ladefläche eines Pickups der örtlichen Konservenfabrik. „So warte doch," rief Tom ihm hinterher. „Ich habe keine Lust alleine nach den Vögeln zu suchen." Paul stand immer noch am Straßenrand und starrte auf das Fahrzeug. „Was ist mit dir? Hast Du was entdeckt?" Paul sprach kein Wort. Mit einem Finger zeigte er auf einen großen braunen Flügel, der unter einer Plane hervor lugte. „Da! Da hast Du Deinen Adler. „ Damit riss er die Plane zurück und beide sahen auf den erschossenen Kadaver des Adlers. Um den Hals trug der immer noch den Sender. Tom verschlug es für einen Moment die Sprache. „Vielleicht ist es gar nicht unser Adler," stieß er zögerlich hervor. „Was glaubst Du, wie viele Adler hier in Schottland herumfliegen? Noch dazu mit einem Sender um den Hals." Plötzlich wurde es laut auf der Straße. „Hey Ihr da. Weg von meinem Wagen. Aber ein bisschen hopp. Was habt Ihr hier zu suchen?" Tom und Paul sahen, wie ein fetter, kleiner Mann schwitzend und mit hochrotem Kopf auf sie zustürmte. „Verschwindet von hier. Na los oder soll ich Euch Beine machen?" „Wo hast Du den Vogel her?" „Das geht Euch gar nichts an. Los, macht das Ihr wegkommt." Der dicke Mann zerrte an der Plane und versuchte den toten Adler mühselig zu verstecken. „Ihr seid ja immer noch da." Da reichte es Paul. „Halt endlich deine Fresse du Fettwanst." Damit hatte er sich den Dicken am Kragen gepackt,

175

ihn herumgeschleudert und drückte ihn nun gegen die Ladebordwand des Autos. „Du hast genau eine Minute Zeit, dann sagst Du mir, wo Du das Vieh da her hast. Also, ich warte." Sein eisenharter Griff drückte seinem Opfer langsam die Kehle zu."Wenn Du ihn erstickst, kann er uns gar nichts mehr erzählen." Der dicke Mann begann zu röcheln und bedeutet Paul ihm zu sagen, woher er den Vogel hatte. Paul ließ ihn los und der Mann sank, nach Luft japsend, zu Boden. „Hoch mit Dir." Damit riss er den Mann wieder auf seine Füße."Also, ich höre."

„Mein Bruder arbeitet in der Fischfabrik als Wachmann. Der hat den Vogel geschossen." „In der Fischfabrik? Willst Du mich verarschen?" „Nein Sir. ich sage die Wahrheit. Er konnte es selbst nicht glauben, aber der Vogel saß hinten bei den Abfällen und fraß dort Fisch. Er hat ihn für mich geschossen. Ich präpariere in meiner Freizeit Tiere. Das soll mein Meisterstück werden. Ein echter Steinadler." Paul sah zu Tom. „Was machen wir jetzt?" „Keine Ahnung. Der Alte flippt auf jeden Fall aus." „Kannst Du uns die Stelle zeigen, wo dein Bruder den Vogel geschossen hat?" Der Dicke nickte aufgeregt. „O.k. steig ein. Du Tom springst hinten rauf. Tom zögerte. Nun hab dich nicht so, Is ja noch ne Plane drüber." Tom deckte sorgfältig den Vogel zu und kletterte dann wiederwillig und vorsichtig auf die Ladefläche. Paul setzte sich auf den Beifahrersitz und es ging los in Richtung Zentrum. Schon von weitem konnten sie Müller erkennen, der aufgeregt zu telefonieren schien. „O.k. Du kannst hier anhalten. Tom, Du gehst zum Alten und erklärst ihm die Situation." Tom sprang vom Wagen. Er fand es gut genau gesagt zu bekommen, was er tun soll. Doch war ihm in diesem Moment nicht ganz wohl dabei. Paul konnte sehen, wie Tom in die Richtung des Transporters ging. Marc saß auf dem Beifahrersitz und versuchte immer noch angestrengt die Position des Adlers besser bestimmen zu können. „Lass das Marc. Der Adler ist tot." Müller war inzwischen an Tom herangetreten und Paul konnte sehen, wie Tom ihm die Situation zu erklären versuchte. Zunächst schien Müller auszuflippen, doch dann gelang es Tom ihn zu beruhigen. Dem Dicken im Wagen wurde heiß als er das Geschehen verfolgte. „Wer ist das?" „Unser Chef" murmelte Paul. „Der Mann mit dem lockeren Colt." Der Schweiß lief dem Dicken über das Gesicht. „Das ist ein Witz, oder?" „Nun, wie man es nimmt. Ich jedenfalls würde machen, was er von mir verlangt." „Der sieht aber nicht sehr nett aus. Hören Sie, wenn das sein Adler war, dann gebe ich ihm fünfzig Pfund." Paul sah ihn abschätzend an. „Oder besser hundert. Ja, ich gebe ihm hundert Pfund und wir vergessen die Sache, oder?" Das letzte „oder" klang sehr flehentlich zumal Müller auf dem Weg zu ihnen war. Am Wagen angekommen klopfte er kurz gegen die Scheibe. „Zweihundert Pfund! Mehr habe ich nicht." Die Wagentür wurde aufgerissen und der Dicke sah Müller ins Gesicht. „So so, Sie haben also meinen Adler geschossen?" „Nein Sir, das war mein Bruder, Sir." „Passen Sie auf. Sie werden uns jetzt genau dahin fahren wo ihr Bruder den Vogel erschossen hat. Und wenn alles klappt, dann überleben Sie das Ganze eventuell. Haben Sie mich verstanden?" Dabei öffnete Müller kurz sein Jackett und der Dicke konnte dessen Waffe deutlich sehen. Währenddessen hatte Marc, den toten Vogel auf der Pritsche kurz untersucht und ihm dabei den Sender abgenommen. Müller trat an ihn heran. „Was meinen Sie, finden wir dort die Harpyie?" „Das glaube ich schon, Sir. Das Tier ist erstens müde und zweitens verwirrt. Sein Leittier ist verschwunden. Sie muss sich neu orientieren. Da es jetzt langsam dunkel wird, wird sie das erst morgen, bei Tagesanbruch tun." „O.k. fahren wir los. Und noch eins junger Mann. Es geht hier um zwanzig Millionen in Form von Diamanten. Also bitte keine Tierrettungsversuche. Das ist hier unsere letzte Chance und ich werde nicht dulden, das uns die Beute durch die Lappen geht." Müller und Marc gingen zum Auto. Tom hatte sich schon zu Mike gesetzt, dem es inzwischen sichtlich besser ging. Müller sprang in den Wagen. „He Tom, kommen Sie nach vorn. Sie werden fahren. Mike, wie geht es Ihnen?" „Gut Sir." Na prima, dann kann es ja losgehen."

177

Der Dicke saß immer noch stark schwitzend in seinem Wagen. Und stierte durch die Windschutzscheibe. Seine Hände hielten das Lenkrad fest um krampft, so als wäre es eins mit ihnen.

„Sie sollten losfahren. Und glauben Sie mir, er erschießt Sie ohne mit der Wimper zu zucken. Also?" Der Dicke startete den Motor und der Pickup setzte sich langsam in Richtung Hafen in Bewegung.

Der schwarze Landroover, der seit knapp zehn Minuten etwa dreißig Meter hinter dem Transporter geparkt hatte war niemanden aufgefallen. Aus dem knapp geöffneten Fenster der Fahrerseite stieg feiner Qualm auf. Der Fahrer schien zu rauchen.

Zufrieden lächelnd hatte Meier die Szenerie beobachtet. Ihm war zwar nicht ganz klar, warum da plötzlich dieser Pickup ins Spiel kam, doch war ihm das auch irgendwie egal.

Während er wartete hatte er in Ruhe sein Gewehr zusammengesetzt. Eine Spezialanfertigung, aus der Schweiz. In den Griff war eine Erkennungssoftware eingebaut die es nur ihm ermöglichte diese Waffe abzufeuern. Mit ihr hatte er schon damals bei der Legion zahlreiche Gegner ausgeschaltet. Sie vereinte das Temperament einer UZI mit der Genauigkeit eines Präzisionsgewehrs. Auf fünfhundert Meter konnte er damit einer Fliege das rechte Auge wegschießen. Und heute würde er sie wieder einmal benutzen. Meier lächelte. Plötzlich sah er, wie die Autos sich in Bewegung setzten. Bevor er losfuhr hatte er noch kurz mit seinem Bruder telefoniert. Der hatte nur noch eine unbedeutende Kleinigkeit zu erledigen und wollte dann mit dem Nachtexpress nach Perth kommen. Dort würden sie sich am Bahnhof treffen um dann gemeinsam den Rest von Müllers Bande zu erledigen. Er wartete noch einen Moment, dann setzte sich auch der Roover in Richtung der alten Fischfabrik in Bewegung. Fast wäre er beim ausscheren von einem Leichenwagen gerammt worden, der mit überhöhter Geschwindigkeit die enge Straße herunterkam und in die Richtung des alten Hafens raste. „Idiot!," rief er ihm hinterher. Dabei sollten seine Insassen es nun wirklich nicht mehr eilig haben. Meier wartete noch einen Moment, bis sich sein Puls wieder beruhigt hatte dann fuhr auch er in Richtung des alten Hafen. Kaum war in der Hafenstraße verschwunden bog ein Polizeiwagen um die Ecke und folgte dem Roover mit Abstand. Ab jetzt hatten die Polizisten Zeit, denn jeder musste diese Straße benutzen. Sowohl für den Hin- wie auch den Rückweg. Über Funk erhielten sie den Befehl mit Abstand zu folgen und die Hafenzufahrt dicht zu machen. Ansonsten wurde „abwarten" angeordnet.

„Regent- Hotel"

Die Kriminaltechniker waren längst verschwunden und es kehrte langsam wieder Normalität ins „Regent" ein. Zudem hatte Bill sein Donnerwetter vom Chef halbwegs gut überstanden. Natürlich hatte er nichts von dem nächtlichen Treffen mit dem Unbekannten und dem kleinen Zusatzgeschäft erzählt. Er fand, dass das den Chef nichts anginge.
Erleichtert aber auch ernüchtert ging er seiner normalen Tagesarbeit nach. Gerade hatte eine Reisegruppe mit zehn deutschen Urlaubern eingecheckt. Das Stimmengewirr in deutscher Sprache ließ ihn schnell wieder an die sieben Männern denken, die sich wahrscheinlich gerade auf der Flucht befanden. Auch wenn er in den letzten Tagen oft Angst verspürt hatte, so fand er die ganze Aktion als spannende Unterbrechung seines ansonsten tristen Alltags. Auch das nächtliche Treffen auf dem Parkplatz, die Warnungen des Unbekannten, ihn sofort umzulegen wenn er sich nicht an die Anweisungen hielt, all das kam ihm aus heutiger Sicht logisch und aufregend vor. Fast fühlte er sich wie ein Agent im Dienste seiner Majestät. Doch im Augenblick war alles wieder wie immer. Monoton langweilig und wenig nach seinem Geschmack. Die Zimmer der Ganoven waren bereits wieder vermietet und sein Chef hatte ihm geglaubt als er ihm wortreich versicherte nichts von alledem gewusst zu haben. Das

bohrende Interesse der jungen Praktikantin, die zurzeit mit ihm ihren Dienst in der Lobby versah, hatte er mit dem Hinweis auf einen, von ihm vereitelten Zimmerdiebstahl, vorerst befriedigt. Ob sie es ihm tatsächlich abgekauft hatte, das stand auf einem anderen Blatt. „Ich müsste heute schon gegen zwanzig Uhr nach Hause. Meiner Mutter geht es nicht gut und ich will noch nach ihr sehen. Ist das für Sie in Ordnung Bill? Der Chef hat dem schon zugestimmt." „Was?" Das Geplapper seiner jungen Kollegin holte ihn wieder zurück in die Gegenwart. „Ja ja, ist in Ordnung." Eigentlich hatte er vor den Abschluss seiner „Mission" ein bisschen zu feiern, doch war es eben wie immer. „Wenn Sie wollen, können Sie meinen Wagen nehmen. Soweit ich mich erinnere wohnt Ihre Mutter doch am anderen Ende der Stadt. Ich brauche ihn heute sowieso nicht mehr. Ich werde die Nacht hier im Hotel verbringen." „Oh danke Bill. Sie sind ein sehr netter Kollege." Dabei blinzelte sie ihm freundlich zu, was Bill etwas verwirrte. Er hatte es nicht so mit dem flirten. Und das ihn ein junges Mädchen anlächelte war auch noch nicht so oft passiert. Natürlich, wenn er als Agent im Dienste ihrer Majestät tätig wäre, dann würden ihm die Damen nur so zufliegen. „Verzeihen Sie bitte, junger Mann. Arbeiten Sie hier oder schlafen Sie im stehen?" Bill schreckte auf. Die ältere Dame von Zimmer 116 stand vor ihm und wartete nervös auf ihre Post. „Oh, bitte verzeihen Sie Mrs. Miller, hier, für Sie. Ich war nur gerade etwas in Gedanken." „Sie ist auch ein verdammt hübsches Ding, die Kleine." Lächelnd griff die Alte nach ihren Briefen und verließ kopfschüttelnd die Lobby in Richtung der Hotelbar. Die restliche Zeit bis zum Feierabend seiner Kollegin verlief ohne irgendwelche Vorkommnisse. Pünktlich, kurz vor acht, drückte er Melissa die Schlüssel für seinen kleinen Flitzer in die Hand. „Passen Sie ein bisschen mit der Kupplung auf. Muss bald ne Neue rein, aber noch macht es die alte. Und grüßen Sie ihre Mutter von mir." „Sie sind ein Schatz Bill. Bis morgen." Damit gab sie ihm einen Kuss auf die Wange und verschwand lächelnd durch den Hinterausgang in die Richtung des Parkplatzes für Angestellte. „Den sollten Sie abwischen junger Mann." Die alte Dame von Zimmer 116 stand wieder vor ihm und griff nach einer der ausgelegten Rätselzeitungen. „Bitte was meinen Sie?" „Nun Sie haben da gewisse Spuren in Ihrem Gesicht." Damit reichte sie ihm ein Papiertaschentuch. „Oh das ist mir aber peinlich Mrs. Miller." Nervös wischte er sich die Reste von Melissas Lippenstift aus dem Gesicht als plötzlich ein dumpfer Knall vom hinteren Bereich des Parkplatzes zu hören war. Einen Augenblick später kam schon einer der Gäste in die Lobby gestürmt. „Schnell rufen Sie die Feuerwehr und einen Krankenwagen. Da ist ein Auto explodiert. Überall brennt es." Bill erstarrte. Völlig apathisch drückte er die gespeicherten Notruftasten der Edinburgher Feuerwehr und schlagartig war ihm bewusst, wessen Auto da explodiert war. Sein Mini und es hatte ihn treffen sollen. Und jetzt? Was sollte er jetzt tun? Ihm war klar, dass diese Typen schnell feststellen würden, dass sie die Falsche in die Luft gesprengt hatten. Bill zog die Visitenkarte von Superintendent Mike Brush aus seiner Tasche. Schon nach dem ersten Klingeln hatte er den Polizisten erreicht. „Hier ist Bill aus dem „Regent Hotel". Auf mich ist gerade ein Mordanschlag verübt worden. Bitte, Sie müssen mich schützen." „Wo sind Sie jetzt?," hörte er den Polizisten fragen. „In der Lobby, Sir." „Dann verlassen sie die um keinen Preis, wir sind gleich da. Ach so, Bill, dann will ich was hören." Sein Gesicht war starr vor Angst. Lautes Sirengeheul zeugte von der Ankunft der Feuerwehr. Kopfschüttteln rannte sein Chef an ihm vorbei. „Wissen Sie was da los ist?" Doch Bill zeigte nur mit dem Finger in die Richtung des Parkplatzes. „Melissa," flüsterte er und unwillkürlich glitt seine Hand über seine Wange …

Die Feuerwehr brauchte nur wenige Sekunden um den Brand zu löschen. Doch für die Fahrerin kam jede Hilfe zu spät. Melissa saß völlig verkohlt hinter dem Steuer des kleinen Autos. Ihre Mutter würde umsonst auf sie warten.

181

Die Fischfabrik

Der Pickup mit dem schwitzenden dicken Fahrer am Steuer näherte sich der alten Fabrik. Vorbei am alten Fischereihafen, bog er plötzlich kurz vor dem schmiedeeisernen Tor scharf nach rechts ab. „Hey, was soll das," rief Paul der den Fahrer aufmerksam beobachtete. „Wir müssen zur alten Halle am Ende der Straße. Hier sind zu viele Menschen." Während der Fahrer vor sich hinstammelte liefen ihm die Schweißperlen die Wangen herunter. „Da hinten ist die Halle," dabei zeigte sein Finger zu einer, zum Teil eingestürzten Fabrikhalle, die ihre besten Zeiten eindeutig lange hinter sich hatte. Je näher sie der Halle kamen desto intensiver wurde der Gestank nach altem Fisch. „Hier werden die Abfälle der Tagesproduktion gelagert bevor sie dann am Stadtrand verbrannt werden." „Igitt, das stinkt ja entsetzlich." Paul hielt sich ein Tuch vor die Nase. Rechts und links von der alten Straße stapelten sich riesige Paletten-Türme und zum Teil völlig verrottete Fässer aus denen irgendeine stinkende Brühe ins Erdreich sickerte. „Schon mal was von Umweltschutz gehört? Das ganze hier ist eine riesen Sauerei." Unmittelbar vor der alten Halle hielt der Pickup. „Hier drinnen hat mein Bruder den Adler geschossen." „Gut, dann steigen wir jetzt aus." „Muss das wirklich sein, Sir?" Man konnte förmlich die Angst des Fahrers riechen. „Sie hatten doch gesagt, ich sollte Ihnen die Stelle zeigen und das ist hier. Hören Sie, lassen Sie mich doch einfach fahren. Ich werde auch keinem ein Sterbenswörtchen sagen." „Aussteigen. Und geben Sie mir die Schlüssel." Piet, so hieß der Fahrer begriff, das die Sache für ihn noch nicht vorbei war. „Ich will noch nicht sterben. Und schon gar nicht hier." „Wer will das schon," seufzte Paul. Vorsichtig öffnete Piet die Fahrertür. Müller stand, mit einem Jagdgewehr in der Hand draußen und schien auf ihn zu warten. „Also," rief er dem Fahrer zu. „Wo?" „Da drinnen Sir." „Dann gehen Sie vor und keine Macken, bitte." Letzt bemerkte Piet dass auch die anderen Waffen in ihren Händen hielten. Mit

Entsetzen sah er einen Leichenwagen, der hinter dem Transporter stand. Zwei sehr grimmig aussehende Chinesen standen vor dem Wagen und starrten stoisch in seine Richtung. So sah also sein Ende aus, fuhr es ihm durch den Kopf. Erschossen in einer stinkenden Fischhalle und das Ganze wegen eines erschossenen Vogels.

Inzwischen hatte Kathy die Meldung erhalten, dass die Täter sich im Hafenbereich von „Dunston" aufhielten. „Wie lange brauchen wir noch?" „Laut Navi sind wir in fünf Minuten am Stadtrand von „Dunston". Dort treffen wir auf die Spezialeinheit." „O.k. geben Sie Gas Jones. Wenn wir Glück haben dann beenden wir das Ganze hier in zwei Stunden." Über Funk wies sie die Kollegen der „Dunstoner" Polizei noch einmal an, den Hafen zwar dicht zu machen aber um keinen Preis einzugreifen. Sie wusste, dass wenn die Täter bemerken, dass sie in die Enge getrieben werden, sie unweigerlich von der Schusswaffe Gebrauch machen. Und es hatte heute schon genug tote Polizisten gegeben. Für den Zugriff waren die Jungs vom Sonderkommando da. Plötzlich bog Jones scharf nach links ab. „Was ist los Jones?" Doch da hielt der Wagen schon vor einem schwarzen Transporter auf dessen Dach sich ein Blaulicht drehte. „Wir sind da Chefin." Aus der Fahrertür sprang ein schwarz vermummter und bis an die Zähne bewaffneter Elite-Polizist. Er stand stramm als Kathy auf ihn zuging. „Sie führen hier das Kommando?" „Jawohl Mam." Man merkte ihm an, dass er noch nicht oft vor einer Frau salutiert hatte. „Für Sie, Chief Kathy. Und lassen Sie bitte das salutieren. Kommen wir zur Sache." „Jawohl Mam, äh Chief." Damit breitete er eine Karte auf der Motorhaube Ihres Wagens aus und erläuterte Ihr die Situation. Jones war in dessen dabei seine kugelsichere Weste anzulegen. Als er damit fertig war, hielt er die Weste für seine Chefin in der Hand. Während der Teamleiter Kathy einwies legte auch sie die Schutzweste an. „O.k. geschossen wird nur auf mein Kommando. Fahren Sie los, wir folgen Ihnen."

Piet ging zögerlich auf die alte Fischhalle zu. Paul lief hinter ihm gefolgt von Tom und Marc die ebenso ihre Waffen im Anschlag hielten. Müller unterhielt sich noch einen kurzen Moment mit den Chinesen, worauf die zu ihren Handys griffen. Dann schloss er sich der kleinen Gruppe an. Niemand bemerkte den schwarzen Geländewagen, der ca. 30m hinter einem Berg von zerborstenen Paletten versteckt parkte. Meier beobachtete das Ganze durch sein Zielfernrohr. „Ha, mein Freund. Hier wirst Du also Dein „Waterloo" erleben." Kaum war der Trupp in der Halle verschwunden, sprang Meier aus seinem Wagen und schlich um die Paletten-Stapel herum zur Halle. Er musste aufpassen, dass ihn die Chinesen nicht entdeckten, doch die waren gerade dabei, irgendwelche Kisten aus dem Transporter in den Leichenwagen umzuladen. Eine Minute später hatte er den Seiteneingang erreicht und seine Augen versuchten sich an das Dunkel der Halle zu gewöhnen. Beißender Fischgeruch schlug ihm entgegen. Müller, der dicke Piet und die anderen standen in der Mitte der Halle und lauschten den Geräuschen. Müller gab Marc ein Zeichen und der setzte die Signalpfeife an den Mund. Ein unheimlicher Ton hallte durch die riesige Halle. Kaum hatte er die Pfeife abgesetzt machte sich eine fast unheimliche Stille breit. „Los noch mal." Piet lief der Angstschweiß über das feiste Gesicht. Erneut hallte dieser grässlich hohe Ton von den Wänden hin zu den zum Teil zerborstenen Fensterfronten und verlor sich schließlich irgendwo oben in der maroden Dachkonstruktion. Und plötzlich war er zu hören. Der unheimliche Schrei der Harpyie. Wie ein Wesen aus einer anderen Welt schwebte plötzlich die letzte der unheimlichen Riesenvögel langsam der Erde zu. Piet starrte mit aufgerissenen Augen auf das unheimliche Tier, das da knapp zwanzig Meter vor ihm gelandet war. Marc sah zu Müller, der bereits sein Gewehr im Anschlag hielt. „Bitte Sir, lassen Sie mich." Damit zielte Marc auf die Harpyie, in der Hoffnung sie mit einem gezielten Betäubungsschuss vor dem sicheren Tot zu retten. Doch in diesem Moment drückte Müller schon ab und der Vogel war tot. „Los," rief er Paul zu, „holen Sie den Beutel." Müller zielte jetzt auf Paul, der sich schließlich ein Herz fasste und dem Vogel den letzten Transportbeutel vom Fuß schnitt. Er drehte sich der Gruppe zu und hielt den Beutel triumphierend in die Höhe. Auf diesen Moment hatte Meier nur gewartet. Mit einem gezielten Schuss in die Stirn, fiel Paul tödlich getroffen zu Boden. Müller, Tom und Marc hechteten hinter stinkende Fischfässer um sich in Deckung zu bringen. Nur Piet stand weiter in der Mitte der Halle, zur Salzsäule erstarrt. Das ganze war für ihn ein entsetzlicher Alptraum, der nicht enden wollte. Erst dieses entsetzliche Tier das auch noch vor seinen Augen erschossen wurde und dann noch der Tot seines Beifahrers. „Was passierte hier gerade? Er verstand die Welt nicht mehr. „Na Müller, mit mir hast Du hier wohl nicht gerechnet?" Meiers Stimme hallte durch die riesige Halle. „Was willst Du?" „Was wohl, alter Freund?" „Wenn Du einen Anteil von der Beute willst, dann komm her und wir können verhandeln." Müller konnte seinen Kontrahenten in dem weitläufigen Raum nicht orten. Durch den Wiederhall seiner Stimme hatte er nur eine vage Vermutung. Zu wenig um gezielt schießen zu können. Trotzdem machte er Marc und Tom Zeichen ihre Waffen in die linke hintere Halle zu richten. „Du solltest mich nicht unterschätzen. Du siehst mich nicht aber …" In diesem Moment schlugen zwei Schüsse in das große Fass ein, hinter dem Marc sich versteckt hielt. „Na, junger Mann habe ich Sie getroffen?,, „Nein Sir." Marc lag am Boden mit dem Gesicht in irgendwelchen Fischabfällen. „He, Sie da in der Mitte. Wären Sie so freundlich und bringen mir bitte den Beutel, der da am Boden vor Ihnen liegt. Ich glaube, der Herr braucht ihn nicht mehr." Müller sah, dass Piet sich langsam in die Richtung der Diamanten in Bewegung setzte. „Halt! Wenn Sie noch einen Schritt weitergehen, werde ich Sie erschießen." „Aber nicht doch Müller. Sie verwirren ja den jungen Mann." Das Lachen von Meier hallte von den Wänden zurück. Piet befand sich in einer tödlichen Zwickmühle. In diesem Moment knallten mehrere Salven aus einer Maschinenpistole. Einer der Chinesen

185

stand mit einer russischen „Kalaschnikow" bewaffnet im Eingang und zielte in die Richtung der ersten Empore. Damit hatte Meier nicht gerechnet. Er war hier hinauf geklettert um besser zielen zu können. Von hier konnte er Müller und die anderen jederzeit mit seinem Gewehr erreichen. Doch leider befand er sich nun genau im Schussfeld des Chinesen. Er warf sich herum um auf den neuen Angreifer zu feuern. Doch der Riemen seines Gewehres verhakte sich in einem verrosteten Teil des Geländers. Er verlor den Halt und stürzte von der Plattform in die Tiefe. Mit einem gellenden Schmerzensschrei rollte er sich hinter zwei Ölfässer. Meier hatte sich beim Sturz das rechte Bein gebrochen und im linken Unterschenkel steckte ein ca. zehn Zentimeter verrostetes Stück Metall. Das Schlimmste an der Situation war jedoch, das seine Waffe immer noch am Geländer, in für ihn unerreichbaren drei Metern Höhe hing. Doch das wusste Müller nicht. Ansonsten hätte er an dieser Stelle seinen alten Freund und Wiedersacher sofort erschossen. „Na, mein Freund, hat es sehr weh getan? Ich hoffe, Du hast dir ein paar von deinen alten Knochen gebrochen." Meier biss die Zähne zusammen. Er wusste, dass er jetzt keine Schwäche zeigen durfte. Vorsichtig zog er aus dem Schulterhalfter seine treue „Beretta" und schoss zweimal in die Richtung, in der er Müller vermutete. „Du siehst, mein Freund. Ich bin immer noch fit und gefährlich." Müller kannte diesen Spruch zur Genüge. „Fit und gefährlich" hatte Meier vor jedem Einsatz in der Legion ihm zugerufen, wenn sie beide ausrückten um irgendwelche Gegner zu Eleminieren.

„Los, Sir. Ich gebe ihnen Feuerschutz. Der Chinese eröffnete das Feuer in die Richtung, in der er den abgestürzten Meier vermutete. Diesen Moment nutzte Müller aus. Er sprang hinter seiner Deckung hervor und lief in gebückter Haltung zu Pauls Leiche.

Er riss dem Toten den Lederbeutel aus der Hand und rannte wieder zurück. Dort angekommen gab er Tom und Marc ein Zeichen und alle schossen gleichzeitig in die Richtung, in der sie Meier vermuteten. Der lag mit einem blutenden und einem gebrochenen Bein hinter den Fässern und feuerte ziellos zurück. Als Müller bemerkte, dass die Treffer von Meier nicht mehr zielgenau eischlugen, gab er Tom und Marc ein Zeichen und alle liefen, geduckt und nach Fisch stinkend, in die Richtung des Ausganges. An der Tür der Halle angekommen fiel Ihnen plötzlich der dicke Piet ein. Doch der war inzwischen verschwunden. Piet hatte die Chance genutzt und war aus einer der hinteren Türen ins Freie gelaufen. Ohne sich noch einmal umzusehen rannte er, so schnell ihn seine Beine tragen konnten. Für ihn war klar, es ging um sein Leben. „Ok. Wir hauen ab." Damit gab Müller dem Chinesen ein Zeichen, der daraufhin mehrere Handgranaten in die Halle warf. Nach dem sich der laute Krach der Explosionen verzogen hatte war plötzlich leises Polizeisirenengeheul zu hören, das schnell lauter wurde. „Los ab in den Leichenwagen." Müller schob Tom und Marc in die Richtung des Wagens in dem schon Mike auf der Rückbank saß. Dann warf er den Lederbeutel in den Sarg und sprang auf den Beifahrersitz. Der Chinese am Steuer hupte kurz, worauf der zweite Chinese vom Eingang der Halle zum Wagen stürmte und mit einem Hechtsprung neben den Sarg Platz nahm. Noch während die Räder des Leichenwagens im Kiesbett durchdrehten schloss sich die Heckklappe des Wagens automatisch. Nach knapp siebzig Metern, explodierten plötzlich der Transporter und der Pickup mit einem riesigen Feuerball und einer gewaltigen weißen Qualmwolke. Tom, Mike und Marc starrten erschrocken durch das Rückfenster. Plötzlich löste sich aus der Flammenhölle und dem Qualm ein pechschwarzes Motorrad. Den Lenker hochgerissen raste es auf dem Hinterrad ihnen hinterher. Der Fahrer war in seiner flammend roten Ledermontur nicht zu erkennen. Er überholte den Leichenwagen und war in wenigen Sekunden verschwunden. Der chinesische Fahrer lächelte Müller zu.

Zwei Minuten später rasten mehrere Polizeiwagen vor die Halle. Aus dem Transporter sprangen ein Dutzend vermummte Elitepolizisten, die mit ihren Waffen im Anschlag, innerhalb kürzester Zeit die Halle sicherten. Kathy und Jones sprangen aus ihrem Wagen, zogen ihre Dienstpistolen und liefen in die Richtung des Halleneinganges. Zuvor hatten sie noch über Funk Straßensperren rund um „Dunston" angeordnet.

Indessen versuchten zwei Polizisten mit ihren Handfeuerlöschern den brennenden Transporter zu löschen, doch entschieden sie sich nach kurzer Zeit doch dazu, die Feuerwehr zu rufen.

Kathy und Jones standen am Eingang der Halle. „Hier spricht die Polizei. Kommen Sie sofort mit erhobenen Händen heraus. Die Halle ist von einer Spezialeinheit umstellt, die bei Zuwiderhandlungen sofort von der Schusswaffe Gebrauch machen wird." Statt einer Antwort peitschten mehrere Schüsse dicht neben den

Köpfen der Beiden. Jones, der sich sofort zu Boden geworfen hatte lag in einer stinkenden Lake von Fischresten. „Verdammter Mist. Nicht schon wieder. Das stinkt ja entsetzlich." Kathy gab dem Einsatzleiter der „Special Forces" per Handzeichen den Befehl zur Erstürmung der Halle. Auf einen Wink von ihm flogen mehrere Blendgranaten in die Halle und füllten den Raum in Sekundenbruchteilen mit beißendem rotem Qualm. Dann stürmten sie, die Gesichter mit Gasmasken geschützt, in die Halle. Das laute Husten von Meier, in dessen unmittelbarer Nähe eine der Blendgranaten explodiert war, zeigte ihnen den Weg und im langsam sich verziehenden Qualm schaute Meier verdutzt in die Maschinenpistolen von sechs „Elitecops". Immer noch nach Luft schnappend wurden ihm Handschellen angelegt. Der Einsatzleiter erklärte über Funk, die Halle für gesichert und forderte einen Krankenwagen für den verletzten Meier an. Kathy kam mit einem Taschentuch vor dem Mund dazu. Sie sah in Meiers Gesicht. „Das ist er nicht." Sie hatte sich inzwischen die Gesichter der Gangster eingeprägt und der hier gefesselt vor ihr lag, war definitiv nicht dabei. „Hallo Chief. Hier liegt noch einer. Tot." Einer der „Cops" hatte die Leiche von Paul entdeckt. Kathy lief hinüber und sah auf den ersten Blick,

188

dass der Tote zu den gesuchten Gangstern gehört. „Drei von sieben sind tot. Wenn das so weitergeht, dann musste sie sich beeilen, wollte sie den Rest oder wenigstens einen Teil der Truppe lebend fassen. Plötzlich stand der Einsatzleiter neben ihr und hielt ihr ein Gewehr unter die Nase. „Hier Chief. Das haben wir bei dem Typen da gefunden. Es hing an dem verrosteten Geländer da oben. Ein SSG 357. Ein äußerst präzises Scharfschützengewehr." Kathy pfiff interessiert durch die Zähne. „Na dann war der Einsatz ja doch nicht ganz umsonst." Sie griff sich die Waffe und eilte zu Jones, der immer noch versuchte den Fischgestank aus seiner Uniform zu bekommen. „Hier, Jones, sehen Sie mal, was wir gefunden haben." „Ja super Chefin." Kathy schaute ihrem Sergant amüsiert zu. „Was ist, Jones. Warum so grimmig?" „Da fragen Sie noch? Ich stinke wie ein verfaultes Fischbrötchen. Ach so, die Jungs haben da hinter dem Stapel Paletten den „Landroover" gefunden. Und wem der brennende Pickup da gehört klären die Kollegen vom Revier. Der Transporter wird uns wohl nicht mehr viel sagen können." Damit ging sein Finger in die Richtung des immer noch lichterloh brennenden Wagens. „Könnte mal jemand die Feuerwehr rufen?" Rief sie laut über den Platz. In diesem Moment trugen vier Polizisten den verletzten Meier auf einer Trage ins Freie. Auf einen Wink von Kathy stellten sie den Verletzten ab. „Ich nehme mal an, dass Sie mir nicht sagen werden, in welchem Zusammenhang Sie mit dieser Schweinerei da drinnen stehen? Meier grinste sie mit schmerzverzerrtem Gesicht an. „Und das hier? Gehört das Ihnen?" Meier sah auf sein Lieblingsgewehr und seufzte. „Bitte gehen Sie damit vorsichtig um." „O.k. Jungs, ihr könnt ihn wegschaffen." Die Polizisten trugen Meier zu dem, inzwischen eingetroffenen, Krankenwagen. „Schade dass ich Sie verfehlt habe." Kathy glaubte sich verhört zu haben. „Moment mal. Absetzen!" Meier grinste ihr frech ins Gesicht. „Was soll das heißen?" „Nun erinnern Sie sich nicht an unsere kleine Begegnung in „Londayl?" „Das waren Sie?" „Ich und meine kleine Freundin da." „Nun diese kleine Aktion bringt Ihnen nochmal zusätzliche zehn Jahre. Aber ich glaube, das spielt bei Ihnen keine Rolle mehr. Sein Blick ging in die Richtung des Gewehrs. „Entschuldigen Sie Chief, aber der Patient muss sofort ins Krankenhaus." Fast entschuldigend war der Notarzt an Kathy herangetreten. „O.k. dann schaffen Sie dieses Schwein weg. Aber ich ordne höchste Sicherung an. Und vor der OP durchsuchen Sie ihn gründlich. Und ich brauche ein Foto von ihm. Schickt mir das aufs Handy." Inzwischen hatte die Feuerwehr den Brand gelöscht. „Also Jones, was ist hier passiert? Wir haben einen toten Ganoven, einen toten Vogel und einen schwerverletzten Killer der sich darüber amüsiert, dass er uns verfehlt hat. Die Gangster sind mit der Beute in Richtung „Inverness" verschwunden und die Transponder nützen uns nichts mehr, da sie alle hier und höchstwahrscheinlich verschmort sind. Klasse, und was machen wir jetzt? Wie sind die Typen von hier verschwunden. Nun, vielleicht bringen uns ja die Straßensperren weiter.

Ich rufe erst mal in der Zentrale an und informiere die Kollegen von der Pleite hier. Mist, verdammter dabei waren wir ihnen so nahe. Jetzt haben sie die komplette Beute." Kathy war wütend. In solchen Momenten ließ man sie lieber allein. Sie stand etwas abseits und rauchte eine ihrer stinkenden Zigaretten. Dabei konnte sie am besten nachdenken. Schließlich griff sie zum Telefon und informierte das Hauptquartier über die letzten Geschehnisse. Das Gespräch mit Tom beruhigte sie schnell wieder und beide kamen überein, ihre ganze Aufmerksamkeit jetzt auf „Inverness" zu legen. Denn von dort wollten die Ganoven sich ja anscheinend absetzen. Tom hatte bereits mit der Polizei von „Inveness" telefoniert und die Kollegen hatten ihm völlige Zusammenarbeit zugesichert. Noch gab es nichts Auffälliges von dort zu vermelden. Lediglich ein deutscher Fischer war mit seinem 30 Meter langen Schiff in der Nähe der Flussmündung des Ness", mitten in der Stadt havariert. Doch Spezialisten waren bereits vor Ort um den Schaden zu beheben. „Schick ein paar Jungs von den Flusspiraten zu dem Fischer. Die sollen sich den Schaden mal gründlich anse-

190

hen." Tom lachte am anderen Ende. „Mach Dich ruhig beliebt bei den Kollegen, meine Liebe. Wie macht sich denn unser Sergant?" „Super. Ich glaube den wirst Du mir überlassen müssen, wenn wir hier fertig sind. Den tausche ich gegen Sergant Bryan ein. Wie macht der sich den bei Euch?" „Sehr gut. Er ist fleißig und treibt Betty langsam aber sicher in den Wahnsinn" „O.k. Tom. Ich muss jetzt auflegen. Ich glaube mein Sergant hat etwas entdeckt." Tom lachte: „ach so, noch eins. Wir haben den Pickup von der Burg gefunden. Er stand brennend auf einem Parkplatz nahe der Autobahn. Bis bald." „Brennend auf einem Parkplatz?" Kathy ging zu Jones hinüber, der etwas abseits am Boden hockte und irgendetwas untersuchte. „Was gefunden, Sergant?" „Nun Chief. Auf jeden Fall sind das hier Motorradspuren. Ich bin ja kein Experte aber ich bin früher auch über die Dörfer gebrettert. Bei den Mädchen hat das oftmals Wunder bewirkt. Und solche Spuren hier hinterließen wir, gewissermaßen als unser Markenzeichen." „Tom hat mir gerade mitgeteilt, dass der gestohlene Pickup von der Burg, brennend auf einem Parkplatz an der Autobahn gefunden wurde." Jones sah Kathy kurz an, dann griff er zum Telefon. „Wen rufen Sie an?" „Ich habe einen Freund bei der Autobahnpolizei. Wo ungefähr wurde der Wagen Gefunden?" „Bei Kilometer 61 in nördlicher Richtung."

„Hey John, ich grüße Dich. Hier ist Jones. Ja, ja der lange Jones. Pass auf, Du musst mir helfen. Weist Du was von einem brennenden Pickup bei Kilometer 61?" Jones musste einen Moment warten. „Genau, ein Pickup mit Edinburgher Kennzeichen? Habt Ihr dort eine Motorradspur gefunden? Ja, so eine Kennzeichen-Spur? Alles klar, ich danke Dir. Du hast was gut bei mir."

Triumphierend sah er zu seiner Chefin, die inzwischen mit dem Einsatzleiter der Spezialeinheit gesprochen hatte. „Also Chefin. Auch dort wurde so eine Spur gefunden. Und auch dieser Brand wurde durch eine Granate ausgelöst. Ich fresse einen Besen, wenn das nicht ein und derselbe Täter war." „Der lange Jones?" „So haben mich meine Kumpels auf der Polizeischule genannt.

Ich war halt etwas aufgeschossen." „Gut, Sergant. Wir fahren jetzt in Richtung „Inverness". Unterwegs werden wir Rast machen. Ein paar Stunden Schlaf werden uns gut tun. Den Tatort hier, übernehmen die Kollegen aus „Dunston". Sie winkte den Kollegen zum Abschied zu und Jones lenkte den Wagen in die Richtung der Autobahn. Ein Schild zeigte an, das sie noch knapp 200 Meilen bis „Inverness" vor sich hatten. In 5 Meilen erreichen wir eine Tankstelle mit einem angeschlossenen Motel. Was, ist, soll ich da halten?" Kathy nickte und Jones gab Gas.

Die Nacht vor dem „Show down"

Müller und der Rest der Truppe hatte ebenfalls Unterschlupf in einer kleinen Pension gefunden. Tom, Mike und Marc teilten sich ein Zimmer. Es war eine dieser Pensionen in denen man nicht viel fragt und nicht viel sagt. Genau das richtige für Müller. Er hatte den Jungs die Waffen abgenommen und ihnen eingeschärft, das die beiden Chinesen, deren Zimmer genau nebenan lagen, darauf achten würden, das sie keine Dummheiten machten. Bevor er selbst auf seinem Zimmer verschwand traf er sich noch mit dem geheimnisvollen Fahrer des schwarzen Motorrades. Kurze Zeit später jagte der mit aufheulendem Motor in die Nacht.

Von außen sah die ganze Szenerie ziemlich unwirklich aus. Im Dunkel des frühen Abends wirkte der Leichenwagen, mit seinem Sarg darin, vor der heruntergekommenen Pension wie einem Frühwerk „Agatha Christie" entsprungen. Die spärliche Funzel über dem Eingang schwang quietschend im Wind hin und her und beleuchtete nur wenig den Namen dieser Spelunke. „Way to Hell" stand da, mit verwaschenen Buchstaben auf ein rostiges Blech geschrieben. Sicher hatte das Haus in der Vergangenheit schon bessere Tage gesehen. Doch heute sah es auch aus, wie der „Weg zur Hölle."

Da hatten es Jones und Kathy besser getroffen. Während der Sergant den Wagen auftankte und in der Waschanlage gründlich reinigte, hatte Kathy zwei Zimmer auf Staatskosten gebucht. Jones stellte den Wagen ab und betrat den Motelteil der Anlage. „Hier ist ihr Schlüssel. Ich schlage vor, Sie machen sich frisch und wir treffen uns im Restaurant. Ich lade Sie zu einem kräftigen Abendessen ein. Was halten Sie davon?" „Sehr gern Chief." Jones taten alle Knochen weh und er freute sich schon auf eine heiße Dusche. „Geben sie mir 20 Minuten." Damit verschwand er in seinem Zimmer während sich Kathy mit der Zentrale in Edinburgh verbinden ließ. Tom war gerade auf dem Weg nach Hause, da erreichte ihn Kathys Anruf.

„Hallo Tom. Wir sind hier ca. 5 Meilen hinter „Dunston" und übernachten in einem kleinen Motel an der A12. Kannst Du mir für morgen früh einen Hubschrauber besorgen. Ich finde, wir sollten jetzt mehr Druck machen. Es kann nicht sein, das uns die Typen immer einen Schritt voraus sind. Ich will morgen direkt nach „Inverness" fliegen. Wir können dann den Gangstern einen gebührenden Empfang bereiten." Tom überlegte einen Moment, dann ließ er sich den genauen Standort der beiden geben. „Du weist, dass Hubschraubereinsätze der Alte persönlich genehmigen muss." „Nun in diesem Fall nicht. Du vergisst, dass er mir alle Vollmachten übertragen hat. Aber Du kannst ihn ja fragen. Hast Du noch irgendetwas Neues für mich?" „Ja meine Liebe. Chief Taylor hattest Du doch nach Hintergrundinformationen über diesen Fritz Werner gebeten. Nun, das Ergebnis ist mehr als interessant. Der Vater von dem Jungen ist Prof. Dr. Werner. Und der ist im April in Frankfurt a. Main bei einer Explosion ums Leben gekommen. Dieser feine Herr Doktor ist der Erfinder von diesem binären Zeug, das auf der Burg verwendet wurde. Ein Zufall? Daran glaube ich nicht. Dann habe ich schon die Identität von diesem verletzten Typen aus Deiner Fischhalle. Die Kollegen aus „Dunston" waren fix. Es handelt sich um Horst Meier. Ein Ex-Söldner der mal mit diesem Hans Müller zusammen in der Legion gedient hat. Von Beruf ist er Killer. Damit ist auch klar, warum der so ein großes Interesse an der Gruppe der Ganoven hatte. Der wollte sich für seinen damaligen Rauswurf aus der Legion rächen. Gut, das Ihr den aus dem Verkehr gezogen habt. So, jetzt macht ein bisschen Pause, ich schicke Dir den Helikopter zu 08.00 Uhr. Bis dann und grüße mir Jones." „Gute Nacht, Tom." Kathy ging noch einen Moment vor die Tür des Restaurants und steckte sich eine Zigarette an. So konnte Sie am besten nachdenken. Irgendetwas ging Ihr nicht aus dem Kopf und das machte Sie nervös. Auf jeden Fall würde Sie dem Spuk morgen ein Ende machen. Der Innenminister hatte ihr 72 Stunden gegeben. Und sie pflegte Befehle einzuhalten. Plötzlich klopfte es hinter ihr an einer der Restaurantscheiben. Es war Jones, der an einem der Tische Platz genommen hatte und ihr nun fröhlich zuwinkte. Kathy drückte die Zigarette aus und ging ins Restaurant. „Verzeihen Sie Chief, aber ich habe schon mal ein bisschen in der Menükarte geblättert." „Und, haben Sie etwas interessantes gefunden?" „Nicht so richtig. Hier gibt es viel Fisch und so etwas. Wissen Sie, was ich jetzt gerne hätte?" „Ein Steak?" „Richtig, Chief. Woher wussten Sie das?" „Telepathie Sergant!" Der Ober trat an den Tisch und Kathy bestellte zweimal Steak. Und es kann ruhig noch etwas blutig sein. „Morgen früh Jones geht es mit dem Hubschrauber weiter. Ich werde den Wagen von den Kollegen aus „Dunston" abholen lassen. Sie haben doch keine Flugangst?" Jones schluckte etwas, dann schüttelte er den Kopf. „Ich hoffe es jedenfalls. Ich bin noch nie mit so einem Ding geflogen." „Gewöhnen Sie sich daran. Ich habe mit Tom Morgan gesprochen. Er wird Sie in mein Team versetzen. Sie haben sich bis jetzt gut geschlagen. Natürlich nur wenn Sie wollen?" Jones war begeistert. „Aber natürlich Chief. Ich bin sprachlos." „Sagen Sie, ist Ihnen an der Aussage von diesem Meier heute irgendetwas aufgefallen?" „Meier? Wer ist das?" „Ach so, das konnten Sie noch nicht wissen. Der Typ, den wir da aus der Halle geholt haben ist Horst Meier. Ein Ex-Legionär und anerkannter Mörder." „Nun, er hat zugegeben, dass er in „Londayl" auf uns geschossen hat." „Das ist es, Jones. Jetzt weiß ich, was mich die ganze Zeit gestört hat. Der Typ, der uns da erledigen wollte hat mit einer Pistole auf uns geschossen. Meier dagegen behauptet mit seinem Scharfschützengewehr auf uns geschossen zu haben." „Nun, vielleicht hat er sich geirrt?" „Das glaube ich nicht. So einer irrt sich nicht. Ich glaube er lügt, aber warum?" „Vielleicht deckt er Jemanden?" Daran habe ich auch schon gedacht nur wen?" Doch lassen Sie uns essen. Morgen wird ein anstrengender Tag für uns. Dann holen wir uns die Typen und die Beute." „Guten Appetit." Nach dem Essen verzogen sich beide auf ihre Zimmer.

Tom Mike und Marc saßen auf ihren Betten und schauten müde und erschöpft an die Zimmerdecke. Plötzlich hielt es Tom nicht mehr aus. „Hey Jungs, wir müssen irgendetwas tun, sonst wir morgen tot." Marc sprang von seinem Bett auf und zeigte Tom an sofort den Mund zu halten. Dann verschwand er kurz am Waschbecken und kam mit einem gefüllten Wasserglas zurück. Er nahm seine Uhr vom Handgelenk und warf sie in das Glas. Dann bedeutete er den Beiden, es ihm gleich zu tun. Verwundert warfen auch Tom und Mike ihre Uhren in das gefüllte Glas. Dann stellte er das Glas vor das Fenster ihres Zimmers. „Das habe ich mal in einem Spionagefilm gesehen. Mit den Uhren kann Müller jedes Wort von uns hören." Mike war entsetzt. „Wie, der konnte uns die ganze Zeit abhören." „Was glaubst Du denn, wofür die Dinger waren?" „Na um irgendwelche Zulu Zeiten einzustellen." „Du bist noch sehr naiv. Also, wie soll es jetzt weitergehen?" Die drei überlegten angestrengt. „Wir müssen Müller irgendwie ausschalten." „Wie meinst Du das? Willst Du ihn umbringen?" Tom war verzweifelt. „Wenn es notwendig ist, dann muss es halt so sein.

Der Polizei können wir ja immer noch sagen, es wäre Notwehr gewesen. Es ist doch Notwehr, oder?" „Du hast recht, Müller muss weg. Wie auch immer." „Ihr vergesst die Chinesen." Plötzlich hatte Marc eine Idee. „Ich habe doch noch das programmierte Handy von Fritz. Was wäre, wenn ich der Polizei in regelmäßigen Abständen unseren momentanen Standort per SMS schicken würde? Ich kann ja die Nummer speichern und die Karte in Betrieb lassen. Ich gebe dann einfach das neue Ziel ein und fertig. Das Gerät schickt alle 20 Minuten eine SMS an die Edinburgher Polizei." Tom und Mike sahen sich fragend an. „Wenn der Alte das spitz kriegt, bist Du tot." Wisst ihr was Besseres?" „Wie will Müller eigentlich von „Inverness" weiter?" „Mit einem Fischkutter nach Cuxhaven." „Woher weist Du das?"; fragte Mike interessiert. „Das hatte Müller und ich so geplant. Es ging schließlich auch um den Rücktransport der Vögel nach Deutschland. Wobei ich mir da inzwischen nicht mehr so sicher bin. Ich glaube, ihr Tod war von Anfang an beschlossene Sache." „Das bedeutet wir haben in „Inverness" die letzte Chance lebend davonzukommen. „Und was ist mit unserem Geld?" Mike sah seinen Freund fragend an. „Wie naiv bist Du eigentlich? Hier geht es um Dein Leben. Du glaubst doch nicht ernsthaft daran von Müller auch nur einen Cent zu sehen?" „Warum denn nicht? Überlege doch mal. Der Tod von Fritz und Paul geht auf das Konto von diesem Meier. Und hätte Eddy sich nicht am Schmuck vergriffen, würde er bestimmt auch noch leben." Plötzlich klopfte es an der Tür und wenig später stand Müller im Raum. „Meine Herren, wir fahren morgen früh um 08.30 Uhr. Unser Ziel ist „Inverness". Von dort geht es dann mit einem Schiff weiter nach Deutschland. Schlafen Sie jetzt. Gute Nacht." Trotz seiner Freundlichkeit konnte man bemerken, dass ihn irgendetwas beunruhigte. Sein Blick schweifte im Raum umher bevor er endgültig die Tür schloss. Kaum war er draußen holte Marc die Uhren wieder ins Zimmer. Er goss das Wasser aus dem Glas und gab jedem seine Uhr zurück. Dann

196

flüsterte er Tom zu. „Er hat die Uhren gesucht. Ich wusste doch, dass der Trick mit dem Wasserglas funktionieren würde. Gute Nacht." Damit löschte er das Licht und alle schliefen in kürzester Zeit tief und fest.

Auch Kathy und Jones hatten sich in ihre Betten gelegt. Während Jones sofort einschlief und von zukünftigen Verbrecherjagten träumte lag Kathy noch lange wach. Sie brauchte nicht viel Schlaf. Drei bis vier Stunden reichten ihr völlig und so spielte sie im Kopf verschiedene Varianten einer morgigen Festnahme durch. endlich fielen auch Ihr die Augen zu und sie schlief fest ein.

Derweil saß Franz Meier im Nachtexpreß nach „Inverness": Ursprünglich wollte er sich mit seinem Bruder in Perth treffen. Doch irgendetwas musste dazwischen gekommen sein, denn er konnte ihn seit Stunden nicht mehr erreichen. Von seinem Blitzbesuch in „Londayl" wusste er, dass Müllers Reise nach „Inverness" führte. Egal, was auch passiert war, er würde es zu Ende bringen. Er würde Müller töten. Und wenn er sich tagelang im Hafen auf die Lauer legen musste. Er würde ihn finden und erledigen. Das war er seinem Bruder schuldig."

14. September Irgendwo bei „Dunston"

Jones wurde von einem ohrenbetäubenden Lärm geweckt. Er sah auf seinen Wecker und stellte erleichtert fest, dass es erst 6.00 Uhr war. Er kannte das Geräusch und ihm war klar, dass da gerade ein Polizeihubschrauber landete. Doch warum schon so früh? Hatte die Chefin nicht etwas von 8.00 Uhr gesagt? Da niemand aufgeregt an seine Tür pochte legte er sich wieder hin versuchte noch eine Stunde zu schlafen. Derweil stand Kathy schon beim Helikopter und unterhielt sich mit dem Piloten. Kurze Zeit später gingen beide in das kleine Restaurant und frühstückten in Ruhe. Jones war es nicht mehr gelungen noch einmal einzuschlafen und so duschte er ausgiebig. Dann zog er seine, immer noch nach Fisch stinkende, Uniform an. Wohl wissend, das das bald vorbei war. Denn als Chief Kathy's Mitarbeiter würde er Zivil tragen. Er schnappte sich seine Sachen und schlenderte in Richtung Restaurant. Kathy und der Pilot waren die einzigen Gäste um diese Zeit und so setzte sich Jones einfach dazu. Sein „Guten Morgen", klang noch etwas schlaftrunken. „Na, bereit für die entscheidene Schlacht? Bevor Sie in den „Heli" einsteigen prüfen Sie noch mal Ihre Dienstwaffe. Es ist durchaus möglich, dass sie die heute brauchen werden. Und nehmen Sie unsere Westen aus dem Wagen mit." Jones sprang auf und wollte zum Wagen. „Wo wollen Sie denn hin, Sergant?" „Na zum Wagen, Chief." „Erst wird gefrühstückt." Jones nickte zufrieden und ging zum Buffet. Mehr als eine Schale Müsli bekam er um diese Zeit sowieso nicht runter. Doch brauchte er einen starken Kaffee. Der machte ihn fit für den Tag. Und wenn er an den gestrigen dachte, dann wusste er dass der heutige bestimmt auch wieder aufregend werden würde. In diesem Moment klingelte Kathys Handy. Tom war dran und informierte sie, dass die Kollegen in „Inverness" auf Ihre Ankunft warten würden. „O.k. Tom dann wünsche uns Glück, wir fliegen in fünfzehn Minuten. Einen Moment noch Kathy. Gestern Abend hat jemand versucht einen unserer Hauptzeugen zu töten. Den Empfangschef vom „Regent Hotel" Er hatte Glück. Seine junge Kollegin dagegen nicht. Sie ist bei der Explosion einer Autobombe ums Leben gekommen. Also passt auf Euch auf." „Das werden wir. Danke, Ende." Damit legte sie auf. Jeder am Tisch hing in diesem Moment seinen Gedanken nach. Plötzlich stand Kathy auf. „Ich gehe noch eine rauchen. Dann fliegen wir." Damit verließ sie den Raum. Kaum war sie draußen räusperte sich der Pilot. „Is ja ne ganz Scharfe." „Lassen Sie sie das bloß nicht hören." „Mein Einsatzleiter war begeistert als er hörte wen ich da fliegen werde. Ihr Ruf eilt ihr voraus. Wie ist sie denn so?" „Wie meinen Sie das?" „Na so, im Allgemeinen. Sie arbeiten doch mit ihr zusammen, oder?" Jones überlegte einen Moment. Dann vergewisserte er sich, dass seine Chefin auch wirklich draußen rauchte. „Nun es ist ganz o.k. Natürlich fragt sie mich oft um Rat. Doch wenn wir dann erfolgreich einen Fall abgeschlossen haben dann gehen wir zusammen auch mal ein Bier trinken. Oder so." Der Pilot sah ihn fragend an. „Aber dann frage ich mich, warum man sie als „einsame Wölfin" bezeichnet. Wenn Sie doch so dicke zusammen arbeiten." Jones schluckte verlegen seinen Kaffee hinunter. „O.k. es ist unser erster gemeinsamer Fall, aber sie will mich in Ihrem Team." Der Pilot lachte laut und stand auf. „Es geht mich ja auch gar nichts an. Komm lieber, ansonsten ist das hier Dein letzter Fall mit Ihr." Jones ging zum Wagen und holte die Westen und die zwei Gewehre aus dem Kofferraum. Dann kontrollierte er noch den Bordcomputer. Hier waren die Protokolle der Straßensperren abgelegt. Beim durchlesen blieb er plötzlich an einem Punkt hängen. Jetzt wusste er, wie die Typen entflohen waren. Er beschloss diese Tatsache seiner Chefin bei passender Gelegenheit mitzuteilen. Dann verstaute er alles im Helikopter und schließlich setzte er sich auf die hintere Sitzbank und schnallte sich an. „Hier gibt es nur einen Beckengurt." „Das reicht für Dich, Keine Angst, ich habe noch keinen verloren." Damit nahm der Pilot Platz und checkte den „Heli". Kurze Zeit später schwang sich Kathy auf den Sitz des Co-Piloten. „Na dann wollen wir mal. Alles klar mit Ihnen, Sergant?" „Alles klar, Chefin." Jones hatte keine Angst, doch war ihm etwas mulmig im Magen. Es war sein erster Flug mit so einem Ding. Über Funk erhielten sie ihre Startfreigabe und der Rotor setzte sich kraftvoll in Bewegung. Kurze Zeit später hob der Hubschrauber vom Boden ab und entschwand mit lautem Getöse in Richtung Norden.

Kurz nach acht Uhr standen auch Tom, Mike und Marc mit ihren Taschen am Leichenwagen. Die Pension bot keinerlei Frühstücksservice obwohl sie mit „bed and breakfast" warb. „Nicht mal einen Kaffee am Morgen.

Der Tag fängt ja gut an." Plötzlich stand Müller bei Ihnen. „Na, meine Herren alles frisch? Heute geht's nach Hause." „Eine Frage hätte ich noch, Sir." „Was wollen Sie wissen Marc?" „Wann bekommen wir eigentlich unser Geld? Oder ist es falsch diese Frage zu stellen?" „Oh nein, keineswegs. Sobald wir auf hoher See sind erhält jeder seinen Lohn. Und jetzt steigen Sie ein." Inzwischen waren auch die Chinesen eingetroffen. Tom, Mike und Marc rutschten auf die hintere Sitzbank. Einer der Chinesen stieg wieder nach hinten zum Sarg und ab ging die Fahrt in Richtung „Inverness".

Das Geheimnis des Fischkutters

Kapitän Johannsen erwachte heute Morgen schon gegen 4.00 Uhr. Er lag jetzt schon drei Tage an einer Kaianlage mitten in der Stadt vor Anker und wartete auf Müller. So langsam wurde die Sache brenzlig. Er wusste nicht, wie lange er den Behörden noch das Märchen von der Havarie auftischen konnte. Er ließ zwar täglich seine Mannschaft aufgeregt an Deck hin und herlaufen, um Betriebsamkeit vorzutäuschen, aber so langsam wurden die Jungs von der Küstenwache unruhig. Das alte, kaputte Motorenteil, das er extra aus Cuxhaven mitgebracht und vor Tagen ausgetauscht hatte musste schon zwei Kontrollen über sich ergehen lassen. Er wusste dass es hier in Schottland unmöglich gegen ein neues ausgetauscht werden konnte. Vor einer Stunde erreichte ihn dann dieses Telegramm:
Gegen 8.00 Uhr würde ein Team von Motorspezialisten vor Ort den Schaden untersuchen und sollte eine Reparatur nicht möglich sein das Abschleppen des Kutters in das Dock der „Brawer" Werft veranlassen. Jetzt war guter Rat teuer. U-Boot Kapitän Jensen saß bei ihm und beide überlegten was jetzt zu tun war. Plötzlich hatten sie einen Entschluss gefasst. „O.k. dann eben Plan „B". Mach Dich fertig, ich fange in 10 Minuten mit dem Fluten an. Jensen nickte und ging in die Richtung des Laderaumes.

200

Kapitän Johannsen klemmte sich an das Funkgerät und rief „Xiao". Der Chinese fungierte für ihn als Verbindung zu Müller. Doch so oft er es auch versuchte, es meldete sich niemand. Auch das Handy war abgeschaltet. „Verdammter Japse. Ich war immer dagegen so einen als Kontaktmann einzusetzen. Jensen war inzwischen im Bauch des Schiffes angekommen. Hier im schummrigen Licht sah die „Deep Star 500" riesig aus. Mit ihren gut 6 Metern Länge und knapp 2,5 Metern Höhe füllte sie den Laderaum des Kutters voll aus. Schnell kletterte er an der Außenleiter auf das Dach des Tauchbootes und öffnete die Turmluke. So wie er es unzählige Male getan hatte rutschte er in das Innere des Bootes, verschloss die Luke und klemmte sich hinter das Cockpit. Noch während er den Systemcheck am Boot durchführte schoss plötzlich Wasser in den Innenraum des Kutters. „Du kannst es wohl nicht erwarten, was?" Über Funk hörte er Johannsens tiefe Stimme. „Was willst Du? Ich denke Du bist so schnell wie Du immer sagst. Ich öffne jetzt die Bodenluke." „Alles klar mein Lieber, Bodenluke öffnet sich. Du hast acht Meter Wassertiefe unter Dir. Gute Fahrt."
Jetzt offenbarte sich das eigentliche Geheimnis des deutschen Fischkutters. Das im Innenraum mitgeführte Unterseeboot konnte auf Knopfdruck nach unten in die offene See abgelassen werden. Eine komplizierte Anordnung von Ballasttanks und Luftkammern hielt dabei das Boot fast in Wasserlinie. Das bedeutete, dass für Beobachter sich kaum eine Veränderung am Schiff erkennen ließ. Der Umbau hatte fast eine viertel Million gekostet, was bei dem erwarteten Ergebnis nicht allzu teuer war. Das U-Boot tauchte in 6 Meter Wassertiefe und Johannsen konnte die Bodenklappen wieder schließen. Kapitän Jensen aktivierte den Streckencomputer und die „Deep Star 500" glitt lautlos in, fast fünf Metern Wassertiefe, durch den „Ness." Wenn jetzt nichts mehr schiefging, würde sie „Urquant Castle" im „Loch Ness" in ca. sechs Stunden erreichen.

Das U-Boot

Die „Deep Star 500" war ein ausgemustertes Forschungs-U-Boot aus Frankreich. Müller hatte das schon betagte Boot, Anfang letzten Jahres bei einer Internetauktion erstanden.

Das Boot hatte schon mehr als fünfzehn Jahre Einsatz vor der französischen Atlantikküste auf dem Buckel. Es galt als sehr zuverlässiges und robustes Tauchboot, das bis zu einer Wassertiefe von maximal hundert Metern operieren konnte.

Da Müller schon damals mit Schwierigkeiten bei der Flucht gerechnet hatte wollte er sich von Anfang an eine Unterwasseroption offenhalten. Besonders der Elektroantrieb hatte es ihm angetan. Er investierte noch mal hunderttausend in die Erneuerung der Batterien und der Stromwandler und bereits bei den ersten Testfahrten in der Nordsee konnte eine Unterwasserfahrzeit von acht Stunden auf Anhieb erreicht werden.

In einer Bar in Bremerhaven hatte er damals den arbeitslosen Thomas Jensen kennengelernt. Jensen war gerade aus der Bundesmarine unehrenhaft entlassen worden. Dort hatte er zwei Jahre als U-Boot-Kommandant seinem Vaterland treu gedient. Gut, da war dann die nicht genehmigte Tauchfahrt von Jensen und einem Teil seiner Crew mit einem der modernsten U-Boote, das die Bundes-Marine besaß. Und das alle sturzbetrunken, einen Torpedo auf ein „schwimmendes Ziel" abgefeuert hatten kam erschwerend dazu. Der absolute Auslöser für seine Entlassung war dann aber die Tatsache, das fünf leichtbekleidete Damen aus dem Turmluk kletterten, als der Marinekreuzer SK 21 das U-Boot dreißig Seemeilen vor Bremerhaven in der Nordsee aufbrachte.

Zu früheren Zeiten hätte das Seekriegsgericht in solch einem Falle kurzen Prozess gemacht. Heute wollte man sich die Blamage ersparen und hatte Jensen nur gefeuert.

Es kostete Müller wenig Überredungskraft, Jensen davon zu überzeugen,

202

bei ihm ins Team einzusteigen. So bekam Müller nicht nur jemanden der das U-Boot steuern konnte sondern auch einen Fachmann für die notwendigen Umbauarbeiten. War das Boot ursprünglich für drei Besatzungsmitglieder vorgesehen so war jetzt Platz für zwei Personen und „Gepäck". Das war genau nach dem Geschmack von Müller.

Und jetzt fuhr genau dieses Boot, mit Jensen am Steuer, fast 10 Knoten schnell unter Wasser in die Richtung von „Loch Ness".

Inverness

Ginge es nach William Shakespeare dann tötete hier in „Inverness-Castle", Cousin Macbeth seinen König, Duncan den I. Was natürlich völliger Quatsch war. Real dagegen waren zahlreiche Schlachten in der schottischen Geschichte, die hier auf Grund der strategischen Lage geschlagen wurden. Das war lange her, doch hatte Kathy vor heute, eine weitere hier zu schlagen.

In „Inverness" lebten heute über 40 000 Einwohner die vor allem ihr Geld mit der Herstellung von medizinischem Zubehör, im Auftrag von amerikanischen Pharmakonzernen verdienten. Als nördlichste City der britischen Insel stellte sie zudem die politische und wirtschaftliche Hauptstadt der „Highlands" dar. Nördlich der Stadt begann der „Ness" sich seinen Weg von der Nordsee tief ins Landesinnere zu bahnen. Dabei durchzog er die Altstadt und passierte den zentralen Bahnhof der Stadt, an dem Franz Meier am frühen Morgen als erster eingetroffen war. Nach einem ausgiebigen Frühstück, in einem der kleinen Bahnhof-Bistros, mietete er sich einen Wagen und überlegte wie er weiter vorgehen sollte. Er musste zum Hafen und dort ein Schiff finden, das unter deutscher Flagge fuhr. Und so traf er gegen 7.00 Uhr im alten Hafen der Industriestadt ein. Um diese Zeit herrschte hier schon dichtes Gedränge der Fischkutter, die ihre Waren aus den Nachtfängen am Kai löschten. Am Ende der Fangflotte lag ein deutscher Fischkutter vor Anker. Absolute Ruhe herrschte dort an Bord. Meier fühlte nach seiner Waffe, die er wie immer griffbereit im Schulterholster trug. Hier war er richtig. Das fühlte er. Er entschloss sich noch etwas abzuwarten und das Schiff zu beobachten. Nach knapp zwanzig Minuten gingen mehrere Männer der Besatzung von Bord. Meier konnte durch sein Fernglas erkennen, das sich nur noch eine Person auf der Brücke befand.

Kapitän Johannsen hatte sich entschlossen seiner Besatzung einen außerplanmäßigen Landgang zu verordnen. Er wollte keine Zeugen haben, wenn die Inspektoren gegen 8.00 Uhr an Bord kamen. Und so saß er ruhig, mit einem Becher Kaffee in der Hand und seiner Lieblingspfeife im Mund auf der Brücke und harrte der Dinge, die da kommen würden. Gegen halb acht hörte er plötzlich Geräusche an Deck. Irgendwer kam an Bord. Verwundert blickte er auf seine Uhr. Sollten sich die Beamten so in der Zeit vertan haben. Egal, dann waren sie eben wieder früher von Bord. Gerade wollte er sich aus seinem Kapitänsstuhl erheben, da stand ein älterer Herr auf seiner kleinen Brücke und hielt ihm eine Pistole an den Kopf. Johannsen war verwirrt. Der Alte war bestimmt niemand von der Hafenbehörde. „Wo ist Hans Müller?", flüsterte der Mann. „Wer? Keine Ahnung wovon Sie reden, Sir." Ein harter Schlag mit der Waffe traf ihn mitten im Gesicht und ließ ihn zu Boden stürzen. „Falsche Antwort." Damit traf ihn ein weiterer Schlag, diesmal in die Halsgegend, der ihm die Luft abschnürte. Johannsen fing an zu röcheln und Blut lief ihm aus Mund und Nase. „Noch mal, wo ist Hans Müller?" Langsam bekam es Johannsen mit der Angst zu tun. Wer war der Typ da und was wollte der von Müller? „Hören Sie, ich habe keine Ahnung von wem Sie da sprechen." Mit Entsetzen konnte er sehen, wie der Fremde einen Schalldämpfer auf seine Pistole schraubte. Dann lud er die Waffe durch, zielte und drückte ab. Ein entsetzlicher Schmerz, der ihn laut aufschreien ließ durchfuhr seine Schulter. „Sind Sie wahnsinnig?" „Hören Sie, ich frage jetzt zum letzten Mal

204

freundlich. Bei der nächsten falschen Antwort geht die nächste Kugel in ihr linkes Knie. Und glauben Sie mir, das tut höllisch weh. Also? Wo ist Hans Müller?" Johannsen überlegte einen kurzen Moment, doch dann sah er wie der Lauf der Waffe in die Richtung seines linken Knies zielte. „Warten Sie, mir fällt da gerade was ein." „Ich höre." Warum sollte er sich für Müller zum Krüppel schießen lassen? „Müller ist auf dem Weg hierher. Doch wir haben umdisponiert. Da es hier gleich eine umfangreiche Kontrolle der Küstenwache gibt, ist das U-Boot auf dem Weg nach „Urquant Castle" um ihn und die Beute dort an Bord zu nehmen." „Ein U-Boot, wie originell. Und das soll ich Ihnen glauben, Sir?" „Ja, bitte. Ich muss nur noch unseren chinesischen Verbindungsmann erreichen." Jetzt wusste Meier dass der Kapitän da vor ihm die Wahrheit sprach. „O.k. ich glaube Ihnen. Aufstehen! Los hoch mit Ihnen." Mühsam erhob sich der Kapitän aus seiner Ecke. „Und jetzt schreiben Sie mir die Rufnummer von diesem Chinesen da auf. Und auch die Funkfrequenz von diesem U-Boot." Kaum hatte der alte Kapitän die Nummern notiert drängte ihn Meier mit der Waffe im Rücken in den Laderaum. „Jetzt erschießt er mich dachte Johannsen noch, dann erhielt er einen fürchterlichen Schlag auf den Hinterkopf und fiel ohnmächtig zu Boden. Danach verließ Meier mit einem freundlichen Gesicht den Kutter, setzte sich in seinen Wagen und fuhr in die Richtung des alten Castles, das malerisch, am Ufer des „Loch Ness" lag.

Der Hubschrauber, der Kathy und Jones zum „Inverness Airport Dalcross", ca. 10 Meilen außerhalb der Stadt brachte, befand sich bereits im Landeanflug als Jones die Katze aus dem Sack ließ. „Wissen Sie Chefin, wie die Typen in „Dunston" entkommen sind?" „Nun sagen Sie schon." „Mit einem Leichenwagen und einem Motorrad." „Woher wissen Sie das, Sergant?" „Das stand in dem Protokoll der Straßensperren, das uns die Kollegen auf unseren Autocomputer geschickt hatten. Da neben der Fischfabrik der Friedhof der Stadt liegt, hatte niemand daran Anstoß

genommen, dass ein Leichenwagen mit hoher Geschwindigkeit vom Friedhof in die Richtung der Autobahn gerast ist. Das war sicher unser Chinese aus „Londayl". Triumphierend sah Jones zu dem Piloten, der sich ein plötzliches Lächeln nicht verkneifen konnte. „Hören Sie Sergant. Wenn Sie mir noch ein einziges Mal solch eine Information vorenthalten regeln Sie schneller den Verkehr als Sie sich das vorstellen können. Haben Sie mich verstanden?" „Ja Chief." Jones war am Boden zerstört. Er hätte nie gedacht, dass die Chefin so reagieren würde. „Haben Sie mir noch etwas vorenthalten, das ich wissen sollte. Überlegen Sie, den wenn der Heli aufsetzt ist es zu spät." Jetzt bekam es Jones mit der Angst zu tun. „Nein Mam, das schwöre ich." Sekunden später setzte der Helikopter in „Inverness Airport" auf. Es war 09.30 Uhr und Kathy war zufrieden. Jetzt hatte sie den Vorsprung, den sie so dringend wollte. „Danke Chief Sergant. Gut geflogen. Kommen Sie Jones. Wir müssen los."
Kaum war sie ausgestiegen da raste ein schwarzer Roover mit Blaulicht auf sie zu. Ein junger Beamter sprang aus dem Wagen, salutierte und bat sie einzusteigen. Jones packte das Gepäck in den Wagen, dann nickte er dem Piloten „cool" zu und nahm auf dem Rücksitz der Limousine Platz. Der Fahrer gab Gas und sie rasten der Polizeizentrale von „Inverness" zu. Unterwegs versuchte der Fahrer es mit einem bisschen Konversation, doch wurde er von Kathy höflich aber bestimmt unterbrochen. „Bitte entschuldigen Sie mich, aber ich würde jetzt gerne eine Zigarette rauchen. Haben Sie etwas dagegen?" Zwar war es in schottischen Dienstwagen prinzipiell verboten zu rauchen, doch würde er es nicht wagen einer Sonderermittlerin aus Edinburgh das Rauchen zu verbieten. „Natürlich dürfen Sie hier rauchen, Chief." Zu seinem Entsetzen bemerkte er in diesem Moment, das der Wagen über keinen Aschenbecher verfügte. Kathy musste laut lachen, dann öffnete sie ihr Fenster. „So geht es auch." Nach einer knapp zwanzig minütigen Fahrt bog der Wagen auf den Hof der Polizeizentrale von „Inverness" ein.

206

Kathy stieg aus dem Wagen und wurde vom Leiter der Polizeistation, Chief-Superintendent Long, begrüßt. Jones wollte gerade das Gepäck ausladen. „Das brauchen Sie nicht Sergant. Ich stehe Ihnen den ganzen Tag zur Verfügung." Der Fahrer nickte kurz und fuhr dann vom Hof. Jones hatte es gerade noch geschafft seiner Fallmappe zu ergreifen. „Kommen Sie Sergant." Kathy und Jones folgten dem Chief in das Lagezentrum. Ungewöhnlich viele Beamte bevölkerten den Flur und taten sehr geschäftig. Man merkte ihnen jedoch an, das jeder einen Blick auf die Superpolizistin werfen wollte. Am Ende des Flurs war das Zimmer des Chefs. Im Vorraum stand ein großer Konferenztisch auf dem ein Computer nebst Scanner und Drucker sowie zwei Telefone standen. Das ist für Sie Chief McGore. Alles neu und fertig installiert. „Danke Sir. Jones stellen Sie sofort eine Direktverbindung mit dem Hauptquartier her und holen Sie mir Tom an die Strippe." Jones setzte sich an den Computer und hatte sich mit wenigen Handgriffen in den Zentralrechner der Polizei von Edinburgh eingeklinkt. Dann ließ er sich mit dem Hauptquartier verbinden. „ Guten Morgen Sir, hier ist Sergant Jones. Entschuldigen Sie die Störung aber Chief Kathy möchte Sie sprechen. Ich übergebe." „Kathy stand nervös neben Jones und entriss ihm fast den Hörer. Hallo Tom, was gibt es Neues?" Tom freute sich ihre Stimme zu hören. Also erstens müssen einer oder mehrere der Gangster es mit der Angst bekommen haben. Wir erhalten seit über 90 Minuten in regelmäßigen Intervallen eine SMS mit ihrem genauen Standort auf einer Karte geschickt. Danach sind die Jungs jetzt auf halbem Weg zu Euch. Dann habe ich hier die Identität von dem Typen aus der Fischhalle. Horst Meier ist ein echter Killer. Es liegen Haftbefehle aus insgesamt elf Ländern vor. Damit ist Euch ein dicker Fisch ins Netz gegangen. Laut Aussage des Krankenhauses wird der noch mindestens eine Woche auf der Intensivstation verbringen, bis er ins Haftkrankenhaus verlegt werden kann. Mehr gibt es im Augenblick nicht." „O.k. ich danke Dir. Wir sind jetzt hier bei den Kollegen in „Inverness".

Sind alle sehr nett. Wir werden gleich erst mal dem deutschen Kutter einen Besuch abstatten. Ab 11.00 Uhr werden auf den Zubringerstraßen Sperren errichtet. Wer weiß, vielleicht können wir ja Müller und seine Ganoven bereits auf der Autobahn festnehmen. Wünsch mir Glück, McGore Ende." Damit legte sie auf. „Jones, drucken Sie mal das Konterfei von diesem Horst Meier aus und packen Sie sein Bild zu den anderen Gangstern." Kaum war Jones damit fertig drängte Kathy schon zum Aufbruch. "Chief, ich hätte mir gerne zwei Beamte von Ihnen ausgeliehen. Ich möchte mir mal diesen angeblich havarierten deutschen Kutter ansehen."

„Kein Problem. Ihr Wagen wartet bereits vor dem Eingang. Ein weiterer Streifenwagen wird Sie begleiten. Sagen Sie, wenn Sie etwas brauchen. Wir freuen uns wenn wir mit unseren bescheidenen Möglichkeiten helfen können." „Oh Sir, seien Sie nicht so bescheiden. Ich danke Ihnen und werde Ihr freundliches Angebot im Innenministerium gebührend erwähnen.

Jones, kommen Sie." Damit eilte Sie in Richtung des Haupteinganges, wo der junge Sergant Sie schon salutierend empfing. „Passen Sie auf Sergant. Das mit dem salutieren lassen wir ab sofort sein. Sagen Sie Chief zu mir und alles wird gut. Und jetzt fahren Sie mich zum Hafen, zu diesem deutschen Fischkutter." Sie winkte den Polizisten in dem nachfolgenden Wagen freundlich zu und stieg in den wartenden Roover. Auch Jones sprang in den Wagen und der Fahrer gab Gas. Es dauerte nur knapp 10 Minuten und der Wagen hielt an einer der unzähligen Kaianlagen vor einem gelben Flatterband der Polizei. Ein Krankenwagen, zwei Polizeiautos und ein Wagen der Küstenwacht standen vor einem Kutter an dessen Heck die deutsche Fahne im Wind flatterte. Zusätzlich hatte eine Barkasse der Polizei vor dem Kutter festgemacht. Der Sergant, der den Kai mit einem Flatterband abgesperrt hatte staunte nicht schlecht als plötzlich eine Sonderermittlerin mit Gefolge vor ihm auftauchte. „Was ist hier passiert Sergant?" „Nun gegen 08.30 Uhr betrat ein Sonderkommando der Küstenwache den Kutter. Zunächst fanden sie das Schiff verwaist vor. Daraufhin wurde eine Durchsuchung angeordnet. Im Laderaum wurde dann der Kapitän des Kutters gefunden. Ein gewisser Johannsen aus Cuxhaven. Er lag verletzt am Boden. Wenn Sie mich fragen, dann hat den jemand hart verhört." „wie geht es ihm?" „Der Notarzt hat ihn untersucht. Bis auf eine Schusswunde in der Schulter ist er eigentlich schon wieder fit. Er liegt dort im Notarztwagen und soll gleich ins Krankenhaus gebracht werden." „O.k. ich übernehme ab hier. Jones, Sie stoppen den Krankenwagen. Ich rede kurz mit den Jungs von der Küstenwache. Los geht's. Meine Herren, damit wendete sie sich an ihre uniformierten Begleiter, Sie warten hier." Jones lief zum Notarztwagen, der gerade losfahren wollte und stellte sich ihm in den Weg.

Ein aufgebrachter Arzt sprang aus dem Wagen und begann mit Jones zu diskutieren. Doch ließ der sich nicht erweichen und zeigte auf Nachfrage mit seinem Finger in die Richtung seiner Chefin. Die stand derweil am Kai und sprach mit den Jungs von der Küstenwache. „Habt Ihr was gefunden, was darauf schließen lässt, das die Havarie nur vorgetäuscht war?" Der Chef der Truppe, ein noch sehr junger Kommandant, erklärte ihr, dass nach dem Fund des verletzten Kapitäns die Untersuchung vorerst beendet wurde. „O.k., dann nehmen Sie die sofort wieder auf. Ich will wissen ob der Kahn da seetüchtig ist. Das ist ein Befehl junger Mann." „Hören Sie, haben Sie hier das Kommando?" „Wer will das wissen?" „Ich bin Dr. Hessler und ich würde meinen Patienten jetzt gern in die Klinik bringen." „Verzeihen Sie Doc. Ich muss Ihrem Patienten nur noch schnell ein paar Fragen stellen. Das ist enorm wichtig." Damit ließ sie den wütenden Arzt stehen und lief zum Krankenwagen. Sie öffnete die Hecktür und ließ den im Wagen sitzenden Assistenten aussteigen. „Entschuldigen Sie bitte, aber ich brauche nur fünf Minuten." Völlig verdattert standen der aufgebrachte Arzt und sein Begleiter vor dem Wagen und erklärten, dass sie sich auf jeden Fall Beschwerden werden. Die beiden Beamten, die für Kathy abgestellt waren versuchten den wütenden Arzt zu beruhigen.

Derweil saßen Kathy und Jones im Wagen und sahen in das von Schlägen gezeichnete Gesicht von Johannsen. Seine linke Schulter war bandagiert und ein Tropf war an seinem Arm angebracht. „Hören Sie zu Herr Johannsen." „Kapitän Johannsen, soviel Zeit muss sein. Also, wie kann ich Ihnen helfen." „Lassen wir das Geschwafel Herr Kapitän. Ich bin Sonderermittlerin und komme aus Edinburgh und ich habe wenig Zeit. Hier sind ein paar Fotos und ich will wissen, wen Sie davon schon mal gesehen haben. Damit legte sie dem verdutzten Johannsen die Fotos der Verbrecher auf die Trage. Der blätterte die Bilder kurz durch und stutzte für einen Moment bei dem Bild von Meier. „Tut mir leid Mam, aber die sind mir gänzlich unbekannt." „Nun, Sir, vielleicht habe ich mich unklar ausgedrückt. Ich habe Sondervollmachten. Aus diesem Grund verhafte ich Sie wegen Fluchtunterstützung von gesuchten Gangstern. Darauf steht hier bei uns 10 Jahre. Wer weiß, was ich mir noch einfallen lasse. Auf jeden Fall werden Sie Schottland nicht so schnell wieder verlassen, also?" Johannsen überlegte einen Moment, dann war ihm klar, dass Müller aufgeflogen war und es nur noch darum ging, möglichst glimpflich aus der Sache zu kommen. „Horen Sie, was ist, wenn ich Ihnen sage was ich weiß?" „Dann werden mein Sergant und ich kurz miteinander beraten und je nach Ergebnis, Ihre Strafe mildern." Johannsen dachte kurz nach und dann schilderte er den Plan, Müller und die Juwelen per U-Boot außer Landes zu bringen, in allen Einzelheiten. Außerhalb der Dreimeilenzone sollte er das Boot dann wieder Aufnehmen. „Na also, wir danken Ihnen. Gerade wollten die Beiden den Wagen verlassen da verlangte Johannsen nochmal die Fotos zu sehen. „Der da, hat mich überfallen." Damit reichte er das Bild von Horst Meier an Sergant Jones zurück. „Aber Sir, das ist unmöglich." „Hören Sie junger Mann ich zwar schon etwas älter wie Sie, aber meine Augen sind immer noch gut. Der Typ hat mich überfallen, zusammengeschlagen und

210

hat auf mich geschossen." „Kommen Sie Jones unser Kapitän hier muss ins Krankenhaus. Gute Besserung für Sie." Kathy und der verdatterte Jones sprangen aus dem Wagen, direkt in die Arme des Arztes. „Danke für Ihre Geduld." „Das wird noch ein Nachspiel haben." „Ja ja, fahren Sie, bevor ich es mir anders überlege. Meine Herren, damit wendete sie sich an die beiden Polizisten. Sie bleiben hier, und wenn das Ergebnis der Schiffsdurchsuchung abgeschlossen ist, kommen Sie sofort in die Zentrale. Und wir beide, Sergant, fahren jetzt zu Chief Long. Damit stiegen beide in den bereitstehenden Wagen und rasten mit Blaulicht zurück. Zurück blieben ein paar verdutzte Beamte.

Während der Fahrt saß Kathy schweigend im Wagen. Vor sich das Foto von Meier auf dem Schoß, rauchte Sie eine ihrer stinkenden Zigaretten, bis der Fahrer mit dem husten anfing. „Oh Sorry, ich war in Gedanken." Damit warf sie die Zigarette aus dem Fenster, gerade, wie der Wagen auf den Hof der Zentrale einbog,
Sie sprang heraus nicht ohne dem Fahrer zu sagen, dass er sich bereithalten soll, es würde gleich weitergehen. Und besorgen Sie sich eine Weste junger Mann. Wir wollen doch nicht, dass Ihnen etwas passiert. Kaum öffnete Sie die Tür zum Revier da begegnete sie schon dem Chief. „Was haben Sie erreicht, meine Liebe? Oh verzeihen Sie bitte, das ist mir so rausgerutscht."
„Einen Moment bitte, Sir. Jones verbinden Sie mich mit Morgan." „Sir es besteht der reale Verdacht, dass alle Gangster auf dem Weg nach „Urquant-Castle" sind. Und genau dort plane ich ihre Festnahme." In diesem Moment hatte Jones den Chief in Edinburgh erreicht. „Hier Chief." Damit reichte er ihr das Telefon. „Hallo Tom, Du musst bitte etwas für mich feststellen. Prüfe bitte nach, on dieser Horst Meier einen Bruder hat. Einen Zwillingsbruder, meine ich. Nur so ergibt hier einiges einen Sinn. Pass auf, ich mache mich jetzt gleich auf den Weg nach „Urquant Castle".

Das liegt am „Loch Ness". Nach einer Zeugenaussage ist Müller mit seiner Truppe dorthin unterwegs. Und, halte Dich fest, er plant dort in ein U-Boot umzusteigen. Ja ein Tauchboot. Ich weiß auch nicht woher er das hat. Dann brauche ich einen Haftbefehl für den Kapitän des deutschen Kutters. Der heißt Johannsen und kommt aus Cuxhaven. Ja, schreibe rein, wegen Fluchtunterstützung. Ich lasse sein Boot festsetzen. O.k. ich muss los. Bis bald und denke an Meier das hat Vorrang." Damit wendete sie sich an Jones. „Sie erinnern sich doch daran, dass mir die Aussage dieses Horst Meier, was „Londayl" betrifft komisch vorkam. Was wäre, wenn es zwei Meier gibt? Zwillinge." „Dann war es dieser Meier hier, der auf uns in „Londayl" geschossen und mich niedergeschlagen hat." „Genau, und damit bekommt das Ganze hier auch Sinn." „Sir ich benötige Ihre Hilfe." Damit trat Sie an die große Karte, die in Chief Longs Zimmer hing. Ich brauche ein Einsatzkommando für die Festnahme. Dann ein schnelles Schiff der Küstenwache und ein paar Marinetaucher." „Sollen Sie haben." Der Chief hob den Hörer und in wenigen Minuten war alles geklärt. „Der Kommandant der Bootes nimmt mit Ihnen vor Ort Kontakt auf.
Das Sonderkommando steht jederzeit bereit und ich schicke Ihnen zur Sicherheit noch zwei meiner besten Beamten mit. Haben Sie sonst noch einen Wunsch?" „Ja, bitte veranlassen Sie die Beschlagnahme dieses deutschen Kutters und legen Sie ihn an die „große Kette. Wie man so schön sagt." „Alles klar. Ich nehme mal an, dass Sie gleich los wollen. Ich wünsche Ihnen viel Erfolg bei der Jagd und vielleicht sehen wir uns mal wieder. Mich müssen Sie jetzt entschuldigen." In diesem Moment kam ein Anruf aus dem Krankenhaus rein. Am Hörer war der Assistent, der im Wagen bei dem Kapitän gesessen hatte. „Hören Sie, ich weiß nicht ob es wichtig ist, aber auf der Fahrt ins Krankenhaus hat der Kapitän telefoniert. Ich weiß nicht mit wem aber er erzählte etwas von einem „Plan B". Ich fand, das sollten Sie wissen." Damit legte er auf. Ein zweiter Anruf erreichte Kathy auf ihrem Handy. Es war Tom. „Du hattest, wie immer ein gutes

Näschen. Horst Meier hat einen Zwillingsbruder. Und der heißt Franz Meier und wird ebenfalls mit internationalem Haftbefehl gesucht. Bitte sei vorsichtig. Es heißt, er wäre der „Cleaner": Das bedeutet, er beseitigt alle Spuren und das sehr konsequent. Ach so und dann habe ich Dir doch von den merkwürdigen SMS berichtet. Irgendwie haben die gerade die Richtung geändert. Es geht jetzt nach," „Nach „Urquant Castle" mein Lieber. Ich danke Dir." Damit war klar, mit wem Johannsen da telefoniert hatte. Mit Hans Müller. Schade um den alten „Seebären". Kathy hatte ihn fast schon lieb gewonnen. Doch jetzt sah es düster für die Zukunft des deutschen Kapitäns aus.

Minuten später saß sie mit Jones im Wagen und raste mit Blaulicht im Konvoi nach „Urquant-Castle".

Der Leichenwagen, mit Müller und dem Rest der Truppe kam gut voran. Zwar irritierte es einige Autofahrer das ein schon betagter Wagen, der dazu noch voll besetzt war mit überhöhter Geschwindigkeit auf der rechten Spur Jeden überholte der sich vor ihm befand. Nach knapp zwei Stunden ließ Müller an einer Raststätte anhalten. „Sie können jetzt da drinnen frühstücken." Tom und die anderen Beiden, ließen sich das nicht zweimal sagen und begaben sich in das Restaurant. „Und, hast Du schon eine SMS abgeschickt?" Marc deutete auf die Armbanduhren und legte den Finger auf den Mund. Dann nickte er Tom zu und zeigte mit den Händen die Zahl fünf an. Mike war nicht wohl bei dem Gedanken, dass sie im Augenblick bereits unter Kontrolle der Polizei standen. Sicher war es nur noch eine Frage der Zeit, bis der Zugriff erfolgen würde. Doch wenigstens sie dann noch am Leben. „Also gut, dann lasst uns frühstücken." Jeder der drei besorgte sich ein paar Sandwiches und einen großen Pott Kaffe. Dann setzten sie sich an ein Fenster von dem sie den Leichenwagen gut sehen konnten. Während sie sich die Sandwiches schmecken ließen telefonierte Müller aufgeregt. Dann entfaltete er eine Karte auf der Motorhaube des

Wagens und erklärte dem chinesischen Fahrer eine bestimmte Strecke. Der nickte plötzlich und telefonierte dann. Müller kam auf das Restaurant zu, besorgte sich etwas zu essen und einen Pott mit frischem Kaffee und nahm in Ruhe am Tisch der drei Jungs Platz. „Störe ich etwa?" „Aber nein, Sir. Bitte setzen Sie sich doch." Schweigend begann Müller damit eines, der zwei Sandwiches, zu essen. Dabei genoss er den frisch gebrühten Kaffee. „Gibt es noch Probleme mit Ihrem Bein Mike?" Doch der schüttelte nur den Kopf. „Der Schlaf hat mir gut getan. Ich kann zwar noch an keinem Marathonlauf teilnehmen, doch der Rest geht schon wieder. Gibt es Probleme Sir?" „Wie meinen Sie dass Mike?" „Nun, wir haben gesehen, dass Sie aufgeregt telefoniert haben." „Spionieren Sie mir etwa hinterher?" „Aber nein Sir." Tom beeilte sich keine Missstimmung aufkommen zu lassen. „Wir haben Sie und die Chinesen nur zufällig gesehen." „Ja, hier aus dem Fenster, da, sehen Sie?" Müller sah kurz aus dem Fenster und dann kaute er weiter. „Nun, es gibt tatsächlich eine kleine Planänderung." Damit begann er das nächste Sandwich in Ruhe aus der Folie zu wickeln. Die anderen am Tisch starrten ihn schweigend an. Fast wären sie geplatzt vor Neugier." „Äh Sir, wäre es zu viel verlangt, uns von der Planänderung zu erzählen. Denn schließlich stehen wir doch jetzt kurz vor dem Ende der Mission, oder?" Müller legte das Sandwich auf den Teller und wischte sich die Hände an einer Serviette sorgfältig ab. Dann sah er den Dreien in Ihre Gesichter. „Was wäre eine Reise nach Schottland, ohne dem berühmten Seeungeheuer einen Besuch abzustatten?" „Wie, Sie meinen, es geht zum „Loch Ness?" „Genau. Ich dachte mir, dass es geradezu meine Pflicht sei, mit Ihnen dorthin einen kleinen Abstecher zu machen. Sie sollen ja schließlich bei Ihrer Rückkehr etwas zu erzählen haben. Und wer weiß, vielleicht entdeckt ja einer von Ihnen das legendäre Seemonster." Tom, Mike und Marc waren sprachlos. Sie wussten nicht, was sie davon halten sollten. „Im Übrigen, ist Ihnen eigentlich bekannt, das noch heute Demjenigen, der einen fotografischen Beweis des Untiers erbringt,

214

das Tourismusministerium Schottlands eine halbe Million Pfund zahlt? Das ist doch was? Ich hoffe jeder von Ihnen hat sein Handy dabei." In diesem Moment verschluckte sich Marc heftig am Kaffee und Mike war gezwungen im auf den Rücken zu schlagen. „Was ist mit Ihnen, Marc?" „Nur der Kaffee Sir, nur der Kaffee. Es geht schon wieder." „Dann ist es gut. Ich werde mir jetzt noch ein bisschen die Beine vertreten. Das sollten Sie auch tun. Sie wissen ja, wer rastet der rostet." Damit stand Müller auf und verließ das Restaurant. Kaum hatte er den Raum verlassen begann Tom zu hyperventilieren. „Hey Mike, was ist mit ihm?" „Komm schnell, wir müssen mit ihm raus, an die frische Luft." Marc und Mike stützten ihren Freund recht und links und gingen mit Ihm vor die Tür. Die frische Luft tat ihr übriges und Tom begann wieder flacher zu atmen. „Er weiß, von Deinen SMS. Jetzt ist alles vorbei." „Halt sofort Deinen Mund. Gar nichts weiß er. Meinst Du wirklich, wir würden sonst noch leben?" „Hier trink das." Mike hatte für seinen Freund noch schnell einen Becher Wasser besorgt. „O.k. jetzt beruhigen wir uns wieder und überlegen was wirklich hinter dem Plan von Müller stecken könnte. In diesem Moment tauchte am Horizont ein schwarzes Motorrad auf, das mit hohem Tempo auf den Parkplatz gerast kam und dicht an dem Leichenwagen hielt. Der immer noch in ein flammend rotes Lederdress gekleidete Fahrer begrüßte die beiden Chinesen mit einer freundlichen Umarmung. Danach erklärte der Fahrer des Leichenwagens dem Motorradfahrer die neue Strecke. Merkwürdigerweise zeigte er dabei mehrfach mit dem Finger in die Richtung der drei jungen Männer, die auf einer der Bänke Platz genommen hatten. Plötzlich wendete sich auch der Motorradfahrer den Dreien zu. Unter seinem Helm schien er Tom, Mike und Marc zu fixieren. Dann stieg er wieder auf seine Maschine und raste davon. Was hatten die beiden da gesprochen. Und warum hatte er immer zu Ihnen geschaut? Mike und Marc wurde ganz mulmig. Irgendetwas ging hier vor und das hatte auf jeden Fall mit Ihnen zu tun. Plötzlich tauchte Müller bei Ihnen auf. „Na meine Herren, sind sie satt geworden? Können wir dann weiterfahren?" „Alles klar, Sir." „Hurra, auf nach „Loch Ness. Lassen Sie uns das Monster finden." Alle saßen wieder auf Ihren angestammten Plätzen und schon ging es los. „Sie brauchen nicht so zu rasen. Unsere jungen Freunde sollen doch etwas von der schönen Landschaft sehen.

Im Übrigen, wir haben es nicht mehr eilig." Mike konnte sehen, wie der chinesische Fahrer sie im Rückspiegel fixierte. Ein Lächeln auf dessen Gesicht und Mike wusste das er es wusste. „Na Prost Mahlzeit."

Die Ankunft in „Urquant-Castle"

Hans Müller überlegte fieberhaft, wie er sich der drei Trottel da hinter ihm entledigen konnte. Das Gelände rund um die Burgruine von „Urquant Castle" bot viele unübersichtliche Orte, an denen man, zumindest für Stunden, ein paar Leichen verstecken konnte. Denn das sie sterben mussten stand für ihn fest. Und dann waren da noch die Chinesen. Egal wie, er hatte noch genug Zeit, sich einen Plan auszudenken. In einer knappen Stunde würde er den „Loch Ness" erreichen. Ein umladen der Beute in das U-Boot, konnte frühestens gegen 18.00 Uhr erfolgen. Bis dahin bevölkerte jede Menge an Touristen diesen Ort. Da würde wahrscheinlich schon das auftauchen eines Tauchbootes zu einer Massenhysterie führen, da jeder das Seeungeheuer darin vermutete, Natürlich hoffte er irgendwie mit dem Kapitän schon vorher Verbindung aufnehmen zu können. Er beschloss in Ruhe abzuwarten.

Franz Meier war ohne Schwierigkeiten unterwegs. Zum Glück hatte er bei dem Trottel von Sergant die Karte gefunden, auf der der Weg von „Londayl" nach „Inverness" zum Treffpunkt am „Loch Ness" eingezeichnet war. Leider war er nicht mehr dazu gekommen auch den Rest der Ledermappe einzustecken, denn da tauchte ja plötzlich diese Polizistin

216

auf. Leider erschienen dann noch mehr Polizisten vor Ort. Er hätte keine Skrupel gehabt, zwei Polizisten zu erschießen. Laut seinem „Navi" würde er in knapp zwanzig Minuten „Urquant-Castle erreichen. Und dann würde man schon weitersehen.

Die „Deep Star 500" hatte vor einer knappen halben Stunde die Mündung des Loch Ness erreicht. Das Echolot zeigte sehr schnell eine mittlere Tiefe von 250 m an. Hier ging es also verdammt weit runter. Wenn man den Geschichten und Mythen, die sich rund um diesen See ranken, Glauben schenkt dann ist die genaue Maximaltiefe bis heute unbekannt. Experten reden von um die 400 Meter und wer weiß, vielleicht lebt da unten ja doch irgendetwas was noch nie ein Mensch gesehen hat. Vor knapp zwei Jahren hatten amerikanische Forscher, mit Genehmigung der schottischen Behörden den Grund des Sees abgesucht und trotz Einsatz von modernster Echolottechnik nichts gefunden. Das Problem des Sees war seine Größe. Mit einer Länge von fast 35 Kilometern bei einer maximalen Breite von 1200 Metern könnte es jedem Wesen gelingen sich zu verstecken. Und so lebte „Nessi" weiter in den Köpfen der Besucher und der Schotten.

Laut Unterwasserradar hatte Jensen in wenigen Minuten den Treffpunkt erreicht. Ihm war natürlich klar, dass sein plötzliches Auftauchen einen großen Wirbel bei den Touristen hervorrufen würde. Deshalb wollte er vorsichtig auf Seerohrtiefe gehen um dann mittels der Funkantenne mit Müller Kontakt aufzunehmen.

Alles Weitere konnte man dann besprechen. In diesem Moment zeigte ihm der Bordcomputer an, dass er die Anlegestelle der alten Burgruine erreicht hatte. Jetzt musste er vorsichtig sein, da hier im 10 Minutentakt die Fährschiffe mit den Touristengruppen an- und ablegten. Er beschloss zunächst auf eine Tiefe von dreißig Metern abzutauchen und dann knapp fünfzig Meter neben der Ruine langsam wieder aufzutauchen. Hier wähnte er sich vor unbefugten Blicken sicher denn zur Anlegestelle hin wurde er von den großen Steinblöcken des Castle geschützt. Auch zum Land hin trennte ihn „Urquant-Castle" vor den Blicken der Touristen. Für ihn verwunderlich war an dieser Stelle die extreme Wassertiefe. Das Echolot zeigte in unmittelbarer Nähe des Ufers immer noch eine Tiefe von 280 Metern an. Langsam hatte die „Deep Star" ihren Auftauchpunkt erreicht. Der Tiefenmesser zeigte an, dass er sich der Wasseroberfläche näherte. Knapp 2 Meter unterhalb der Wasserlinie stoppte er das Auftauchen und fuhr vorsichtig das Sehrohr auf. Kaum konnte er die Seeoberfläche sehen stoppte er. Seine Vermutung an dieser Stelle vor fremden Blicken sicher zu sein, schien sich zu bewahrheiten. Deshalb zögerte er nicht, die Funkantenne vorsichtig auszufahren. Über den Bordcomputer wählte er Müllers Nummer. Es dauerte einen Moment bis sich Hans Müller meldete. „Ja bitte." „Hallo Sir, hier ist Kapitän Jensen. Die „Deep Star 500" liegt verabredungsgemäß in der Nähe des Treffpunktes und ist bereit zur Übernahme des Päckchens." Man merkte, dass Müller nicht frei sprechen konnte. „Ich werde in knapp einer Stunde am verabredeten Punkt eintreffen. Bis dahin herrscht Funkstille. Neuer Kontakt um exakt 12.00 Uhr Ortszeit. Danke und Ende." Damit legte er auf. „Bornierter Fatzke," dachte sich Jensen. Doch dann trennte er die Verbindung und beschloss die Sauerstofftanks aufzufüllen.

Franz Meier fuhr am Richtungsschild „Urquant Castle von der Autobahn ab und erreichte innerhalb von fünf Minuten den großen Parkplatz, oberhalb des „Loch Ness". Über dreißig Reisebusse zeugten von der Attraktivität dieses touristischen Kleinodes und so fuhr er zum Rand der riesigen Fläche. Überall standen lachende und fotografierende Menschen, vor und an Bussen. Meier stellte zufrieden den Motor ab und begann damit sein Equipment zu überprüfen. Dazu gehörten seine „Beretta FS" mit dem Schalldämpfer und ein Schnellfeuergewehr mit Zieloptik. Das Gewehr war eine Spezialanfertigung, die er ohne Probleme unter seinem

Mantel tragen konnte. Ein Geschenk seines Bruders. Für die Pistole hatte er drei volle Magazine dabei, während er zwei Wechselmagazine für das Gewehr vorgesehen hatte. Die schusssichere Weste lag auf dem Rücksitz und war für den Betrachter nicht als solche zu erkennen. Bei ihr handelte es sich um eine spezielle Anfertigung für die russischen „Alpha" Truppen. Eine Spezialeinheit der Moskauer Polizei, für die er mal etwas „getan" hatte. So vorbereitet beschloss er abzuwarten.

Kathys Konvoi erreichte die Autobahnabfahrt nach „Urquant-Castle. Auf ein Zeichen von ihr verließen die Fahrzeuge für einen Moment die Straße und bogen in einen Waldweg ein. „Halten Sie hier." Damit stoppte der Wagen und Kathy und Jones stiegen aus. Auf ein Zeichen von ihr versammelte sie den Chef der Sondereinheit und die Beamten, die zu Ihrem Schutz abgestellt waren. „Meine Herren," begann sie ihre Einweisung, wie ein erfolgreicher Feldherr vor der zu erwartenden Schlacht. Meine Herren, wir werden in wenigen Minuten das Zielgebiet erreichen. Womit bekommen wir es tun? Da wäre zunächst Hans Müller, ein Ex-Legionär und ausgewiesener Killer. Er ist der Kopf der Bande. Dann sind da noch Marc Schüler, Mike Lange und Tom Berger. Über die drei wissen wir zu wenig. Auf jeden Fall ist mindestens einer dabei, der uns seit Stunden SMS'en schickt, mit denen er uns ihren momentanen Standort mitteilt. Dann wären da noch zwei oder drei Chinesen. Das sind Helfer von Müller und garantiert nicht ungefährlich. So und jetzt kommt es dicke. Da ist noch ein gewisser Franz Meier. Dieser Typ ist äußerst gefährlich und hat nur ein Ziel, er will Müller töten. Doch täuschen sie sich nicht. Meier macht rücksichtslos von der Schusswaffe Gebrauch. Und er hat nichts mehr zu verlieren. Dann wäre da noch ein gewisser Jensen. Er ist der U-Boot Kapitän. So das wäre im Moment alles. Ach so, noch eine Kleinigkeit. Müller hat drei Lederbeutel mit ca. 6–8 kg Gewicht dabei. Darin befinden sich die Kronjuwelen Schottlands. Und einen Sandstein von ca.

219

300 Pfund Gewicht. Den „Krönungsstein des Empires. Das werden Sie nach dieser Aktion wieder sofort vergessen. Nichts davon wird das U-Boot erreichen. Ich hoffe wir haben uns da verstanden. Ich nehme mal an, das die ganze Aktion erst gegen 18.00 Uhr beginnt, da bis dahin hier zu viele Touristen umherirren. Meine Herren, der Einsatz von Schusswaffen wird von mir autorisiert. Passen Sie auf sich auf. Ich will Sie alle gesund wiedersehen. Noch Fragen?" Alle schüttelten den Kopf. Legen Sie jetzt ihre Westen an und überprüfen sie ihre Waffen. Jones, verbinden Sie mich mit der Küstenwache." Es dauerte einen Moment, dann hatte sie den Kommandanten der Küstenwache am Telefon. „Hallo Sir, mit wem spreche ich? Chief

Mc Geller. Wo sind Sie jetzt? O.k. dann bleiben Sie da. Haben Sie die Taucher an Bord? Auf ein Zeichen von mir schicken Sie die Jungs mit ein paar vorbereiteten Unterwasserladungen zur Anlegestelle von „Urquant Castle. Dort müsste ein U-Boot auf Lauer liegen. Ich möchte dass Ihre Leute dort ein paar Haftminen anbringen. Sollte dem Boot, aus irgendwelchen Gründen die Flucht gelingen, dann will ich, dass es versenkt wird. Das U-Boot darf diesen See nicht mehr verlassen. Hören Sie, ab sofort haben sie die höchste Sicherheitsstufe verbunden mit Schusswaffenfreigabe. So und jetzt schicken Sie Ihre Jungs los. Wenn alles erledigt ist, erwarte ich Ihre Meldung. McGore, Ende. Sergant, meine Weste." Jones reichte ihr voller Ehrfurcht die Weste. „Was haben Sie, Sergant?" „Nichts Mam, ähm Chief. Das eben war für mich sehr beeindruckend." „Na, dann warten Sie erst mal die Umsetzung ab. Hier und heute machen wir dem Spuk ein Ende. Ich werde nicht zulassen, dass irgendwelche EU-Spinner unser stolzes Schottland bestehlen und dann der Auffassung sind, damit ungestraft davon zu kommen. Da haben die sich die Falsche ausgesucht. Und Abfahrt, Sergant." Wortlos setzte sich ihr Wagen in Bewegung, gefolgt von den Einsatzfahrzeugen. „sagen Sie, Sergant kennen Sie sich hier bisschen aus". „Aber gewiss Chief." Ich möchte, dass unsere Fahrzeuge vor-

220

erst „unsichtbar" bleiben. Ist das irgendwie möglich?" „Es gibt da einen kleinen Reserve-Parkplatz. Der müsste um diese Jahreszeit leer sein. Von dort sind es nur fünfzig Meter bis zum Hauptparkplatz. Soll ich da halten, Chief?" „Bitte tun Sie das. Das klingt genau, nach dem was ich gesucht habe. Kaum waren die Wagen von der Straße abgebogen näherte sich auch schon ein vollbesetzter Leichenwagen. Am Parkplatz angekommen stellte er sich in die Nähe des Treppenabgangs zur Gaststätte. „So, meine Herren. Sie können jetzt sich das Gelände betrachten, ein paar Souvenirs kaufen und zum Wasser des Sees gehen. Wir treffen uns hier in exakt 2 h wieder. Und denken Sie dran. Unsere chinesischen Freunde behalten sie im Auge. Damit nickte er dem Mann aus dem hinteren Bereich des Fahrzeuges zu. Tom Mike und Marc schlenderten über die Treppe hinab zur großen Terrasse der Gaststätte. Von hier hatte man einen fantastischen Ausblick über das Castle auf den „Loch Ness": Mike und Tom machten ein paar Fotos, während Marc die Gegend untersuchte. Irgendetwas musste hier sein. Ohne Grund chauffierte Müller sie doch nicht hierher. „Und, ist der Chinese noch da?" Marc sah sich um und da saß er mit einem breiten Lächeln im Gesicht und winkte ihnen freundlich zu. „Der ist wie ein Schatten, den werden wir heute nicht mehr los." „Komm lass uns zur Burg schlendern." Tom und Mike begannen den Abstieg hinunter zum Ufer des „Loch Ness" Auf dem ca. 400 Meter langen Fußweg begegneten Ihm eine Unmenge an Touristen, die entweder zur Anlegestelle wollten oder von ihr kamen. Im Takt von gut 10 Minuten legten Fährschiffe an, die jeweils zwei Busladungen Touristen an Bord hatten oder nahmen. Knapp 30 Minuten dauerte die Fahrt über einen Teil des tiefsten Süßwassersees der britischen Inseln. Natürlich hoffte jeder einen Blick auf das sagenumwobene Ungeheuer zu erhaschen, das hier seit dem 16. Jahrhundert sein Unwesen trieb. Damals wurde das Wesen aus der Tiefe zum ersten Mal gesehen und urkundlich erwähnt. Seit dem gab es immer wieder 100 prozentige Sichtungen, die sich aber bei der Überprüfung jedesmal als Fälschung erwiesen. Doch so richtig böse war niemand darüber, denn es nährte immer wieder den Glauben an dessen Existenz. Tom, Mike und Marc bezahlten 5 Pfund und besuchten über eine schmale Holzbrücke die Ruinenanlage von „Urquant-Castle". Die Anlage wurde im 18 Jahrhundert durch eine Feuersbrunst vernichtet und danach nicht wieder aufgebaut. Ein Teil der zur Seeseite gebauten Mauer stand noch relativ unversehrt und konnte bestiegen werden. Von hier hatte bei klarer Sicht einen weiten Blick über den „Loch Ness" Leider war hier nie lange klare Sicht. Denn es dauerte nicht sehr lange und die riesigen Nebelbänke von den umliegenden Bergen senkten sich in Richtung der Seeoberfläche ab und erzeugten so dem See sein mystisches Aussehen. Wenn man von hier nach unten sah, dann konnte man die gewaltige Tiefe des Sees nur erahnen. Pechschwarz lag das Wasser da. Tom machte seine Armbanduhr ab und ließ sie in das Wasser fallen. Mike sah ihn erstaunt an, dann nahm auch er seine Uhr ab und warf sie ins Wasser. Beide sahen Marc an. „Was will er schon machen? Komm schon. Marc lachte dann versenkte auch er seine Uhr im „Loch Ness." Als sie von den Zinnen wieder herabstiegen, stand ihr chinesischer Aufpasser vor Ihnen. „Ich nicht wisse, ob Müller das finden gut." Tom sah Mike angsterfüllt an. „Jetzt ist alles vorbei." Der Chinese lachte ihn freundlich an. „Du nicht haben Angst. Ich werde Euch helfen wenn es ernst wird. Hier Du haben Handy." Damit drückte er dem verdutzten Marc sein Handy in die Hand. „Ich haben gefunden in Auto. Ich nichts gesagt zu Mr. Müller. Kein guter Mensch." Marc lächelte dankbar, als er das Handy einsteckte. „Freunde, ich glaube, wir haben einen Verbündeten gefunden. Weißt Du was Müller hier vor hat?" „Hier er wollen umsteigen in Tauchboot. Irgendwann heute Abend. Mit Beuteln und Stein. Übrigens ist Stein in Sarg. „Das habe ich schon vermutet." „Wie heißt Du eigentlich." „Meine Namen ist Li Wang Der andere ist Bruder. Sein Name ist auch Li aber Nummer zwei." Damit verließen alle das Castle und sahen den Touristen zu, die voller Vorfreude auf die Rundfahrtschiffe

222

stiegen. „Ich habe Hunger." Tom hatte dieses Gefühl bei sich entdeckt und so gingen alle langsam in die Richtung des großen Restaurants. „Wer ist eigentlich der Motorradfahrer der uns immer vorauseilt und so gut mit den Handgranaten umgehen kann?" Ihr neuer chinesischer Freund lächelte nur höflich und meinte dann lapidar: „Das seien Geheimnis. Vielleicht er sagen später" Damit war für ihn das Gespräch zunächst beendet.

Kathy und Jones hatten inzwischen auf dem kleinen Parkplatz ihre Basis errichtet. Über Funk wurde vorsichtshalber ein Krankenwagen bestellt. Die Flugbereitschaft aus „Inverness" meldete ihr, das auf Bedarf ein Helikopter für Sie bereitsteht. So war alles vorbereitet. „Wir beide gehen jetzt ein bisschen spazieren, Jones. Lassen Sie uns sehen, ob wir nicht schon ein paar von den Gangstern entdecken können. Bis auf Franz Meier weiß ja hier niemand, wie wir aussehen." Sie meldete sich bei der restlichen Truppe ab und ging mit Sergant Jones in die Richtung des Restaurants. Hunderte von Touristen kamen Ihnen entgegen, wie sie die Treppen erreichten, die hinab zum Restaurant führten.
Kaum hatten sie die Terrassen erreicht war Jones überwältigt vom Anblick der grenzenlosen Weite dieses sagenumwobenen See's. Kathy war die erste, die Tom und Mike entdeckte. „Da sind sie, Sergant." „Wo, Chief?" Aufgeregt begann Jones sich umzusehen. „Nicht so offensichtlich Jones. Kommen Sie, lassen Sie uns ein bisschen weitergehen. Beide schlenderten in Ruhe in die Richtung der Selbstbedienungsterrassen. „Setzen Sie sich Sergant. Ich hole uns einen Kaffee. Damit drückte Sie den Sergant auf einen Platz in der Nähe der Treppe die zum Wasser führt. Währenddessen ging sie in das Restaurant um zwei Kaffee zu besorgen. Noch etwas unbeholfen versuchte der Sergant seine Umgebung nach den Verdächtigen abzusuchen. Kurze Zeit später kam sie mit duftenden Tassen zurück und ließ sich neben dem Sergant nieder. „Trinken Sie ihn, solange er noch heiß ist.

Tom, Mike und Marc waren so davon erfreut, das der Chinese auf ihrer Seite stand, das sie den Polizisten, der da mit der jungen Frau am Nachbartisch Platz genommen hatte, gar nicht bemerkten. Kathy dagegen, hatte die drei gleich wiedererkannt. Jetzt war sie bemüht eventuelle Gesprächsfetzen aufzuschnappen. Jones wusste immer noch nicht in welche Richtung er schauen sollte. Doch dann machte auch er eine Entdeckung. Ein älterer Herr, dessen Gesicht ihm von irgendwoher bekannt vorkam, schlenderte scheinbar in aller Ruhe in die Richtung der Castle-Ruine. Jones stieß seine Chefin vorsichtig an und zeigte in die Richtung des Mannes. „Das ist Müller," flüsterte Sie leise.

Der hatte inzwischen lange mit dem Kapitän des U-Bootes telefoniert und sie waren überein gekommen, das das Boot gegen 18.10 Uhr neben der Castle-Ruine auftauchen sollte. Das letzte Touristenschiff legte um 18.00 Uhr ab. Jensen hatte ihm versichert, das das Boot hundertprozentig einsatzbereit sei und er nur darauf wartete die Ware zu übernehmen. Jetzt war Müller unterwegs um zu prüfen, wie dicht er mit dem Wagen an die Anlegestelle heranfahren konnte. 300 Pfund Sandstein mussten ja irgendwie bewältigt werden. Gleich hinter der Castle-Ruine führte ein schmaler Weg in einem Bogen nach oben, in die Richtung des Parkplatzes. „Wahrscheinlich für Wirtschaftsfahrzeuge," dachte er sich. Er konnte nur hoffen, dass der Leichenwagen, auf Grund des langen Radstandes, nicht irgendwo aufsetzte. Doch in diesem Falle mussten die Drei eben schieben. Er hatte eigentlich vorgehabt, sie am Rand des Parkplatzes zu erledigen, doch änderte er nun seinen Plan. Wer weiß wofür er die Typen noch brauchen konnte. Er konnte ja nicht wissen, dass er sich bereits im Fadenkreuz der Polizei befand. Doch nicht nur in diesem. Auch Meier war ihm bereits auf den Fersen. Nach seinem auftauchen auf dem Parkplatz, ließ er ihn nicht mehr aus den Augen. Dabei musste er nur auf Tom achten, denn der war der Einzige der ihn identifizieren konnte.

224

Plötzlich klingelte Kathys Handy. Schnell stand sie auf und ging etwas abseits zum telefonieren. Nach einer knappen Minute war sie zurück. Jones sah sie fragend an. „Das war der Kommandant der Küstenwache. Die Taucher haben an dem U-Boot zwei Haftladungen angebracht mit denen sie im Notfall den Antrieb des

Bootes außer Kraft setzen konnten. Es liegt im Übrigen genau recht von der Ruine in zwei Metern Tiefe und wartet." „Alle scheinen hier auf etwas zu warten. Genau, und das werden wir jetzt ein bisschen ändern. Geben Sie mir mal einen Zettel. Sie schrieb etwas darauf, dann trank sie Ihren Kaffee aus. Kommen Sie Jones wir müssen zurück. Beim vorbeigehen am Tisch der Drei ließ sie den Zettel unbemerkt auf den Tisch fallen. Dann gingen sie und der Sergant zurück zu den Wagen.

Mike war erstaunt, als er plötzlich den Zettel fand. Hey, habt Ihr eben die Frau gesehen? Die hat das hier auf den Tisch geworfen." „Nun vielleicht steht Sie auf Dich?" „Quatsch, gib mal her. Marc entfaltete den Zettel, las ihn und sein Gesicht wurde aschfahl. „Was ist passiert, was ist los?" Tom entriss ihm den Zettel und las ihn selbst:

„Hey Ihr drei Schmalspurganoven. Das Gelände ist umstellt. Ihr kommt hier nicht mehr weg. Überlegt Euch, wie Ihr die Sache hier beenden wollt. Schönen Gruß von der Polizei.

Tom erstarrte. Plötzlich sah er, wie Müller langsam auf ihren Tisch zusteuerte. Schnell ließ er den Zettel in seinem Mund verschwinden. Er nahm das Wasser von Mike und schluckte das ganze herunter. „Na meine Herren, alles in Ordnung?" Mike und Marc nickten während Tom aussah, als müsste er sich gleich übergeben. „Mir ist schlecht, Sir. Sicher von dem Sandwich vorhin." „Ich gebe Ihnen nachher eine Tablette. Erinnern Sie mich daran. Ich möchte, das sie kurz nach 17.00 Uhr zum Wagen kommen.. Wir fahren dann weiter. Sie wollen doch heute noch nach Hause nicht wahr." „Und unser Geld, Sir warf Marc ein." „Aber natürlich." Kaum war Müller verschwunden sahen sich die drei ratlos an. „Die Bullen wer-

225

den uns hier nicht weglassen." „Na und, das haben wir doch gewollt. Lieber verbringe ich etwas Zeit in einem Gefängnis als hinten in Müllers Wagen zu liegen." „Du meinst den Sarg, oder?" Tom wurde wieder schlecht. „Jungs, mir dreht sich gerade der Magen um." Marc wurde jetzt langsam wütend. „Nun reiß Dich zusammen. Du sitzt genauso mit im Boot wie wir beide. Und jetzt den Kopf in den Sand zu stecken ist nicht sehr hilfreich." Mike versuchte Marc zu beruhigen. „Nun lass ihn. Das ist eben seine Methode mit Stress umzugehen. Oder der verschluckte Zettel. Hier trink was." „Wenn Du mich fragst, eine ziemlich blöde Methode." Tom atmete tief durch und beruhigte sich etwas. „Du musst jetzt fit sein, hörst Du?" Der nickte vorsichtig. Marc war jetzt ganz in seinem Element. Passt auf: „Wenn die Bullen uns schnappen sollten und daran besteht kein Zweifel, müssen wir uns in zwei Punkten einig sein. Zum ersten, geschossen haben Eddy und Paul. Und die Sache mit der Handyortung der letzten Stunden bringt jeder von uns als seine Idee." Tom und Mike sahen sich fragend an. „Das mit Eddy und Paul verstehen wir nicht." „Ist doch ganz einfach. Während des Überfalls habt ihr Beide für Müller ein paar Wachleute mit dieser Betäubungsmunition ausgeschaltet. Wenn das die Bullen mitkriegen seht Ihr das Tageslicht erst in zwanzig Jahren wieder. So, Eddy und Paul sind tot. Auch Fritz hat es erwischt. Also?" Jetzt war bei Mike der Groschen gefallen. „Na klar. Wir sagen einfach dass die beiden geschossen haben und wir sind raus. Und wenn jeder von uns die Sache mit dem Handy als eigene Idee verkauft dann kommen wir eventuell sogar mit Bewährung davon." „Und mit dem Leben." Jetzt war auch Tom wieder dabei. „Einfach genial. Aber Müller muss dran glauben. Schon wegen Stefan." „Wer ist Stefan?" Das war unser Freund aus Deutschland. Den hat Müller, das Schwein, ersaufen lassen." „Nun, wenn wir schon dabei sind." Marc beugte sich über den Tisch. „Müller hat den Vater von Fritz in Frankfurt umgelegt." „Woher weißt Du das?" „Er hat es mir erzählt. Wohl als Warnung für mich. Ich war doch schon früher hier und

226

habe in „Londayl" die Harpyien trainiert. Auf dem Flug hat er es mir dann gesteckt. Ich sollte keine Dummheiten und so weiter. Bla bla bla." „O.k. wir sind uns einig. Jetzt müssen wir nur noch hoffen, das Li und sein Bruder auch nachher noch auf unserer Seite stehen und dann werden wir das Ding schon schaukeln. Alles klar?" Damit sah Marc den beiden fest in die Augen und alle klatschten sich ab.
Li saß der weil etwas abseits auf der Terrasse, beobachtete im Auftrag von Müller die Jungs und telefonierte dabei.

Franz Meier hatte, nachdem er Müller mit seiner Truppe auf dem Parkplatz gesehen hatte, seine Weste angelegt, die Waffen und Magazine in seinem Mantel versteckt. Dann stieg er in Ruhe aus dem Wagen. Er zog den gro-ßen Hut tief ins Gesicht und schlenderte mit den Händen in den Taschen in aller Ruhe quer über den Parkplatz. In der Nähe des Leichenwagens konnte der Müller sehen, wie der mit dem Fahrer sprach. „Genau der Richtige Wagen für Dich mein Freund. Am besten wäre es, wenn du Dich schon mal hineinlegen würdest." Er überlegte kurz, dann ging er zurück in die Richtung seines Wagens. Gleich hinter dem Auto führte ein schma-ler Weg ins Unterholz. Genau das Richtige für Ihn, dachte er sich. Nach knapp zehn Metern hatte er eine geeignete Stelle gefunden. Von hier hatte er einen guten Überblick über den Parkplatz. Das Zielfernrohr zeigte ihm eine Schussentfernung von 260 Metern an. Zufrieden lächelte er. „Das wird ja wie auf dem Schießplatz" Nur das dieses mal die Ziele keine Scheiben waren.

Kathy und Jones waren inzwischen bei Ihrer Basisstation angekommen. „Ab sofort lautet der Codename für ihre Truppe „black", der für die Jungs von der Küstenwache „blue" und für Sie meine Herren „green". Noch Fragen? Sie, Jones informieren den Kommandanten der Küstenwache davon. Ich habe vorhin kurz mit dem Geschäftsführer des Restaurants gesprochen. Um 18.00 Uhr wird er die Türen schließen und dafür sorgen, dass niemand mehr das Objekt verlässt. Meine Herren, es ist 17.30 Uhr. In 10 Minuten verteilt sich Team „black" um den Parkplatz und nimmt dort Warteposition ein. Wir werden Sie dabei verstärken. Einer von Ihnen bleibt hier bei den Fahrzeugen." Damit wendete sie sich an einen der Sergants aus „Inverness". Auf mein Zeichen rücken wir vor. Jones informierte den Kommandanten der Küstenwache.

Das Ende

Es war kurz vor 17.30 Uhr als Tom, Mike und Marc am Leichenwagen eintrafen. Kurz danach war auch Li wieder da. Müller stand neben dem Wagen. „So, meine Herren, wie Sie es sich, sicher denken konnten hat dieser kleine Abstecher hierher nicht nur einen touristischen Hintergrund. So wie ich den Abtransport der Beute von der Burg für Sie gefahrenfrei organisiert habe werde ich das jetzt auch noch mal tun. In wenigen Minuten werden wir mit unserem Gefährt, dort hinunter zur Anlegestelle fahren. Um exakt 18.10 Uhr wird ein U-Boot auftauchen, das die Säcke, den Stein und uns aufnehmen und sicher außer Landes bringen wird. Hinter der Flussmündung von „Inverness" wartet dann ein deutscher Fischkutter auf uns. Unser kleines U-Boot verschwindet dann im Bauch dieses Kutters und es geht ab nach Hause. Noch Fragen?" Die drei Jungs sahen sich erstaunt an. Mike fand als erster seine Sprache wieder. „Die Idee ist Klasse Sir. Sie haben ja wirklich an alles gedacht." „Wenn wir mit dem Auto da unten ankommen, werde ich als erster in das Boot steigen und Sie Tom und Sie Mike bringen den Stein zum Boot. Unsere beiden chinesischen Freunde hier, werden darauf achten, dass Sie auf keine dummen Gedanken kommen. O.k. dann können Sie jetzt einsteigen.

Inzwischen war es kurz vor 18.00 Uhr und die meisten der Reisebusse rollten in die Richtung der Autobahn.

Team „black" hatte bereits den Parkplatz umstellt und wartete auf das Einsatzsignal. Ebenso näherte sich von der Seeseite her, das Schnellboot der Küstenwache. Zum Entsetzen aller sahen die Polizisten plötzlich den Leichenwagen ebenfalls in die Richtung der Ausfahrt des Parkplatzes rollen. „Die Verdächtigen verschwinden von hier. Chief, sollen wir eingreifen?" Kathy war ebenso erstaunt. Das konnte doch nicht war sein. War denn wieder alles umsonst? Sie wollte gerade den Befehl zum Zugriff geben, da merkte Jones, das der Wagen kurz vor der Ausfahrt plötzlich nach rechts auf einen Waldweg zusteuerte. „Da sehen Sie Chefin." Kathy war erleichtert. „Alle bleiben in ihrer Position. McGore, Ende."

Meier stutzte als der Wagen den Platz verließ. Doch dann bemerkte auch er, dass Müller in den Seitenweg einbog, der ihn hinunter zur Anlegestelle führte. Schnell wechselte er seine Position und lief in die Richtung des Abhanges.

„Fahren Sie vorsichtig," schnauzte Müller den Fahrer an. Nicht das wir uns hier noch festfahren." Doch der Fahrer nickte nur freundlich und umfuhr gekonnt jede der Bodensenken. Endlich erreichten sie die Anlegestelle. Es war kurz nach 18.00 Uhr und das letzte Schiff hatte gerade abgelegt. „Hören Sie, wenn der Stein im Boot ist bringen Sie mir die Beutel. Danach steigen Sie ins Boot."

„Und der Wagen, Sir?" „Um den kümmern sich unsere chinesischen Freunde hier.

Kaum hatten Sie die Anlegestelle erreicht waren die Polizisten über den Parkplatz vorgerückt. Der lag inzwischen leer und verwaist bis auf einen Wagen, der etwas abseits parkte. „Das ist bestimmt Meiers Wagen." Kathy gab einem der „Cops" ein Zeichen. Der feuerte darauf eine kurze Salve in die Richtung des Wagens. Beide Reifen zerplatzten. „Hauptsache Chefin, ich habe mich nicht geirrt." „Ansonsten schulden Sie dem Besitzer zwei neue Reifen. Kommen Sie jetzt." Sie gab den anderen ein Zeichen und alle trafen sich am Abgang zum Restaurant. Hier, auf der Terrasse, wo gerade noch das Leben pulsierte war es jetzt menschenleer. Nur hinter den Fenstern konnte man die Mitarbeiter der Gaststätte erkennen die aufgeregt alles fotografierten was mit dem Polizeieinsatz zu tun hatte. Kathy war wütend. „Ich glaube, wir hatten Diskretion vereinbart." Jeder „Elite-Cops" konnte hinter der Balustrade in Deckung gehen. Von hier hatten sie einen direkten Blick aufs Geschehen und konnten jeden sofort ausschalten. Kathy flüsterte dem Teamleaderz zu: „Die warten auf das Tauchboot." Jones wurde langsam nervös. „Wollen wir nicht zugreifen?"

230

„Warten Sie noch Sergant. Ich will sie alle haben. Auch diesen Franz Meier. Denken Sie daran, mit dem haben wir noch eine Rechnung offen."

Müller und die anderen standen wartend an der Anlegestelle. Plötzlich tauchte ein schwarzes Ungetüm aus dem Wasser auf. „Deep Star 500" stand in weißen Buchstaben an dem Turm.
Das schäumen des Wasser hörte gleich wieder auf, als das U-Boot knapp über Wasserlinie das Auftauchen beendete. „So, meine Herren, es geht los. Tom und Marc öffneten den Sarg und da lag er, der Krönungsstein. Mit großen Anstrengungen wuchteten sie das Ding aus dem Wagen. Müller stand inzwischen am offenen Einstieg des Bootes. Die beiden Chinesen hielten plötzlich Maschinenpistolen in den Händen mit denen sie auf die Jungs zielten. Mike sah in das Gesicht von Li, das aber mit keiner Regung zeigte, auf wessen Seite sich die Jungs schlagen würden. „Na los." Müller wurde ungeduldig und Tom und Marc schleppten den Stein in Richtung des U-Bootes.
Derweil lag Meier mit seinem Gewehr und zielte in Ruhe auf Müller und seine Jungs. Wie auf einem Schießstand nahm er abwechselnd jemanden ins Visier. Doch dann beschloss er doch Müller als ersten zu erledigen, da der am oberen Luk des Bootes stand. Tom und Marc schwitzten, als sie den Stein zum Boot schleppten. „Na, nun strengen Sie sich mal ein bisschen an." „Der hat gut reden." Endlich hatten sie das Luk erreicht. Gerade als Meier auf Müller angelegt hatte begann der ins Boot zu klettern um den Stein innen abzunehmen. Meier zielte, drückte ab und Müller fiel getroffen mit einem lauten Schrei ins Boot. Tom und Marc ließen vor Schreck den Stein los, der polternd auf das Deck des U-Bootes fiel und über die glatte Seite ins pechschwarze Wasser stürzte. Innerhalb von Sekunden war er in den Tiefen des „Loch Ness" verschwunden. Tom und Marc lagen flach auf dem Anlegesteg und versuchten in die Richtung des Leichenwagens zu kriechen. Auch die Chinesen hatten sich in Deckung begeben.

Die Polizisten, die gerade vorrücken wollten gingen blitzschnell in Deckung. „Team „black" schalten Sie den Schützen aus. Team „blue" vorrücken. Sofort sprang ein Teil der Elite-Cops auf und rückte die Richtung, aus der der Schuss gekommen war vor.

Li's Bruder schaute vorsichtig hinter dem Heck des Leichenwagens hervor. Die Kugel von Meier traf ihn mitten in der Stirn und er sackte tödlich getroffen in die Arme seines Bruders. Mike und Tom, der inzwischen heran gekrochen war, sahen entsetzt auf den toten Chinesen. Plötzlich legte Li seinen Bruder vorsichtig auf den Boden. Dann gab er Mike dessen Maschinenpistole und zeigte in eine bestimmte Richtung auf der Anhöhe. „Du schießen, bitte." Mit einem entsetzlichen Schrei sprang Li plötzlich hinter dem Wagen her vor und rannte schießend in die Richtung, in der er den Mörder seines Bruders vermutete. Mike wollte ihn zurückhalten, doch war Li viel zu schnell. In diesem Moment hockte Tom neben ihm. „Gib her." Damit riss er Mike die Waffe aus der Hand und feuerte das ganze Magazin in die Richtung der Anhöhe.

Damit hatte Meier nicht gerechnet. Er versuchte den Chinesen ins Visier zu nehmen, doch musste er aufpassen nicht von einer der wahllos herumfliegenden Kugeln getroffen zu werden. Mike saß neben seinem Freund und hielt sich die Ohren zu. Nach dem das Magazin von Tom leergeschossen war fiel Tom zu Boden und beide heulten wie kleine Jungen. Ein Schrei ließ Sie plötzlich aufhorchen. Li stolperte plötzlich, fiel zu Boden rollte ein Stück den Berg hinunter und blieb dann regungslos liegen. Gerade wollte Meier ihm den Fangschuss geben, da spürte er an seinem Ohr den Lauf einer Pistole. „Denken sie nicht mal daran. Waffe runter! Sofort! Und die Hände über den Kopf." Meier legte das Gewehr zu Boden und drehte sich langsam um. Über ihm standen zwei schwarzmaskierte Elitepolizisten, die ihre Waffen auf seinen Kopf gerichtet hatten. „Sie sind festgenommen." Inzwischen waren Kathy und Jones bei ihm. „Legen Sie ihm Handschellen an." Jones riss Meier herum und legte ihm Handschellen auf dem Rücken

232

an. „Eigentlich schade, Chief. Er hätte sich doch wehren können. Ich hätte ihn liebend gerne," „Machen Sie sich doch daran, nicht die Finger schmutzig. Kommen Sie wir sollten uns jetzt um die anderen kümmern. War im Übrigen ein Superschuss." Damit hielt sie dem vermummten „Cop" den Daumen hoch. Er war es, der den umherspringenden Chinesen mit einem gezielten Schuss in den Oberschenkel außer Gefecht gesetzt hatte. Kathy sah sich um. Zwei vermummte Cops kümmerten sich bereits um den verwundeten Chinesen. Am Leichenwagen standen drei junge Männer mit erhobenen Händen und das Schnellboot der Küstenwache lag knapp zwanzig Meter vom Ufer entfernt. Das Bordgeschütz zielte auf das U-Boot. Kathy ging mit Jones zu dem Leichenwagen. „Na meine Herren, mit dieser Lösung können sie zufrieden sein. Abführen!" Damit erhielten Tom, Mike und Marc Handschellen angelegt und sie wurden abgeführt. Jones hatte inzwischen den Leichenwagen inspiziert und pfiff leise durch die Zähne. Hier Chefin, sehen Sie. Die Beute aus," „Halten Sie die Klappe und machen Sie den Deckel zu. Sie werden nachher das das Glück haben und uns damit nach „Inverness" chauffieren. Plötzlich begann ein kräftiges Rauschen vom Wasser her. Jensen hatte unbemerkt von allen das Turmluk geschlossen und steuerte in Richtung des See's. Müller war bei seinem Sturz in das Boot auf die Hebel zum tauchen gefallen und blockierte nun das ganze System. Deshalb versuchte er sich nun, zwischen dem Boot der Küstenwache und der Ruine durchzuschlängeln. Jones rannte aufgeregt, mit gezogener Waffe in die Richtung des Bootes. „Lassen Sie das Sergant, der kommt nicht weit." Sie gab dem Kommandanten der Küstenwache ein Zeichen und zwei kurze Detonationen stoppten das U-Boot. „Na also, es geht doch."

In diesem Moment sah Jones, wie ein schwarzes Motorrad den Abhang herunter raste. Kurz vor der Anlegestelle bog es plötzlich auf die Holzbrücke ab, die auf das Ruinengelände führte. Erst jetzt versuchten Kathy und Jones auf das Motorrad zu schießen. Kaum hatte der Fahrer die hintere Mauer erreicht sprang er ab, lief zu einem der ehemaligen Fenster und warf nacheinander drei Handgranaten in die Richtung des U-Bootes. Erst jetzt traf eine der Kugeln von Kathy den in rotes Leder gekleideten Fahrer, der daraufhin zusammenbrach. Mit einem ohrenbetäubenden Lärm explodierten die Granaten auf dem Boot, das daraufhin leckgeschlagen in den Tiefen versank.

Kathy und Jones rannte zu dem getroffenen Fahrer der regungslos am Boden lag. Während Kathy ihre Waffe auf ihn gerichtet hielt drehte Jones ihn herum und nahm ihm den Helm ab. Wie erstaunt waren beide als das zarte Gesicht einer jungen Chinesin zum Vorschein kam, deren langes schwarzes Haar die blasse Haut umrahmte. Aus einem der Mundwinkel floss Blut und sie schien zu lächeln. Jones versuchte ihren Puls zu fühlen. „Ist sie tot Sergant?" „Ja Chief." Jones schloss ihr die Augen und legte sie vorsichtig zu Boden. „Was ist mit dem U-Boot?" „Gesunken Mam. Kommen Sie Jones es ist vorbei." Der einsetzende Regen begann das Blut aus dem Gesicht der Toten zu spülen. „Kathy hatte den Kragen hochgeschlagen und sich eine Zigarette in den Mund gesteckt. Doch anstatt sie anzustecken warf sie sie achtlos weg. „Das habe ich nicht gewollt, Jones. Das müssen Sie mir glauben."

ENDE

234

Was später geschah

Eine Woche später erhielt Kathy Mc Gore einen geheimen Orden aus der Hand des Innenministers.

Superintendent Tom Morgan erhielt 1 Woche Sonderurlaub.

Sergant Jones wurde befördert

Sergant Bryan arbeitet jetzt in der Zentrale der Edinburgher Polizei.

Marc, Tom und Mike wurden heimlich zu je 2 Jahren auf Bewährung verurteilt und nach Deutschland abgeschoben. Dem Staatsanwalt gelang es nicht, Ihnen die Schüsse auf der Burg nachzuweisen.

Franz Meier erhielt dreimal lebenslänglich wegen vielfachen Mordes. Sein Bruder kam mit zwei Mal lebenslänglich davon.

Was aus Li wurde, ist dem Autor nicht bekannt.

Billy wurde zu 12 Monaten auf Bewährung verurteilt.

Die Kronjuwelen wurden repariert und irgendwann wieder ausgetauscht.

Für das Frühjahr ist die Bergung des U-Bootes geplant.

Ob der Krönungsstein, der auf der Burg ausgestellt ist, der echte ist wissen nur Eingeweihte.

Die kleine Kirche von Pater O'Brian erhielt eine großzügige Spende, verbunden mit der Bitte um Stillschweigen.

Und so endete einer der spektakulärsten Überfälle auf die Kronjuwelen Schottlands.